JN034556
2
組織の宿敵と
結婚したらめちゃ甘い
It's so sweet when
I marry my organization's nemesis.
有象利路
illust 林けゐ

Contents

It's so sweet
when I marry my organization's nemesis.

組織の宿敵と結婚したら
めちゃ甘い

It's so sweet when
I marry my organization's nemesis.

有象利路 illust 林けゐ

2

CHARACTER

It's so sweet when
I marry my organization's nemesis.

犀川 律花（18歳）

さいがわ りつか

冷気を操る
最強クラスの異能力者。
狼士とは敵対する仲で、
合コン会場で再会を果たす。
女子大に通う。

犀川 狼士（20歳）

さいがわ ろうし

かつては志々馬機関と呼ばれる
組織に所属していた戦闘員。
６年前の時点では
華のクソ大学生。もちろん童貞。

柳良(なぎら) 虎地(とらじ)（23歳）

律花の実兄。粘土を変形させて操る能力者。
今も昔も重度のシスコン。

にゃん吉（生まれてない）

猫種はボンベイ。
現在は犀川夫妻の愛猫だが、
６年前にはもちろんまだ生まれてない。

狐里(くり) 芳乃(よしの)（18歳）

律花と同じ組織に所属していた。親友。
男性への理想はめちゃ高め。

鹿山(かやま) 令一(れいいち)（20歳）

狼士の大学の友達。
イケメンだがすべてを台無しに
するほどの女性恐怖症。

杜野(もりの) 吾吏(あり)（24歳）

狼士のアパートの隣人にして大学の先輩。
見た目はヤバいがめちゃ優しい。
通称ゴリさん。

――組織の宿敵が、合コンで前の席に座っていた。

周囲が年齢も気にせず酒をバカスカ頼む中、一人だけ水を頼んだそいつは、かつての敵である俺の存在に気付くと、露骨に目を逸(そ)らしながらストローで虚空(こくう)を吸引し始める奇行に走った。

《柳良(なぎら)律花(りっか)》、当時18歳。

今から数年前、幾度となく俺を追い詰めた最強の異能力者であり、今より数年後、俺と結婚する未来の妻の第二印象は、コミュニケーション能力に難のあるおかしな女だった。

《第一話》

《犀川狼士》、二十歳。そこそこ頭が良かったので、それなりの大学に通う、大学三年生。

他の人とちょっと違う点を挙げるとするなら、過去に《志々馬機関》という組織に属しており、異能力を扱う超人的な連中と無能力者ながらドンパチやってたことぐらいカナ～w

（いや駄目だ……。痛々しいってレベルじゃない……。ドン引きされる……）

四月も半ばを過ぎた頃、俺はアパートの一室でうんうんと唸っていた。

というのも今週末、俺は合コンに行く。無論、人生初合コンである。

口では『彼女とか別に居なくても平気じゃね？』とは言っていたものの、これまで異性との付き合いが一切ない上に、大した出会いもないことに焦りと劣等感を抱き始めていた中で、友人が合コンに誘ってくれたのだ。渡りに船というか、渡りに豪華客船って感じである。早速この絶好機を活かして、俺は人生初合コンで人生初彼女を手に入れる算段だった。

なので今必死に、俺は自己紹介の文言を考えている……が。

（嘘をついてるわけじゃないんだけどな……）

俺の名前も、通う大学も、学年も、その過去全部も、何一つ嘘はない。

そう――俺はガチで、よく分からない組織に属し、意味の分からない異能力達と、その身一つで戦っていた。知らないことがあれば検索バーに文言を叩き込めば何でも教えてくれるこの世の中で、誰からも知られない、命を擦り減らすような人智を超えた出来事の連続。

その長い戦いが終結して数年経ち、ようやく俺は理解したことがある。

(改めて俺って……非常識な世界に居たんだなあ……)

当時は何とも思わなかったというか、その非常識こそが常識だったので、疑問を差し挟む余地がなかった。が、平凡なキャンパスライフに浸かり続けると、嫌でも思い知る。

普通の学生は命を張り続けて戦った経験なんてないし、ましてや実銃なんて撃ったこともないし、そもそも異能力なんて創作物の中にしかない空想上のものだと思っているのだ。

だからなのか——或いは俺の人間性なのか——俺はどうにも友人が少なく、それが回り回って彼女の一人も作ったことがない今に続いている。そしてそういうヤツが、世間的には『負けているヤツ』という風に見られていることも分かっている。

(でも——変えるんだ。俺はこの合コンで、自分の人生を)

俺が持つ技能のほとんどは、最早役に立たないものばかりだ。射撃術も格闘術も、そんなもの目の前の女の子一人を笑わせる話術に劣る。故に俺は単なる凡大学生として、過去とスッパリ決別し、今よりもっとずっとハッピーに生きてやる。その為の合コンだった。

「そこまで気負わなくても良いんじゃないの？」

呆れるような声がしたので、俺はそちらを振り返ると、長身痩軀の優男が立っていた。

「鹿山か……。勝手に部屋に入るなよ」

「ははっ。鍵が開いてたからさ。不用心だなと思って覗いたら、犀川が変顔してた」

「変顔はしてない」

「なら素顔がそれかあ」

「殴るぞ」

俺をからかってきたこいつは、《鹿山令一》……同い年で同じ学部に通う、俺の数少ない友人の一人だ。そして俺を合コンに誘った張本人でもある。

「っていうか、気負うって何だよ。俺がいつ気負ったんだ」

「え？　ははっ、言わせる気？　どう見ても今週の合コンに向けて、良い感じの自己紹介を考えようと必死に唸っている顔してたじゃないか。やる気充分、だね？」

「ぐっ……」

変顔扱いの方がマシだった。図星だったので何も言い返せない。

「あーあー、お前は良いよな！　さぞモテるんだもんな⁉」

鹿山は控えめに言ってイケメンだった。骨格からして細身で、目鼻立ちがスッキリとしているってのは、女ウケが抜群に良い。ファッションセンスもソツがないし、二人で大学内を並んで歩くと、大体の女子は鹿山を見ては振り返る。それこそモデルでもやれば良いのだが――

「モテることは否定しないけど――知ってて言うのはやめてくれない？　女性恐怖症の僕にと

って、異性からモテるってのは恐怖の種粒が降り注ぐようなものなのに」

そう。鹿山は女性恐怖症なのだ。近くに異性が居ると、途端に駄目になる。普通にしていればバラ色な日々を送れそうなコイツが、俺みたいな半ぼっちなヤツと一緒に居る最大の理由だと思う。曰く、俺からは女の匂いがしないから落ち着くらしい。黙れや。

「でもまあ、そんなお前が合コンに俺を誘うってのも妙な話だよな。っていうか……大丈夫なのか？　別に無理しなくてもいいと思うぞ」

「忠告ありがとう。ま、僕も行く意味がある合コンだしさ。ならついでに、彼女を作りたくて内心必死な君を誘うのも道理ってわけだよ」

「どんな道理だよ……憐れむな」

「ははっ。同病相憐れむのさ。モテない病の君と、女性恐怖症の僕で」

「異病じゃねえか！」

こんな感じで、講義がない時は鹿山が俺の部屋に来て、どうでもいいことを喋ったり、適当に鹿山が借りてきた映画を観たり、古本屋で買った全巻セットのマンガを読んだりして、自堕落気味な大学生活を送っている。潤いはないが、悪くはない日々だろう。

とはいえ、女性経験に乏しい俺と、女性恐怖症の鹿山が合コンに行くのだから、多少のトラブルというのは覚悟しておくべきかもしれない。俺はもう一度気合を入れ直して、何かもうめちゃくちゃ良い感じのツカミとなる自己紹介を改めて考えようと思った。

＊

合コン相手となるのは、とある女子大のグループだそうだ。何かの部とかサークルに属しているわけではないらしい。俺達男子側の主催者——鹿山の顔見知りらしい——も、別に何かの団体所属ではないので、単なる大学生同士の6対6の合コンである。

が、まあ、もうそんなことはどうでも良かった。

「芳乃、もう帰っていい……？　おなかが……」

「や、まだ始まってもないけど？　腹痛？」

「……すいたかも」

「なら尚更ここにいろっての！　今から食うじゃん何かしらを!!」

「味なんてわからないよ、こんな場所だと……」

最初に見た時は、それこそコスプレイヤーとかパンク系ファッションとか、要するにウィッグや染髪によるものだと思った。が、違う。その鮮やかな銀髪は、明らかに地毛で——居酒屋の電球色を受けてキラキラと輝いていた。

冴える月光を受けて、手にした白刃で舞うように斬り掛かってきたそいつの姿を、俺は死ぬまで忘れることはない。きっと彼女のその立ち振る舞いに、流れる銀髪の一本一本に、恐怖と同等の美しさを感じていたから。そういうのを全部含めて、宿敵だと思っていたから。

それが今はもうあちこちに視線を彷徨わせてはストローで空気を吸う挙動不審者に!!

(何でこいつがここに居るんだよ……)

《組織》と呼ばれる、《志々馬機関》の対立組織に属していた最強の異能力者、柳良律花。通称《白魔》。合コンの初顔合わせの瞬間に、俺はその挙動不審者が彼女であることに気付いた。

まあ、元より目立つ容姿だし、忘れようもなかったからだが。

一方で柳良の方は、しばらく俺の存在に気付かなかった。俺は当時に比べると、最後に柳良と会ったのは、最終決戦が終わった時だから、大体四年前だ。俺は当時に比べると、もうちょっとチャラついたというか、髪の毛を染めているからだろう。パッと見て分からなかったに違いない。

柳良に気を取られまくったせいで、俺は事前に考え抜いた自己紹介文の1%も披露出来なかった。が、名前は言ったので、そこで柳良は俺に気付いた。

「あ……!　あぁぁあ……!!」

俺のことを完全に忘れている——という可能性だけは、無いと断言出来る。

彼女が俺の宿敵だったように、俺もまた彼女の宿敵であるのは間違いなかったからだ。

(っていうか、合コンに来るようなヤツだったのか……)

元々挙動が怪しかった柳良は、俺に気付いたらいよいよ本格的にアレになった。

お互い、こんな場所で再会するとは思わなかったからだろうか。そりゃそうか。

「ぼ、ぼぼぼぼ……僕は……うわあああああッ!!　お、おっぱいがアホみたいに並んでいる!!　嫌だあ!!　もうこれでも見ておいてくれよ!!」

俺が柳良と謎の緊張感に支配されている中で、鹿山の自己紹介は最悪を極めていた。

席順は男子一列、女子一列で対面するようになっているが、その女子一列を『おっぱいがアホみたいに並んでいる』と称したのは、もう今の時代最高に勇気ある発言ではないだろうか。

その上で鹿山は己の名刺（何でそんなもん持ってんだ）を女子達へ無造作にバラ撒き、最終的には腰を抜かしてへたり込んだ。てかコイツ女性恐怖症なのに何しに来たんだろう……。

以降この合コンにおいて、鹿山とは他人のフリをしようと俺が決心した瞬間だった。

「わ、わたわたわたた……な、なぎ……。ひ、ひやあああああ!!」

バラバラバラバラ……。氷の礫が男子一列にぶち撒けられた。柳良が自己紹介中に投げ付けたのだ。そんな部分で鹿山と対抗するんじゃない。ドン引かせ対決でもしてんのかお前ら。

さて、一見すると、頼んでいたお冷の中に入っていた氷を投げたように見えるが、明らかにそれよりも氷の数が多い。柳良が最初から手の中に仕込んでいたのかと思うぐらいに。

（こんな場所で《祝福》を使うな……!!）

答えは、手の中で生み出している。今この瞬間に、柳良が己の異能力――《祝福》と呼ばれるその力を行使したのだ。

柳良律花は自在に氷雪を操る異能力者である——《白魔》と呼ばれる所以だった。

「こらっ！　こんなイケメンの皆さんにお冷の氷ブン投げんなっての！　テンパってもやって良いことと悪いことがあるでしょーが！　あ、すみませんね皆さん。この子は柳良律花って言いまして、アタシこと《狐里芳乃》の方からよく言って聞かせますんで……」

柳良の隣に座っていた、眼鏡を掛けた聡明そうな女子が、柳良を叱りつけながら方々に頭を下げていた。こっちはしっかり者であることが、この一幕だけでよく分かった。

合コンはとんでもない空気で始まってしまった。男側の主催者は鹿山にキレているし、女側の主催者は柳良の方を睨んでいる。一方で原因となる両者は反省どころではない。

「な、なななな……んで、《羽根狩り》が、ここ……に」

ようやく柳良が絞り出したセリフは、俺も言いたいものだった。

因みに《羽根狩り》とは、当時の俺の呼び名である。今思うと結構恥ずかしい。

「それはこちらのセリフだ、《白魔》。何らかの任務か？」

そんなわけあるかと思いつつも、俺は皮肉めいてそう訊き返した。《志々馬機関》が解体されたのと同じく、《組織》も既に解体済だ。即ち柳良も最早、戦いの日々には居ない。

「に、にんむ……。そう、これは、任務……！」

「いやそんなワケあるか」

「いや任務なワケないっしょ。合コンを任務って呼ぶとか、どんだけ男に飢えてんだって話じゃん！　あ、因みにアタシは任務として来てま〜す☆　よろしくねー、犀川さん」

柳良をフォローするように、狐里さんが絡んできた。直感的に、俺は悟る。

（この人――こっち側か）

《組織》に所属していた、非日常側の存在。柳良と俺がそうであったように、狐里さんもまた同じだ。根拠はないのだが、恐らく当たっている。

「……あんまりこういう場で、《白魔》ってあだ名は使わない方がいいよ。リッカも、《祝福》使うなんてもってのほかだから。今や二人は、単なる大学生じゃんか」

こちら側かどうかの探りを入れるまでもなく、狐里さんは小声で俺達二人をそう諫めた。

俺達の事情を知らねば、そんな言い方は出来ない。

ならば後は、この女が《祝福》を持っているかどうかだが――

「ほら、犀川さん。今アタシがどんな特技持ちか気にしたでしょ？　リッカと同じようなクセしてるんだ。あはは、似た者同士！」

（気取られた？　心を読んだ、とは考え辛いが――）

「に、にに、似てないし……こんなのと……。芳乃、言って良いことと悪いこと……あるよ」

「そこまでのことか？」

失礼なヤツだな……。警戒心なんてものはどれだけあっても困らないだろうに。

　そもそも柳良だって、彷徨わせる視線の中で、俺が武器を携帯しているかどうかを探っていた。まあ、武器なんて合コンに持ち込まないから、やるだけ無駄だったが。

「とりあえずさー、再会を祝して乾杯しない？」

「まあ……構わないが」

「ぐ、グラス、空っぽなんだけど」

「なら何か頼もっか。リッカもお酒飲んだら？」

「ダメだよ……未成年だもん。芳乃もお水にしなきゃ、逮捕されちゃう」

「固いこと言いなさんなって～。どーせ年齢確認とかされないし、バレなきゃ余裕余裕！」

「でもぉ……」

「ちょっと待て。え、お前ら…………未成年なの？」

　俺は幾度となく柳良と交戦したが、そのパーソナリティについてはほとんど何も知らない。所持する《祝福》についてはある程度知っているが、実は柳良の年齢すら知らないのだ。

　なので柳良の『未成年』という発言には滅茶苦茶驚いてしまった。

「あ、犀川さん。野暮なこと言っちゃう？　合コンでそれはちょっとねえ～」

「だ、だだ……だまれ！　よ、芳乃は逮捕させないから……！」

「そんなことはどうでもいい……！　お前ら、幾つだ……？」

「「18歳」」

「……ッ⁉」

この二人は18歳。まだ大学に入ったばかりの、大学一年生だった。なので酒を飲めば未成年飲酒になるのだが、そんなことはマジでどうでも良かった。

問題は、柳良（なぎら）が俺よりも二つ年下だということだ。

四年前、つまり俺が16歳で高二の時。《組織（ロッド）》の連中とバチバチだった時。

柳良（なぎら）はまだ14歳で……中学三年生だったことになる。

「お、俺は……！　中学生相手に苦戦していたのか……⁉」

てっきり俺は、柳良（なぎら）——《白魔（ハクマ）》が自分と同い年か、ちょっと上ぐらいだと思っていた。それだけ柳良（なぎら）は大人びて見えていたというか、大人なんて軽くヒネるぐらいの強さだった。無論、俺だって大人を軽くヒネれていたからこそ、同じくらいの歳（とし）だと勘違いしていたのだ。

それが実は……当時中坊？　え？　あんな強い中坊が居ていいの？

「年齢詐称はやめろォ‼　お前は二十歳（はたち）か、もしくはちょい上なんだ‼」

「なにこいつ……こわ」

「ふ〜ん……。なるほどね。リッカ、学生証を犀川（さいがわ）さんに見せてみ」

「こ、個人情報が……」

「大丈夫だって。もっと面白いものが見れるからさ」

渋々と言った表情で、柳良（なぎら）は（見せなくていいのに）己の学生証を俺に提示した。

確認の結果、間違いなく……18歳。あの時中坊だったことが確定する。

ぶっちゃけ、俺と《白魔（ハクマ）》は同格ではない。向こうの方が格上だ。それを俺は、持っている装備や技術、知識、その場の環境などを駆使して、どうにか渡り合っていた。『俺と同年代で、こんなに強いヤツがいるのか』と、ある種の感動すら覚えていたほどだ。

「俺、女子中学生に……！　あれだけ……!?」

プライドの問題だ。特に10代は、年齢や学年の一つ上や下に大きな意味を持つ。誰だって漠然と、『年下には負けない、負けたくない』と思うものだ。俺だって例外じゃない。

無論、俺より若くて強いヤツなんていくらでもいるだろう。そのこと自体に疑問はないし、受け入れもする。だが、こと《白魔（ハクマ）》相手においては、年下だとは思いたくなかった。

今、俺のプライドは——ガラガラと音を立てて崩れていた。

「せ、せめて、先輩なら……ッ」

両手で頭を抱えてしまう。合コンはもう完全にエリアが区切られ、『鹿山（かやま）』『柳良（なぎら）』『それ以外』の空間が出来上がっている。最早（もはや）誰一人として、俺達に気を向けはしない。

俺の反応を不思議そうに見ている柳良（なぎら）だが、狐里（くり）さんが何か耳打ちした。

恐らく余計なことを吹き込んだのだろう。多分狐里（くり）さんはそういう感じの人だ。

「えっと、はねが……犀川（さいがわ）さん。今おいくつですか？」

「……二十歳（はたち）……。大学三年……」

自己紹介でそう言ったはずなのだが。何故もう一回訊いてくるんだ。

「あ、はたち。ふーん……じゃああの時高二なんだ」

「そうだが……」

「へぇ~……。わたしは中三だった」

「だろうな……」

「中学生に……苦しめられたよね？」

「…………」

「フッ」

え？　今鼻で笑った？　笑ったよね？　俺のこと鼻で嘲笑ったよね？

それはもう完全に勝ち誇ったような顔して鼻で嘲笑い舐め腐ったよね？

「ご、ごめんなさい（笑）わたし、てっきり《羽根狩り》って同い年の中学生だと……

（笑）」

「おい……やめろ……」

「今後はちゃんと呼ぶようにしますね？」

「やめろ……ッ」

「犀川先輩って……（笑）」

　コツン……。再び満たされた柳良のお冷と俺のジョッキが、不格好な乾杯をした。

「あああああああああああああああああああッッ!!　もっかい俺と勝負しろこの野郎ぉぉぉぉぉぉぉぉぉぉぉッッッ!!!」

『鹿山』『柳良』『俺』『それ以外』で区切られた瞬間だった……。

*

「お前らさぁ。何しに来たんだ？」

　男側の主催者のヤツに、俺と鹿山は途中で呼び出しを食らった。随分とチャラついているというか、ザ・大学生みたいな格好の男だが、その表情は激怒の一言に尽きる。

「いやあ、まあ……」

「ははっ。申し開きをする余地もない。ご覧の通り、合コンに向かない生物というものが、この国には確かに二匹は存在していたわけだね」

「堂々とすんじゃねえ！　鹿山、テメェはツラが良いから呼んだのに！　あとそっちの……名前忘れたけどテメェも、空気読めねえならもう帰れや！　金払ってやるから!!」

　意外と良心的だった。或いは金払ってでも良いから俺達にご退散願いたいのか。

俺だって自分が大きな過ちをしたことは承知している。柳良にクソほど煽られたせいで、ガラにもなく大声を張り上げてしまった。合コンでそんなことをすれば、空気が一瞬で凍るのは想像に難くない。柳良の《祝福》で冷やされた方がまだマシだ。

俺は鹿山と目を合わせる。こくり、と鹿山は一度小さく頷いた。

「ありがとう——君のことは忘れない。名前は忘れたけど……」

そして鹿山は主催者の男を真正面からハグし、背中をポンポンと叩いていた。

「いや何でだよ」

「やめろや!! 俺が慰められてるみたいになんだろうが!! あと俺の名前は——」

「じゃあお言葉に甘えて帰ろうか、犀川。浮いた金で帰りに牛丼でも食べよう」

「浮いた金とか言うなって……。あ、お疲れっした」

さっさと鹿山は踵を返してしまったので、俺も慌てて後を追う。

これ以上俺達はあの合コンに顔を出せるわけもないし、帰る以外の選択肢なんてないが。

「もう二度とツラ見せんじゃねえぞ!! お疲れ!!」

(お疲れは返してくれるのか……)

大学生らしい生態だと言えた。この主催者のヤツは悪いヤツではないのかもしれない。

「夢に出るだろうね——あれだけ並んだおっぱいを見たら」

「お前以外の男は嬉しいだろその夢……」

帰り道を俺と鹿山はトボトボと歩く。いや……鹿山は歩いていない。ピョンピョンとウサギみたいに跳ねている。めっちゃ上機嫌の子供がやる感じで跳ねている。

「僕は案の定だったが……まさか犀川も大ポカをやらかすとはね。あまりそちらに気を向ける余裕はなかったけども、あの銀髪の子は知り合いか何かだったの？」

「まあ、そんな感じ。てか何で跳ねてんだよ」

「反動さ。おっぱい群から解き放たれた反動。身体も跳ねるってものだ」

「そんなヤツが合コンに行くな……!!」

鹿山は何を考えているのか分からないことが多い。その上でたまに、今みたいな奇行に走る。

まあ、割ともう見慣れた光景だが。あとおっぱい群とか言うなや。激アツ演出か。

「にしても、マジでやらかした……。別に知り合いだろうと何だろうと、適当にあしらっておけばよかった……。あいつに気を取られ過ぎたばかりに……」

「銀髪のあの子も大概ヤバかったけどね。自己紹介で氷投げる女とか初めて見たよ」

「自己紹介で名刺バラ撒いて腰抜かす男も全員初めて見たと思うぞ」

「それは確かに一理――」

「お〜〜い！　そこのお二人さ〜〜〜〜ん！　待って〜〜!!」

跳ねる鹿山が肩をすくめようとした瞬間、後ろから誰かが俺達を呼び止めた。

聞き覚えのある声だ。俺はすぐにそちらを振り返る。

「狐里さん。あと……柳良」

「何か戻って来ないなーって思ったら、犀川さん達は途中で帰ったって幹事の人が言うからさ〜。アタシらも合コン抜けて来ちゃった」

「このままおうち帰るって言ってたのに……。この人追い掛けるなんて聞いてない……」

少しだけ息を切らした狐里さんと、息一つ切れていないが不満げな柳良がそこに居た。

合コンを抜け出して、わざわざ俺達を追い掛けてきたって、どういうことだろうか。

「うわあああああああああああああああああ!! 走るおっぱいがきた!!」

跳ねていた鹿山はそのままビターンと地面に横倒しになり、陸地に打ち上げられた魚みたいにビチビチと悶絶している。お前何なんだよマジで。だから女性をおっぱい呼びするな。

「何か用件があるならそこの公園で聞く。これはもう無視してくれ」

「あ、うん。そうするわぁ〜……」

「鯉のマネうまい……」

鹿山はほっといて、俺と狐里さんと柳良は近くにあった小さな公園に向かった。

わけもなく俺は腰部を手で探る。銃把を求めていることに、少ししてから気付いた。

(元々は敵同士だ。交戦の可能性は無いとは言い切れない)

少しだけ距離を取って、俺は公園内の街灯に背を預ける。この後ろは茂みになっており、瞬間的に身を隠せると思ったからだ。逆に、狐里さんと柳良は並んで棒立ちしている。

「それで――俺に何の用だ？」

「いや普通にさっきのこと謝ろうかと思って。アタシもちょっと煽るためにリッカを唆しすぎたっていうか、あそこまで犀川さんが怒るとは思わなくって。ごめんなさい！」

狐里さんが腰を折るようにして曲げ、俺に謝罪をした。

「あー……、いや、まあ、俺もちょっと大人げなかったし……」

まさか謝罪されると思っていなかったので、俺は面食らってしまう。

「ほらリッカも謝らなきゃ！」

「………やだ」

「は？」

柳良の背中をぐぐっと狐里さんは押すが、全く柳良の腰は曲がらない。

「やだじゃなくて！　この人先輩なんだし、リッカも合コン滅茶苦茶にしたんだし、ここはきちんと謝るべきなんだって！　ほら腰曲げ……れねえ!!　鉄板かあんたは!?」

「やだやだ！　謝りたくない！」

「なんでよ！」

「だって………」

　ちらっと柳良は俺の方に視線を移す。そして数秒だけ、俺を検分するように眺める。

「……フッ」

「謝れよぉ〜〜〜〜……？　今の笑みも込みで俺に謝れよお前〜〜〜〜……？」

　まさかまた嘲笑されるとは思わなかった。狐里さんと違って何なんだコイツは。

「あーもうこの子は……。すみません犀川さん。普段はこんな子じゃないんですけど」

「だって……事実だもん。年上のこの人より、年下のわたしの方が強いもん。ただの事実を言っただけで、なんで謝らないとダメなの？　おかしいと思うもん」

「ぐッ……!!」

　もんもんうるせえな……。けど柳良は事実を述べただけだ。俺が年下の柳良相手にずっと梃摺っていたのは事実だし、そんな俺のことを年下の柳良が先輩呼びするのもおかしくはない。

　でも問題は柳良の死ぬほど煽ってくるスタンスにある。だからやっぱ謝れや。

「まあそれは……そうかもだけど〜。犀川さんの方が弱いのかもだけど〜」

「急にあんたまで俺を抉るのか？」

「ほらね？　事実を言われて怒るのは、心に余裕がないからだよ。余裕ないよこの人」

　またもや柳良は俺を見下す。ああ、今更だが……見慣れた目付きだなと思った。

　そもそも俺達は敵同士で、お互いがお互いに強気に出ていたっけ。そうしなければ相手の威圧感に呑まれるから、必然的にそういう会話が多かった覚えがある。

今もそれは変わらないってことか。なら、柳良は俺に謝る必要はない。現段階では。

「事実じゃなければ謝るんだな？」

「は？　急に何——」

柳良が言い終えるよりも速く、俺は手に握っていた石を指で上方へ撃ち出す。

バキン。俺の頭上にあった街灯が割れて、瞬間的に暗闇が俺達を包んだ。

地を蹴る。抉るほどに蹴り抜く。爆発的加速を右腕に乗せて、俺は柳良へ拳を放った。

この場所を選んだのは、仮に攻められた場合すぐに身を隠す為だったが、同時に——もし俺から攻め込む場合、光源を潰して相手の不意を衝く為でもある。

——俺の拳は、柳良が氷で防護壁を作るよりも先に、彼女の喉元まで伸びていた。

「四年で随分と弱くなったんじゃないか？　《白魔》」

「…………」

俺が喉を潰さなかったのは、こいつから謝罪を聞き出す為に過ぎない。何より、柳良だからこそ分かったはずだ。俺にもう少し殺意があれば、これで自分が終わっていたことが。

「謝れよ。俺の方が強い」

「……潰す……!!」

「やってみろ……!!」

街灯が潰れ、周囲はかなり薄暗い。頼りない月光だけが俺達を照らす。

その中で、薄靄（うすもや）のようなものが俺の周囲を取り囲んでいた。

底冷えするような寒気は、文字通り気温が下がったからだ。

間違いなく柳良（なぎら）の《祝福（ブレス）》のせいであり、そして攻撃の予兆でもある。

だが、何か仕掛けてくるのなら、それよりも先に俺がこいつの喉笛を――

「ストップストップストーップ‼」

シュッ！　シュッ！　と、何かを吹き掛けるような音がした……というか吹き掛けられた。

「うわっ！　何だこれ……⁉」

「げほっ！　ちょ、ちょっと芳乃（よしの）！　なんでわたしまで……！」

甘ったるい匂いで分かった。どうやら狐里（くり）さんが俺と柳良（なぎら）の顔面に香水を撒（ま）いたらしい。

思わず俺は柳良（なぎら）から離れる。向こうも同じくだった。

「あんたらねえ、いつまでバトルごっこすりゃ気が済むわけ⁉　もうそんな時代終わったんだから、いい加減そういうのから卒業しろっての！」

「バトル……」

「ごっこ……」

俺は頭に血が上っていたことを自覚する。

確かに、こんな夜の公園で本気で命のやり取りを行うなど、正直どうかしていた。

「でも！　リッカも犀川（さいがわ）さんも、めちゃ対抗心が強いってのは分かった！　ってわけで――」

狐里さんはポーチから財布を取り出し、更に財布から何かのチケットを二枚抜き取る。

「はい！　ボウリング場のクーポン！　もうこれ期限切れるし、明日二人で行ってきなよ！」

「ま、待て。意味が分からん。何で俺が《白魔》とそんなトコに行かなきゃならないんだ？」

「そうだよ芳乃！　行くにしたって、芳乃も来るでしょ⁉」

「あー、明日はバイトだからムリ。ってか二枚しかクーポンないし、アタシ金欠気味だし。まあそれはともかく、勝負するならバトル以外で、白黒ハッキリつけなさいっての！　それとも負けるのが怖いから、適当に二人共理由付けてやめとく？　アタシはそれでも別に――」

「「行く」」

「息合うじゃん……。なら決まりね。せいぜいお互いぶっ倒せるよう、楽しんでおいで♪」

妙に楽しそうな表情を見せて、狐里さんはそう結論付けてしまった。

というわけで、どういうわけなのか。俺はかつての宿敵と合コンでバッタリ再会し、あわや命のやり取りを交わし、そして最終的に明日二人でボウリングへ行くことになったのだった。

あまりにもくだらない、それでいて非常識な、だけどありふれた日々のはじまり。

やがてその宿敵こそが、運命の人だったと気付くまでの。

この物語は――そんな二人の馴れ初めの、恋話だ。

「もしさ――あの合コンに行かなかったら、わたし達ってどうなってたのかな？」

休日、二人で家を出る直前のこと。律花はふと、狼士にそんなことを訊ねた。

身につけるボディバッグを探しながら、狼士は「ああ」と簡単に返す。

「今もまだお互い独身同士じゃないか？」

「え、なにそれ。わたしがモテないって言いたいの⁉」

「そういうわけじゃないが……うーん、深く考えたこともなかったな」

例の合コンからおよそ六年の月日が経って――律花はその姓を柳良から犀川に改めた。どこかに出掛ける時は、必ず二人は指に揃いの指輪を嵌めている。夫婦になった、ということだ。

「人生に『もしも』を考える時は割とあるけどさ。絶対に考えない『もしも』だってある」

「ろうくんとわたしが、あの合コンに行かないって『もしも』？」

「何かそんな合コンという単語を押されたくないな……。あー、どっちかっていうと、俺と律花がもう一度出会わない『もしも』を、俺は考えないってことだよ。てか、考えたくない」

「それはわたしも。んふふ……あの時ろうくんのこと煽っといてよかった♡」

「そうだな。合コンでいきなり氷投げ付ける律花は素敵だったよ」

「でしょ～？」

「イヤミだぞ」

少しでも何かがズレていれば、狼士と律花の未来は変わっていたかもしれない。二人がそう思えるぐらいには、あの再会はそこまで良いものではなかった。律花は挙動不審で、狼士は血の気が多くプライドが高い。まだまだお互い子供だったと、狼士はしみじみ思う。

「そういえば髪の毛染めてたよね、あの頃のろうくんって」

「ああ。就活が本格化するまでは染めてたと思う」

「やっぱりモテたかったから？」

「…………うん」

「ふ～ん。でもぶっちゃけ似合ってなかったよ。今の黒髪の方がろうくんらしくて好きかな」

「悲喜が同時に襲ってくる言い方だ……」

もっと言うならば、染髪したところで別にモテていない。が、意味はあったと狼士は言う。

「染めたお陰で律花とまた会えたからいいんだよ」

「会えたのは合コン行ったからじゃん。髪の毛関係ないよ？」

「だからその事実を突き付けるのやめてくれ……!! 俺は案外ロマンチストなんだ……!!」

狼士の反応を見て、律花はけらけらと笑っている。愛する人との再会は、なるべく運命的なものであったと言いたい。合コンが理由なのは、狼士からすると俗っぽくて嫌だった。

勿論、そんなことは律花も承知の上だ。分かった上でからかったに過ぎない。

「でもホント、もっかい出会った時はこうなるなんて思わなかったよね。友達とかならまだしも、こうして結婚するなんてさ～。運命ってふしぎ！」

「正直、俺もそう思うよ。あの時は律花のことなんて全然好きじゃなかったし」

「むっ……。わたしも、ろうくんのこととか虫以下だと思ってたもん！」

「言い過ぎじゃないか……？」

「けど今はどんな虫よりも好き♡」

「むしろ俺より好きな虫が居たら教えてくれ　駆除するから」

そもそも律花は虫好きというわけでもない。しかしこうやってじゃれ合い、からかってくるという側面も、当初の律花にはまるでなかったと狼士は回顧する。

因果があり、偶然があり、過程があり、そして今がある。それら全てを引っくるめて運命と呼ぶのならば、狼士にとっても律花にとっても、運命とは愛し、感謝すべきものだ。

もうすぐ二人で出掛ける時間だが、狼士は思わず律花の腰に手を回した。

「律花」

「え……っ」

抱き寄せて、耳元で律花の名前を囁くと、少しだけ触れ合う体温が上がった。

まだ多少なら時間に余裕がある。狼士は身体を離し、律花と見つめ合う。

「愛してる」

「こっ、この前からなんか大胆っていうか……その、わたしもだけど……」

「だから――」

『ふにゃあああああああああああああ‼　オス人間とメス人間がこんな真っ昼間からめちゃめちゃ発情してるにゃあああああああ‼　あっあっ、B・モレル（元オリックス）』

しょわわわ……。愛猫のにゃん吉が二人を見上げ、その場でお漏らししていた。

「おまッ、にゃん吉！　またわざと漏らしたな⁉」

「あらら、拭くもの取ってこないと」

『悪気はあったにゃ……。やったった……』

「やっぱ全部故意かよ！　つーか何でお前モレル選手を知ってんだ⁉」

「何言ってるの、ろうくん？　せんしゅ？」

にゃん吉は何故か狼士とだけ会話が出来る。出来るからといって、言うことは聞かない。

一方で律花は何も分からないので、疑問符を浮かべつつも吸水シートを手にしていた。

少しだけ盛り上がったムードが台無しである。狼士は溜め息をつき、粗相の処理を手伝う。

まあ、元より外出前だし、盛り上がったところで無駄な発情だとも言えなくないが。

まだ今日は始まったばかりだ。少しばかりやることの詰まった今日が。

なので狼士はこの後の予定を頭で反芻しながら、にゃん吉の鼻先を指で弾き、ついでにどさくさで律花の尻を撫でて、愛妻と愛猫から手痛い反撃を食らっておいた。

《第二話》

「…………遅い」

「…………まだ五分前だろ」

《白魔》——柳良律花との待ち合わせ場所に向かうと、既に柳良は待っていた。

集合時間よりまだ五分早いのだが、必要以上に時間を守るタイプなのだろうか。

……それにしたって仏頂面だ。俺もこいつのことを言えないが。

「先に言っとくけど、今日はどちらが上かハッキリさせるために来たから」

「わざわざ言わなくても承知の上だ。それとも他意があるのか？」

「え？　他意ってゆーか……。それは、その………」

柳良は目を逸らして、ブツブツと何かを呟いている。『男と女』だの『二人きり』だの聞こえて来たが、まさか俺を不意打ちして打ちのめす算段じゃないだろうな。

合コンの時よりも挙動不審な部分は減ったが、柳良のことを頭から信用は出来ない。何が起こっても不思議ではない——こんな緊張感は、それこそ四年ぶりだった。

「ともかく、行くぞ。帰りたいなら止めはしないが、不戦敗にする」

「か、帰らないし！　そっちこそ、途中で逃げ出したりしたら負け猫って呼ぶから！」

「……負け犬だろ」

「猫の方が好きだもん」

「何言ってるんだ……？」

猫が負けてるだろその言い方だと。いいのかそれで。

《祝福(ブレス)》を持つ者のことを、俺達の機関では《痣持ち(ブルーズ)》と呼んでいた。その名の通り、《祝福(ブレス)》の所有者には身体(からだ)のどこかに羽根形の痣(あざ)が必ずあるからだ。そしてこれは俺の根拠なき個人的解釈だが、《痣持ち(ブルーズ)》は何故(なぜ)か変人が多い。柳良(なぎら)は《痣持ち(ブルーズ)》……つまり変人なのだろう。

俺達は微妙な距離感のまま歩き出す。相手の後ろをついて歩くのは心理的な抵抗があるからか、横並びになっている。が、両者間の距離は開いたまま。大人一人分は通れるぐらいに。

「………」

当然ながら、雑談を交わすこともない。俺に何か喋(しゃべ)る気はないし、相手もそうだ。

そもそも、何を喋(しゃべ)れば良いのかも分からん。互いに無言でいいだろう。

やがて、目的地となる大型のボウリング場に着いた。他にも複数の娯楽施設が内部に入っている、暇な高校生や大学生を惹(ひ)き付(つ)けてやまない誘蛾灯(ゆうがとう)みたいな場所だ。

「じゃあ受付するか……おい、どうした」

「え!?　べ、べべ、別に……」

店の中に入ると、露骨に柳良(なぎら)の挙動不審っぷりが増した。

あっちをキョロキョロ、こっちをキョロキョロとしている。散歩ルートを外れた犬……いや猫が好きらしいから、散歩ルートを外れた猫と呼ぶべきか。

「トイレに行きたいなら先に済ませろよ。それを負けの言い訳にされたくないからな」

「ち、違うし。大丈夫だし」

「そうか。じゃあ俺はちょっとトイレ行くから、先に受付しておいてくれ」

「⁉」

言い訳にしたくないのはこちらも同様だ。俺は柳良（なぎら）を置いて、手洗いに向かった。

（ボウリングか……。去年行ったっきりだな）

俺はそこまで遊び人ってわけじゃない。が、一般的な大学生がやるような遊びは、大体全部経験している。麻雀（マージャン）とか競馬とかスロットとか、そういうのだ。それらは主に鹿山（かやま）が俺を連れ回したからで、ボウリングも鹿山（かやま）とあと一人で何度か行ったことがある。

なのでボウリングで勝負をするのはいいが、正直そこまで腕前に自信はない。スコアは100行けば良い方だろう。鹿山（かやま）はめちゃくちゃボウリングが上手（うま）かったので、もうちょっとコツを聞いておけば良かったかもしれないな……。

（相手は少し前まで高校生だったからな……。慣れてる可能性は高いか）

柳良（なぎら）のことは全く知らないが、今時の高校生らしくよく遊んでいたに違いない。ボウリングについても勝てる算段があるからこそ、こうやって勝負を受けたのだろう。

しからば、苦戦が予想される——俺は最後に一度大きく深呼吸して、受付の方へと戻る。

……柳良が先程と寸分違わぬ位置で、棒のように突っ立っていた。

「おい。受付しといてくれって言っただろ」

「ひゃあ！　きゅ、急に話しかけないで！　戻ったならそう言ってよ！」

「はあ？　ったく……あくまでも俺の指図は受けないわけか。ならいい」

俺に受付しておけと言われたのが癪に障ったに違いない。

もっとも、俺はそこにはこだわらないが。受付ぐらいは代わりにしてやるよ。

「学生証、持ってるなら出しとけよ。クーポンと学割は併用出来るから」

「い、言われなくても、持ってるし」

「そうか。すみません、学生二名で、あとこれの適用お願いします」

狐里さんから渡されたクーポン券を、受付の女性に差し出す。デカデカと30％オフと書いてあるのは、学生にはかなりありがたい。俺は言うほど金ないから……。

「はい！　こちらご利用ありがとうございます！　カップル割クーポンの適用ですね？」

「「は？」」

いきなり何を言い出すのかこの受付の人は。俺はすぐに渡したクーポン券を読み直す。

そこには小さな字で『カップルの方限定！』と書いてあった。見落としていた。

いや、でもこういうのって多分建前上なだけだよな。ノリで押せるやつのはずだ。

「あのっ、この人とカップルなんかじゃないので、それ使わなくていいです」

「お前、余計なこと言うな」

「えーっと、一応嘘でも申告さえして頂ければ適用可能ですので。お友達同士でも大丈夫と言いますか、そこまで厳格にチェックはしてないですから」

「ですよね。はは、ならもう気にせず適用してくれます？」

「いえ友達でもないので絶対使わないでください」

「ちょっと黙れお前!!」

「だって嘘は……」

「事実はさておき受付の人がＯＫって判断したのならもういいんだよ!!」

クーポン券が適用されずにゴネることはあっても、適用されてしまうことに異議を唱えるヤツなんて初めて見た。誠実かつ実直と書いてバカと読むタイプなのか柳良は？

食い下がろうとする柳良を遮り、俺はさっさとゲーム数などを選んで受付を済ませた。

「柳良。名前はどうする？」

「どうもこうも、律花だけど？　旋律の律に、お花の花」

「漢字は訊いてない」

「じゃあ名前なんて訊かないで」

ボウリングにおける、画面上の登録名を聞いただけなのだが。基本的に表示名はひらがなかカタカナを使うので、漢字は言う必要がない。何か変な反応だな、こいつ。

とりあえず登録名は、俺はサイガワ、柳良はリツカにしておいた。

（さて……シューズも借りたし、後はボールをどうするかだな）

マイボールやマイシューズは当然持っていないので、全てレンタル品だ。シューズはともかく、ボールは指に合うか、重さが合うかなどでスコアに大きく影響する。よって俺は慎重にボールを選んだ――なるべく扱いやすいよう、比較的軽めのものに。

「そっちが先攻だ。準備が出来たならもう投げていいぞ」

「わかった」

素っ気なく頷き、柳良はレーンに向かう――俺のボールを持って。

「待て待て待て待て！　それ俺が借りたやつ!!」

「え？　でもこれしかないし」

「お前が借りてないだけ……っていうか」

俺は改めて柳良の足を見る。靴がそのままだった。

「……シューズは？」

「シューズ？」

首を傾げられた。その反応で、ようやく俺はここまでの違和感に結論が出せた。

「………。柳良。お前、まさかとは思うが――」

受付が出来ない、登録名のことも分かってない、ボールもシューズも借りていない。

最早誰の目から見ても明らかだと言える。

「――ボウリングしたことないのか……？」

「!!　ばっ、ばかにしないでくれる!?　あるかもしれないじゃん!!」

「何であるって断言しないんだよ……はあ」

さもやったことあるような態度で勝負を受けるものだから、てっきりそれなりの経験者なのかと思っていた。実際は――何と言うべきか。意地でも張ったのか？

「……勝負にならない。もう解散でいいか？」

「ちょ、ちょっと待ってよ！　勝負はやってみなくちゃ分からないでしょ!?」

「流石に今日が初プレイの初心者には負けない。やらなくても分かる。まあ、別に俺の不戦敗でいいぞ。負けたくないんだもんな？　いいよいいよそれで、俺は大人だから（苦笑）」

ここぞとばかりに俺は柳良を鼻で嘲笑った。柳良は風船並みにむくれた。笑える。

が、柳良は一周回って冷静になったのか、伏し目がちになる。

「じゃ、じゃあ……認める。確かにわたし、ボウリングやったことない。高校時代は寮だったし、規則が厳しくてこういうところに遊びに行けなかったから。そこを黙って勝負を受けたのは、素直にごめんなさいって思う。でも……」

「ほーう……。でも？」

「でも、こんなの球を転がすだけだし～？　ちょっと犀川先輩からコツを教えてもらえれば、多分一瞬で先輩のこと追い抜けると思うんで～。勝負はそれからでいいですか～？」

しおらしくなったかと思いきや、柳良はニヤニヤしながら俺を煽ってきた。鼻で笑われたことを根に持っていたのか、俺が嫌がる『先輩』呼ばわりで。

「先輩って呼ぶな……!!　じゃあ教えてやるよこの野郎……!!」

「ありがとうございま～す」

で、俺は実に単純なので――あっさりその口車に乗ってしまったのだった。

「あっちで自分の足のサイズに合ったシューズを借りて、履き替えて来い」

「……サイズ、絶対教えないから。ついて来ないでよね」

「知りたくもないから安心しろ」

手で追い払うようにすると、柳良はんべっと舌を出してシューズを借りに行った。

一々俺を煽らないと気が済まないのか？　もうちょっと《白魔》はクールというか、冷淡な女だと思っていたが、案外そうでもないらしい。

「借りてきた。次は？」

「そっちにボールが大量に置いてあるだろ。自分に合うボールを選べよ」

「色で選んでいいの？」

「好きにしろ」

実際は色でインチが分けられているから、重さすら違う。カラフルな色ほど軽く、女性や子供に向いている。一方で黒や深緑など渋めの色は、成人男性向けでかなり重い。まあ、ボール棚にはインチも書いてあるし、流石に柳良もそこまで愚かではないだろう。

「借りてきた。どう？　黒くてツヤツヤしてて大人っぽいでしょ？」

めちゃくちゃドス黒いボールを柳良は重そうに両手で抱えてやって来た。

どうやら柳良は俺の想像を超える愚かさを有しているらしい……。

「ははっ。バカじゃね？」

「な、なに急に⁉　バカって言ったほうがバカじゃん‼　ばーか‼」

「はいはいそうですねっと。じゃあ試しにそれで一球投げてみろよ」

「むかつく……。いいもん！　いきなりあの的全部壊すから！」

「的じゃなくてピンで、壊すんじゃなくて倒すんだよ……」

特に何も助言せず、俺は柳良に一球投げさせることにした。己がどれだけ間違った選択をしているか、俺の口で言うよりもそっちの方が早いだろう。

柳良はフラフラしながらレーンの前に立ち、ボールを転がす……というよりも、さながらボールを取り落とすかのように前へと転がす。フォームもへったくれもない。

そしてそんな一投でレーンを真っ直ぐ滑るわけもなく、すぐにボールはガーターへ。

「あ……ドブに落ちちゃった」

「ドブじゃなくてガーターだ……」

「わたしのボール、どうなるの？　奥に吸い込まれちゃったけど。没収？」

「しばらく待て」

ゴトゴトと音がして、ボールリターンから柳良の黒ツヤボールが戻ってきた。

それを見た柳良は、両手をパンっと打ち鳴らして喜ぶ。

「すごい！　帰ってきた！　かわいい！　おかえり！」

「可愛い……？」

何がどう可愛いのか、俺には全く分からない。柳良は変なセンスを持っているらしい。

「もっかい投げろよ。基本的に一度の手番で二回まで投げられるから」

「そうなんだ。お得！」

「お得……？」

やはり意味が分からなかったが、ともかく俺は柳良にもう一回投げさせた。

結果は変わらずガーターだ。ピンに掠りもしない。

「はい。０点な」

「なっ……！　そこはもっと優しく、60点とか言うべきでしょ⁉　初心者なんだよ⁉」

「スコアの話だ」

まあでも柳良のプレイングに点数を付けたとして、60点など到底与えられないだろう。

教えると言ってしまった手前、俺はひとまず指摘を開始する。

「柳良。そのボールどうだった？」

「え？　大人っぽくてかわいいでしょ？」

「聞いてねえわそんなこと！　使用感だよ！　新しい武器が貸与されたとして、まずは試し撃ちとか試し斬りして報告するだろ！　それと同じだ！」

「あ、なるほど。うーん……なら重くて使いにくいかも。かわいいんだけど……」

「もうそれはいい。つまり、お前の腕力じゃ扱え切れないってことだ。そもそもこのボールは一番重いやつで、成人男性ですら使うのを躊躇う。だから元の棚に戻して、自分の腕力に合ったやつを選び直して来い。教えるのはそれからだ」

柳良、というか《白魔》は、その軽い身のこなしや柔軟性から振るう刀の一撃で、俺達の前に立ち塞がっていた。刀は重いから、腕力はそれなりにあると思っていたのだが、どうもそうではないらしい。むしろ、その辺の女子大生と変わらない腕力しかないようだ。

まあそんな俺の認識の更新はさておき、柳良は黒ツヤボールをぎゅっと抱き締めた。

「や、やだ！　戻さない！」

「は？」

「だって、この子とせっかく巡り会えたのに……。すぐ戻したら可哀想だよ……寂しいよ」

「はぁ、そっすか。ほーん。んじゃそれここに置いてていいから、もう一球持って来いよ」

「え、それいいの？」

「別に一人一球ってわけじゃない。節度や限度はあるが、残ったピンの状況によっては、重さの違うボールを複数使い分けることも――」

俺が言い終わる前に、柳良は「やった！」と言いながらボールを選びに行っていた。

何だ、この……何なんだ？　柳良は普通じゃないのか？　いや普通じゃなかったわ。

暇なので、俺は自分の手番だしボールを投げておいた。スペア取れた。

「この子にした！　どう？」

「あーはいはい。可愛い可愛い」

「ぷっ。なにそれ。カッコいいの間違いでしょ」

（張っ倒してぇ）

今度は女性向けの軽めのボールだ。柳良曰くコイツはカッコいいらしい。謎だわ。

このセンスには付き合ってられない。俺はさっさと指導を開始することにした。

「まず基本的なことだが――ボウリングは一度に多くのピンを倒す遊びだ」

「そのくらいは知ってる。すとらいく……だっけ？」

「そうだ。で、ストライクを取るコツだが、ボールは中央のど真ん中に投げるといい」

実際は中央より若干ズレた方が良いとも聞くし、ボールのスピンによって狙う箇所が変わってくるとも聞く。が、まあ、一般的なイメージとしては真ん中が一番分かりやすい。

「ふーん……すっごい簡単。え、こんなのにみんな熱中してるの？」

「俺以外の客も挑発するつもりなら拡声器でも使えばどうだ。いいから投げてみろ」

「はいはい。ま、才能ってやつを見せつけてあげますよ（笑）」

俺とボウリングそのものを侮った、軽薄な笑みを柳良は浮かべている。

何だろうな……こういう表情に対して使うんだろうなあ。理解らせってヤツは……。

――柳良の一投はレーンに対して斜めに真っ直ぐ、最終的にガーターへ吸い込まれていった。

「はいドブ」

「ドブ……じゃ、ないんでしょ⁉　今のナシ‼」

「でもドブ」

「ドブって言うのやめて‼」

「最初にドブ言ったのお前ドブ」

「口癖みたいに言わないで‼」

やれば分かることだが、ただ前に転がすことは出来ても、レーンに対して真っ直ぐ転がすことは意外と難しいのだ。柳良がただの一本も倒せないのも不思議ではない。

基本的には一人二回まで投げられることを柳良は覚えたので、すぐに帰ってきたボールを引っ掴むと、再びボールを転がして――また側溝に球をぶち込んでいた。

「な……なんで……？　まっすぐ投げたのに……？」

「そう投げたつもりになってるだけだから。実際は手首に捻りがあって、ボールに変なスピンが掛かってるし、リリースポイントもズレてるから狙った所に行かないんだよ」

「出た出た！　わかんない人に対してむずかしい言葉で説明するやつ！　それでなんとなく説明した気になって、言った人だけ気持ちよくなっちゃってるやつ！」

「少なくとも今の気分は悪いっつーの」

昔、俺が《志々馬機関》に所属していた時、同僚に健剛という男が居た。そいつは基本的に他人の話や説明を聞かず、ただ己のセンスや直感だけで戦果を上げていくタイプだったが、柳良はそういうタイプに近い気がする。つまり、何を言っても無駄ってことだ。

次は俺の手番だが、もうスコアはどうでもいい。俺は柳良のボールを片手で持ち上げた。

「おい」

「なに？　ちゃんとわかりやすく教える気に――」

ぶーぶー言っている柳良を無視して、俺は柳良の利き手を掴む。

「ひゃっ!?　え、ちょっと、なに!?」

「うるさい。いいか、まず指はこのくらいまで入れて、ボールの持ち方はこう」

俺は柳良の手に己の手を重ねて、正しいフォームへ強引に矯正していく。何やら柳良が抗議の声みたいなのを出しているが、気にしない。言っても無駄なら叩き込むまでだ。

「ね……ねえ、待ってよ！」

重なり合った手が暴れていた。無駄な抵抗するなよ、今から教えるんだから。

「待たない。で、レーンに対して真っ直ぐ前向いて、肘を背中側に引く。手首は固定するイメージで、一歩踏み出し、伸ばした腕でボールを使って地面を撫でる感じに……投げる！」

最早手どころか、俺は柳良の身体を人形みたいに動かす感じで、正しいフォームをなぞらせた上で投げさせた。やはりというか何というか、常人よりも遥かに関節の可動域が広くて柔らかい。それこそ猫のようなしなやかさがあった——これもまた天賦の才だろう。

本人があまり分かっていないこともあって、ボールに勢いはなかったものの、レーンに対して真っ直ぐ伸びるようにして転がっていく。バコンという音を残し、ストライクが取れた。

「ストライクは取れたが、これはまぐれ——」

調子に乗らせないよう、俺は牽制を入れようとした。またぞろ柳良が跳ねて喜び、俺を挑発するかと思ったからだ。しかし、柳良はどういうわけか——俺を睨みつけていた。

「お、お兄ちゃんでさえ……！」

顔を真っ赤にして、それこそ年頃の少女って顔で。

「は？　誰がだ？」

「お兄ちゃんでさえっ！　そんなベタベタ触らないのにっ！　せ、セクハラっ！」

……思考が固まってしまった。セクハラって、あのセクハラだよな。そりゃそうか。

で、俺が柳良にセクハラ？　いやいやいや、意味が分からん。

「俺は投げ方を教えただけだ。下心なんてないし、ましてや俺とお前の間柄だぞ。友人や先輩後輩じゃないのに、セクハラもクソもあるか。まだ宿敵や怨敵と言われた方が納得いく」

「そ、それは……そうだけどっ！　でもっ！　犀川先輩だし！」

「おい先輩って呼ぶな。じゃあもう俺は金輪際お前には触らない。それでいいか？」

「…………いい」

「なら解決だ。ほら、今教えた通りに投げてみろ。ちょっとは上手くなってくれないと、あまりにも張り合いがないからな。せいぜい努力しろ、柳良後輩」

「むぐぅ……。その言い方なんかむかつく……」

本気で柳良への下心なんてないし、同時に疚しい気持ちもゼロだ。

他人の自意識なんて分からんが、余計な誤解を招かれるのは勘弁願いたい。

――というわけで、俺は自分の手番すら全部柳良に与えて、練習させることにした。

「ああーっ！　またドブっちゃった……」

柳良の投げたボールは、ピンの手前で大きく逸れてガーターに入る。ドブる、という表現はどうかと思うが、開き直って本人はガーターのことをそう呼び始めていた。

「ねえ、これあれじゃないの？　あの的……えっと、ピンにさ、入ってるよね？」

「何がだ」

「磁石みたいなの……！　だって急にわたしのボール曲がったもん！　やられたよ！」

「お前の頭がか？」

誰が何の目的でピンに磁石を仕込むんだよ。あれで肩でも叩いてコリをほぐすのか？

――シンプルに柳良はボウリングのセンスがない。

恐らく手首が柔らかすぎるのだ。ボールを投げた時点でどうしても手首が勝手に曲がってしまい、変なスピンが掛かっている。こと剣術において、その手関節の異常な柔らかさは、あらゆる体勢からの斬撃を可能にしているが――ボウリングにおいては手枷でしかない。

（さっき真っ直ぐ投げられたのは、俺が手に触れていたからか）

俺の手が邪魔になった結果、下手に手首が動かず投げられたに違いない。つまりは固定、或いは緊張や硬直があった方が、柳良は真っ直ぐ投げられるはずである。

（まあ、もう二度と触らないと言った手前、どうしようもないが――）

念の為、ボールが変に曲がる他の原因ぐらいは指摘しておくべきだろう。

「ううう！　また曲がっちゃった！」

「あー、ボールに余計な油が付いてるからかもな」

「え？　この子たち素揚げされたの……？」

「『余計な油』を『余計な油分』みたいなニュアンスで捉えるな」

ピンに磁石仕込むわボール素揚げするわ、ここは一体何なんだよ。地獄か？

俺はボールリターンごとに備え付けてある、ボール磨き用のクロスを指差した。

「レーンにはワックスを塗ってるから、ボールを投げたらどうしてもそれで汚れていく。で、そのせいで変にスピンが掛かって、狙ったところに転がらないことがある。それを防ぐために、定期的にあの布でボールを拭いてやるんだ」

「おお～。毛づくろい！」

「そうだな。こいつら全員永久脱毛済だけどな」

毛の生えたボールがあれば俺に教えて欲しい。スマホで撮って後で鹿山にでも見せるから。

柳良は今使っているボールを丁寧に丁寧に、丹念に丹念に磨き上げていく。たまに掲げてみたり、覗き込むようにしてみたり、何らかの芸術品の仕上げのごとく。

「ん～、良い感じにキレイになったねえ」

「どんだけ時間掛けるんだよ……」

どうせまた投げれば汚れていくのだから、軽く拭き取るだけで良いものを……。

柳良は「よし！」と言って、ようやくボール磨きを終え――そして次にずっと使わず鎮座していた、最初の黒ツヤボールをキュッキュッとやり始めた。

「もういいだろ!!　使ってねえしそれ!!」

「は？　この子はわたしを見守ってくれてるんだけど？　これはそのお礼だもん」

「せめてもっとその黒ボールを使ってから礼しろよ……!!」

「使うのはこの子で、見守るのがこの子だし。まだ犀川先輩にはわかんないか（笑）」

「分かってたまるか……!!」

言うに事欠いて、何で俺を煽るんだよ。明らかに異常なのはお前の方だろうが。

ある意味柳良はブレない。持っているセンス、感性に従って生きている。これがわざと作ったキャラなら鼻で笑えるが、恐らく何も作っていない。素でこんなのだ。

（一周回って尊敬すら覚えるな……。俺の周りには居なかったタイプの人間だ……）

ただ、俺が一番イラッと来るのは、その柳良の独特なセンスと感性が、確実に《白魔》としての戦闘力に直結しているのが分かることだ。柳良の能力は氷雪を操るものだが、ただそれだけのシンプルな能力を、柳良は異常な発想力と応用力で活かしていた。その思考の出どころが彼女のセンスだとするなら――なるべくしてなったのだろう、こんなのに。

「おい、こんなの」

「なにその呼び方……。むかつく……」

「ストライクを自力であと一回取れたら、お前の勝ちでいい。逆にゲームの終わりまでに取れなかったら、俺の勝ちだ。勝負の条件はこれにしないか？」

「ふーん、そんな条件でいいんだ。じゃあもう終わっちゃうよ？　毛づくろいしたし！」

「はいはい。口だけは達者だな」

毛づくろい、もとい、ボール磨きをしただけでそこまで結果には影響しない。

柳良の弱点である手関節の柔らかさは、これまでは長所だった。故に意識しても簡単に覆せないし、そもそも気付いているのかも怪しい。要は、柳良はストライクなど取れない。

「腰抜かすといいよ。わたしには秘策が——ある！」

お世辞にも綺麗ではないフォームで、柳良はボールを投じる。

やはり手癖で、手首がくにゃりと曲がっていた。あれではスピンが掛かって、真っ直ぐ転がるわけがない。かといって狙ったスピンでもないから、やはりストライクは絶対に——

——パキ、バコォォォォン！

「え」

「どぉぉぉ〜だっ‼　見たかあ⁉　ストライク‼」

一投で、ピンは全て倒されている。目視上も、記録上も間違いなくストライクだ。

ああ、間違いない。これは間違いなく——

（こいつ普通に《祝福》使いやがった……‼）

——ド卑怯ッ‼　それも《痣持ち》にしか出来ない形の‼

柳良のボールは不自然なまでに突如反対方向へ曲がった。何かが割れるような音がしたのは、柳良が瞬間的に薄い氷の壁を作り、ピンボールのような要領でボールを跳ね返したのだ。投げる球はノーコンでも、能力を介して跳ね返した球の制球は抜群なのも意味不明である。

そして何より、このクッソ狡いやり方を『秘策』と呼ぶその根性！

ストライク取ったった！　と言わんばかりのこのドヤ顔！

ああ、やるっきゃないのか？　出るトコ出るしかないのか？　しゃーねえな。

「店員さーん‼　この女不正行為してまーす‼」

「ちょっ、やめてよ‼　なんで急に店員さん呼ぼうとするの⁉」

「不正行為を働いてるからでーす‼　それがバレないと思っているからでーす‼　でも他なら ぬ俺の目を欺けるわけないでーす‼　だってお前の能力に対し機関で一番やり合ったの確実に 俺だからでーす‼　こいつ卑怯でーす‼　ズルっこでーす‼」

「ですですうるさいよ‼　ひ、卑怯じゃないし……作戦だし！」

「うるせえ。いずれにせよ店員案件だ。呼ぶからな」

俺は柳良には構わず、操作盤で店員呼び出しのボタンを押した。

「わ、分かったってば。ズルしてごめんなさい。ちゃんと店員さんにもそのことは謝るよ。けど、《祝福》はわたしにとって、使えて当たり前のものだし。そもそも、《祝福》使うなってルールじゃないもん……」

「何か勘違いしてないか？　店員を呼ぶ理由はお前を咎める為じゃない」

「え？」

「お前の《祝福》でレーンが濡れたから、店員さんに掃除してもらう為だ……‼」

「え」

「いいか？　別に外なら、お前がどこで誰に《祝福》を使おうと知ったこっちゃない。だが、こういう屋内でお前が《祝福》を使うと、氷の破片が散らばるし、溶けたら水になって濡れるし、店側に迷惑が掛かるんだよ……‼　だから使うな……‼　常識的に……‼」

「あ……ぅ」

確かに、俺はルールで《祝福》の使用を禁じていなかった。だから、それを利用して柳良がストライクを取るのも（卑怯だとは思うが）一概に不正とは言えないだろう。

しかし本当に柳良が悪いと俺が断じるのは、店へ迷惑を掛けた部分だ。

《祝福》による二次的被害を、柳良が何も想定せずに使ったという非常識な部分だ。

そこを指摘したら、柳良も自覚があったのか、叱られた小動物みたいにしゅんとなった。

一応、店員さんには濡れたボールを投げてしまったみたいな言い訳をして、事なきを得たが

――その間、柳良はずっと肩を落としていた。

「《祝福者》は、普通じゃない……よね」

「どうした、急に」

しばらく俺達は、ボウリングに興じることもなく、無言で座っていた。

そんな中で、柳良がぽつりと呟く。《祝福者》とは、要は異能力者のことだ。俺達《志々馬機関》側は異能力者を《痣持ち》と呼び、《組織》側は《祝福者》と呼んでいる。

「普通じゃないから、普通にしようと思っても、上手くいかないことが多いの。さっきのだって、あなたに注意されなかったら、わたしは誰かの迷惑なんて部分に考えが及ばなかった」

「……それで？」

「どうすればよかったんだろう、って」

「どうもしない。そんなこと」

「むっ。確かに！　あなたに訊いて、良い答えが返ってくるとは思ってないけど！」

柳良は口を尖らせている。だが、よく分かっているじゃないか。

俺は無能力者だ。戦闘に於いては持たざる者だ。日常に於いても……そこまで持っている、と感じることはない。ましてや異能力を持つことによる悩みなど、知ったことではない。

ただ、柳良が感じているであろうズレは、分からなくもないが――そもそも、俺はこいつの相談に真摯に乗ってやるような関係じゃない。今日は、何をしに来たのかって話だ。

「柳良」

「なに？」

「一球投げろよ。このままダラダラとお喋りしたいか？」

「それは、ぜーんぜん。わかった、投げる」

「《祝福(ブレス)》は使うなよ」

「使わないし！」

そうして柳良(なぎら)は軽いボールを持って、俺が教えたフォームを、不格好になぞりながら投げようとする。形にはなってきているんだよな。ただ、手首だけがどうしても変に動くだけで。

――なので、前を向いている柳良の背中をゴリッと触ってやった。

「うひゃあ！」

不意打ちだったからか、変な声を出しながら柳良(なぎら)は投じてしまう。自分が何をされたのか、考えなくても分かるだろう。すぐにこちらを振り向いたその表情は、怒り一色だった。

「このっ……！　身体(からだ)に触らないって言ったのに、嘘(うそ)つき！」

織り込み済みの反応だ。俺は先んじて、レーンの方を片手の指で指し示す。

柳良(なぎら)が疑問符と共にそちらを向いた、その瞬間――パコォォォン！　と、快音が響く。

「え……。ストライク……？」

「やれば出来るじゃないか。能力を使わなくても」

「っ！　で、でも！　どうして急に……っていうか、さ、触ったでしょ⁉」

「俺は触ってない」

「またそんな嘘(うそ)を――……あっ」

今更ながら、柳良は俺が手で抱えているモノに気付く。

まるで使う予定がない、黒ツヤボール。それを、自分のペットみたいに俺が抱っこしていたので、柳良は自分の背中に触れたものが何だったのか気付いたようだ。

外部からの刺激に対して、柳良の身体が硬直するのは分かっていた。あまり攻撃を喰らったことがない——いや、他人に触れられたことがないのだろう。そして、柔らかすぎる手首は、その硬直でいい塩梅になる。なので俺は、約束を破らない為に、柳良を見守っているらしいこの黒ツヤボールで、背中に触れてやったって話だ。

まあ、ストライクを取れるとは思っていなかったが。せいぜい5ピンぐらい倒せれば御の字だったので、柳良が上達していること自体は疑いようもない。

「見守るだけじゃなかったみたいだな、こいつも」

「…………」

「なので俺は触ってない。だから約束は反故には——」

「——あ、あはははっ！　な、なにそれっ！　あっはははは！　お、おかしい……っ！　そんな、この子のせいにするって……意味わかんなさすぎ！　あはははははは！」

「おい。笑い過ぎだろ……！」

腰をくの字に曲げて、腹を文字通り抱えながら、柳良は爆笑していた。

何がそこまでウケたのか、俺には全く分からない。そしてウケを狙ったわけでもないのに、相手に爆笑されるというのは、一定の恥や不快感というものを得るものだ。

「あー、もういい！　そのまま一生そこで笑ってろ！」

「ご、ごめんごめん……ぷくく。ね、犀川くん」

「んだよ――」

踵を返して、俺が距離を取ろうとしたら、柳良は俺の服の裾をきゅっと掴んでいた。

これ以上足止めしてまで、俺を笑うってのなら、マジでもう――

「ありがとう。あなたって、意外と面白くて優しいところあるんだね」

「――――……」

息を呑んでしまった。急に、だったからだ。じゃあ、一体何が急にだったのか。

いきなり礼を言われたこと、ではなかった。

曲がりなりにも評価されたこと、でもない。

――振り返った先にあった、柳良のその笑顔を、初めて見たことだ。

そんな顔で笑えるのか、だなんて皮肉は喉からも口からも出て来ない。

ただ、俺はその笑顔を、生涯忘れることはないだろう。

それほどまでに――素直に認めたくないが――柳良の笑顔は、とても……可愛かったから。

「さ……犀川くんって、何だ」

あわや赤面したかもしれないと思い、俺はどうでもいい部分を指摘していた。

「え？　だって、犀川先輩って呼ばれたくないんでしょ？　それも意味わかんないけど、でも呼ばれたくないのなら、もう呼ばない。だから犀川くんって呼ぶね！」

「……好きにしろよ。どうせ、今後大して会わないだろうし」

「それもそっかあ。勝負はわたしの勝ちだもんね」

「……は？」

勝ち誇ったというよりかは、さも当然と言った風に、柳良は断言していた。

いやいや待て待て待て……いつ勝敗が決したんだ？

「だって、わたしストライク取ったし。二回も」

「一回目は《祝福》使ってたし、二回目は俺……ではなくあの黒ツヤボールが手伝ったから、お前の『自力』ではないだろ……!!」

「《祝福》はわたしの力で、あの子はわたしの味方だから、実質自力だし」

「意味が分からん……！　なら今からもっかい投げろよ！　《祝福》も補助もナシで！」

「もう腕痛いしムリ」

これは……勝ち逃げされる……!!

既に柳良の表情には『終わった感』が出ていた。適度に楽しんだ上で勝負も勝ったので満足しましたよ、みたいなやつだ。つまりこれ以上何を言っても投げることはない。

俺はロクに投げることもせず、このままストレートに負け扱いされてしまうのか？

真正面からやり合った結果、敗北するのはまだいい。だが、こんな形は納得がいかない。

「──おい」

「なに？　そろそろ帰る準備しなくちゃ」

「連絡先を教えろ……!!」

「えっ」

自分のスマホを突き出して、俺は詰問するようにそう言った。今日の集合場所や時間については、狐里さんがささっと決めてしまったので、特に連絡を取り合う必要はなかった。が、今後柳良と勝負するならば、そういうわけにはいかない。こちらから連絡を入れて、呼び出して、そしてこいつが泣くぐらいまで完膚なきまでに負かせる必要がある。

柳良はしばしぽかんと呆けた顔をし、やがてこくりと小さく頷いた。

俺は柳良の連絡先を手に入れる。これでいつでも決闘可能……!!

「よし。いいか、今日の勝負は無効だ。お前が何を言おうと無効だ。ノーカウントだ。だから次に会った時、本格的に決着をつける。分かったな!?」

「……じゃあいいよ、それで。ねえ、犀川くん」

「何だ？」

「もうちょっと、風情とか勉強したら？　さすがに」

「はあ？　今風情とか関係ないだろ。意味の分からない奴だな」

「うっさいなぁ……。女の子の連絡先を聞くって、どういうことかわかってるの？」

「どうもこうもない。単なるデータの収集だ」

「デ、データの収集……⁉　し、信じらんない！　なにそれ⁉　連絡先返して！」

「どうやって返すんだよ。流出した時点で諦めろ」

そう返答すると、柳良は歯噛みした顔を俺に見せてきた。教えたくなかったのならば、そう言えばいいだけの話だ。だが迂闊に教えた以上、もう取り返しはつかない。

「まあ、悪用はしないと言っておく。それよりも——逃げるなよ」

「…………はあ。逃げないけど……。でも、毎日会うとかは嫌だからね」

「毎日勝負するほど暇じゃない。次の一回で終わりだからな」

「はいはい。今後大して会わないとか言ってたのはどこの誰なんだか～」

最終的に、ため息混じりに柳良から軽くあしらわれた。

おい、何で俺が必死になってる感じなんだよ。やっぱ柳良の中では勝敗がついていて、いわゆる負け犬の遠吠えを俺がしている風に見えているのか？　許せん……。

その後、俺達は後片付けをして——ボールと別れるのを柳良は名残惜しそうにしていた——普通にボウリング場を出て、普通に解散の運びとなった。

帰り道はお互い逆方向だから、このまま一緒に帰るということはないようだ。

「ねえ、犀川くん」

「どうした。怖気付いたか？」

「血の気多いなあ。どんだけ勝負好きなの？　ま、いっか。またね」

軽く片手を挙げて、柳良は手をひらひらと振った。

相手がもし鹿山だったら、俺も適当に「じゃあな」とでも言って、挨拶に応じたのだろうが

——どうにも俺は、柳良にそれを返すことが出来ず、無言で立ち尽くしてしまった。

まあ、知ってか知らずか、柳良は俺を待つことなく、踵を返し去って行ったのだが。

その背中が雑踏に紛れて見えなくなるまで、俺はぼんやりと見送る。

刀を持たず、異能も使わないその後ろ姿は、普通の……女の子だった。

勝敗を決めたいのは紛れもない俺の本心だ。でも、それだけじゃないのかもしれない。

ただもう一度、なんとなく——あの笑顔を見てみたい、だなんてことを。

帰り道に薄ぼんやりと思うほどには、もう俺は彼女に心を惹かれていたのだろう。

「よっ！」

過去に狼士が教えた通りのフォームで、律花がボウリングの球を投げる。とはいえ、昔に比べるとその動きは洗練されており、球の動きもまるで別物だ。大きくレーン内で弧を描くようにしてスピンする球は、斜め横からピンへと差し込み、雪崩のように倒してゆく。

当然のことながら、《祝福》は使っていない。全て律花が自力でやったことだ。

「またストライクか……。マジで上達したなあ」

「昔、ろうくんに教えてもらったことが活きてるからね～」

「そんなに教えたっけ？　俺、大して上手くないのに」

今日は一日中予定がある。にゃん吉の粗相の後始末をして、家を出た二人が最初に向かったのは、ボウリング場だった。大学時代に再び出会ってから、結婚した現在に至るまで、デートで定期的に行くスポットである。

理由としては——律花がずっとボウリングにハマっていることが一つ。

「教えてるよ！　それに、ボウリング場は最初に二人でデートした思い出の場所だし～」

「店は違うけどな……」

そしてもう一つ、初デートのことを思い出すので、行く度に律花は嬉しくなるという。

無論、狼士も当時のことはよく覚えている。合コンの後の流れで、勝敗を決めることになって、狐里芳乃の差し金もあり、結果二人でボウリングに行くことになったものだ。

なので初デート、というような雰囲気ではなかったと思うのだが、何だかんだで現在は初デート扱いになっている。まあそれはそれでいいか、と狼士も納得していた。

「結局、律花は真っ直ぐ投げるんじゃなくて、カーブ前提で投げた方が上手くいくんだもんな。あの時は律花の悪癖としか思ってなかったけど、やっぱ関節の柔らかさは武器だよな」

「個性は活かすべし！　って、この子も言ってるもんね〜」

律花が急激に上達を見せたのは、己の手関節の柔らかさを自覚し、ボールに掛かるスピンをコントロール出来てからだった。とにかく強く速く真っ直ぐ投げる、という狼士の考えとは真逆の、律花だからこそ出来るやり方で伸びたというわけである。

が、技量が上達しても変わらない部分はある。律花はボールリターンにあるクロスを手に取り、鎮座している黒いツヤツヤとしたボールを磨き始めた。

「ホント好きだよな……。一番重くて使えもしないボールをお守り代わりに置くの……」

「やっぱり誰かに見守ってもらえるって、大事なことだよ？　力が入るからね！」

「言っていることは分かるけど、やってることはボールに話し掛ける不審者なんだよなあ」

いわゆる律花の感性に対し、狼士は全部受け入れているが、完全な理解はしていない。むしろ多少なり理解出来ない部分があるからこそ、共に在って面白いとも言える。

「まあ、俺もこの黒ツヤボールには感謝してるけど」

「そうなの？　じゃあ持って帰る？」

「にゃん吉が居るから駄目だ」

あの猫はボウリングの球を愛でる律花を見て『この女、キてるにゃ……』とでも言いそうなものだが、律花はへそを曲げるにゃん吉を想像したのか、「たしかに！」と笑った。

それ以前に、ボウリング場のレンタルボールを持って帰るなど聞いたこともないが。

「感謝っていうか、あの時に律花が《祝福》を使わずにストライク取っただろ？」

狼士はそう言いながら、自分の使うボールを手にして、レーンに向かう。

「あったねえ。わたしが人生で二回目のストライクを取った時だね」

「そうそう。あの時、律花は嬉しそうに笑ったんだけど——」

言いながら、投球動作に入る。

戦闘ならばまだしも、日常生活や仕事、娯楽において狼士は器用な方ではない。

スピンを掛ける、斜めから狙うなどと言ったことはせず、とにかく速く、真っ直ぐに、強いボールを投げることしか出来ない。昔も今も、そこは変わらなかった。

「——初めて見た律花のその笑顔に、俺は惚れたんだよな」

「え」

が、自分の感情を隠すようなことは、もうしない。

「あー、2ピン残ったか。しかもスプリットだ」

次の一投では両端のどちらかのピンしか倒せないだろう。狼士は悔しげに一旦戻る。

要するに、律花の笑顔を引き出せたのは、あの黒ツヤボールが遠因にある。なので感謝しているというわけなのだが、狼士は自分をじっと見ている律花の視線に気付いた。

「そんなに笑った覚えはないんだけど……。え、ろうくんってもうあの時からわたしのことかなりとっても大好きすぎたの？」

「そこまで誇張して好きじゃないって……当時は」

「なんか意外かも。そーゆーことはもっと早く言っといてよ！」

愛の始まりは、お互いどこだったかは分かっている。

が、恋の始まりというものは、意外と不明瞭なものだった。

「俺がいつ律花に惚れたかなんて、そんな重要なことじゃないだろ？　結局、よく会うようになったのはボウリング対決以降なんだし。当時の俺はガキだったから、今にして思えば……ってやつに過ぎないよ」

「ふーん。でも、ろうくんはわたしがいつ好きになったのかって知りたくないの？」

「…………。やばいめっちゃ知りたい」

いつ自分を好きになってくれたのか？

お互い愛し合って、共に生きて死ぬことを誓った今は、確かに由無し事に近い。

……ものの、人間の感情はそんな単純に出来ていない。

狼士は二投目を投げることも忘れて、律花にずいっと詰め寄った。

「なあ、いつからなんだ？　俺のこと好きになったの」

「めちゃぐいぐい来るじゃん……。いつ惚れたかなんて重要なことじゃないんでしょ？」

「意外と重要だったわ」

「もうっ。じゃあ、勝負しよっか」

いたずらっぽく律花は笑みを浮かべている。うげ、と狼士は露骨な声を漏らした。

夫婦になったから、もう勝負はしなくなった――わけではない。

むしろ、一緒に居る時間が増えたからこそ、些細なことで勝負するようになった。それこそ、残り一つしかない貰い物のプリンを賭けたり、寒い日はどちらが朝にゴミ出しをするか前の晩に決めたり、とにかく小さなことばかりで。

変わったといえば、お互いもう勝敗はどうでも良くなった、という部分であるが――

「あのスプリットをろうくんが倒せたら、教えたげる！」

「なるほど……分かった。それでいい。じゃあ律花」

「ん？」

「《祝福》使って補助してくれ。あんなもん俺の腕前では倒せない」

「ダメに決まってるでしょ⁉」

「そりゃそうか……」

――それでもやはり、狼士の方が勝ちたがりではあった。

《第三話》

「——みたいなことがあったの」

「ふーん、なるほどねえ」

ボウリング対決の翌日、わたしは芳乃へ何があったかを簡単に報告した。

けど、芳乃はホットコーヒーを啜りながら、特に何の反応もせず。

万が一のことが、みたいな心配をしていた……わけではないみたい。

「悪い人ではなかったでしょ？　犀川さん」

「それは、そうだけど。でも、連絡先を男の人に教えるのとか……はじめてだったし」

「トラ兄は？」

「あれは別でしょ」

「『あれ』て」

わたしこと、柳良律花のこれまでを簡潔にお話しすると、中高大と一貫の女子校に通っていた。高校までは学生寮で、大学に進学した今は、大学近くのアパートで、親友の芳乃とルームシェアをしている。まあ、どこにでもいる女子大生だよね、うん。

ただ、ずーっと女子校（今もだけど）だったから、男の人との出会いなんて本当になくて、連絡先の交換だってしたことがない。

それを、なんというかあの人──《羽根狩り》こと犀川(さいがわ)くんは、簡単に乗り越えてきた。

あの人は何だかんだ年上だし、共学っぽいから、やっぱり異性との付き合いがあって、その辺りに抵抗がないのかも。それを考えると、ちょっとみぞおちらへんがモヤモヤする。

「勝負はわたしの勝ちだから、これ以上あの人に付き合ってあげる必要はないんだけど」

「いや、多分そこに齟齬(そご)があるから、向こうは意地になってんじゃね……」

「ねえ、芳乃(よしの)。次もあの人と会った方がいいのかな？　一応『またね』は言っちゃったけど」

これ以上犀川(さいがわ)くんに会う必要が、わたしには感じられないわけで。

でも、向こうは勝負したがっていて、その気持ちは何となく分かりもする。

……正直、わたしはかなり迷っている最中だった。

「うわあ、無二の親友からとうとう恋愛相談受けちゃったよ。何でアタシより先なんだよ」

「れ、恋愛相談じゃないってば。単に昔の敵ってだけだし」

「男慣れしてなさすぎて、合コンで挙動不審を極めていたリッカはいずこへ……」

「あれは別にいいでしょ！　女子校育ちがいきなり合コン行く方がおかしいのに！」

「初手で氷投げ付けるのは女子校関係ないぜ～？」

それはまあ、そうだろうけど。でも仕方ないじゃん。緊張というか、怖かったし……。

「ま、《組織(ロッド)》だとアタシらほぼ一番年下組で、周りは年上の男女だらけだったもんなぁ。一生みんなの妹扱いというか、同年代の男なんてUMAみたいなもんだわ、確かに」

「でしょ!? だから、仕方ないの！ みんなニャミニャミなの！」

「マイナーUMA過ぎるだろ……」

――昔からわたしは、恋愛というものに対して全然積極的じゃなかった。

芳乃みたいな「大学入ったらソッコーで彼氏作る！」って気持ちには、今もならない。

そこまでして彼氏って必要だとも思えないし、何となくまだどこか抵抗がある。

そもそも合コンに行ったのだって、芳乃に数合わせで無理矢理誘われたからだったし。

あ、でも、恋愛マンガとかは読むから、全く興味がないわけじゃないんだよね。

「思うにさー、リッカは恋を知らないんだよなぁ」

「なにそれ。知ってるってば！」

「いいや、知らないね。本気で人を好きになったことがないのさ」

「そんなこと……それこそ芳乃もお兄ちゃんも好きだよ」

「そーゆーのとはまた違うんですわな。自分で言ってて何となく分かるっしょ?」

「うぐ……」

言い返せないよ……。親友とか家族に向ける感情と恋愛感情がまた別なのは、さすがにわたしでも分かるから。でも、仮にわたしが恋を知らなかったとしても。本気で人を好きになったことがないのだとしても、今はそこまで重要じゃないと思う。

「あ、あの人ともっかい会うか会わないかの話だよ！　変に逸らさないで！」

「あちゃ、バレたか。んー、ぶっちゃけアタシの《祝福》って、そこまで信用出来ないと最近思うんだよね。自分の能力なんだけどさ」

「芳乃の《祝福》って、《暗夜香炉》の話？　それがどうかしたの？」

自分のお鼻を、芳乃は指でトントンと叩いた。動物っぽくてかわいいな。

《暗夜香炉》――芳乃が持つ、嗅覚に関する《祝福》。つまるところ芳乃は、犬以上に鼻が良くて、それだけで他人を追跡したり、ええと……色々出来る。戦闘には一切向かないから、昔はわたしが前に出て、芳乃には後方支援でわたしを手伝ってもらっていたっけ。

「いや、だってニオイで他人のことがある程度分かるったってさあ。きっと、アタシは四年前に犀川さんのニオイを直接嗅いだところで、『良い人』って判断しちゃうんだよ」

「えーっ。四年前は敵だったのに？」

「ヒトの本質的なニオイは変わんないの。思うに、あの人は何かしら純粋で……邪気がない。リッカと似てるのさ。だから、アタシは良い人だって思っちゃう。それが敵だったとしてもね。だから、アタシの言うことなんて、もうアテになんないってこと」

《祝福》は一人一人その中身が異なる。そして、自分の《祝福》のことは、自分にしか分かりっこない。芳乃がそう言うからには、わたしは「違う」とは言えなかった。

「じゃあ、どうすれば――」

「いや、単純な話っしょ。リッカが自分で考えなよ。もうお互い、子供を辞めなきゃダメな時期に来てるんだから。異性に対してどういう付き合い方をするのかだって、アタシの言う通りになんてしなくていい。嫌いなら嫌っていいし、好きなら好きって言っていい。それが分かんないなら……やっぱ直接会って確かめていくしかないんじゃない？」

たまに、芳乃は厳しいことを言ってくれる。わたしはどうも、芳乃やお兄ちゃんからすると、ちょっと『抜けてる』ようで、心配をよく掛けてしまうから。

けど、芳乃は厳しい以上に優しいので――やっぱり、ある程度の答えはくれた。

「そっか……そうだよね。次も会うべき、だよね」

「ま、そゆことね。ぶっちゃけリッカが会うの嫌だっつっても会わせるけど」

「え？　なんで？」

「そりゃ本心じゃないからさ。男が苦手なリッカが、少なくとも『もう一度』を考えた時点で、犀川さんってかなり特殊なヒトなの。そんなヒト、人生でそう多く現れないし――」

残っているコーヒーをずずっと飲み切って、芳乃はソーサーにかたんと置いた。

「――過去のことはさておき、アタシは思うワケよ。あんたらお似合いだって」

「べ、別に似合ってないし!!　どうだっていいから、犀川くんのこととか!!」

「そんな取り乱すようなトコか～？　それに、『犀川くん』ねぇ」

「な、なな、なにがおかしいの!?　先輩って呼んだら怒るからそう呼んでるだけだし！」

「いや、ならアタシみたいにさん付けで呼べばいいじゃん。一応目上だし。おーおー、こりゃ近いうちにあだ名で呼び合いそうですなあ。『サイくん』とかね？」

「動物園だよ、そんなの！」

「アタシの思考を軽々と超えていくよなぁ」

どうも、芳乃はわたしよりもずっと先のことを考えているというか、犀川くんとの、その……付き合うとかそういう展開を予想しているみたい。

言っておくけど、わたしはあくまで犀川くんがどうしてもって言うから、もう一度勝負してあげるだけで、本来はわたしが勝ってるわけだし、変にもう一回会う空気で終わらせちゃったから、そこのところをもっかい会ってみようとさっき思って、ええと……。

「何か言いたそうだけど、アタシそろそろバイトだから行くわー」

「え？　今日の講義はどうするの？　もうサボっちゃうの？」

「調べによると、今日のはどれも何回かサボっても平気なのばっかなのさ。つーわけで、ノートとかレジュメとかよろしくね、リッカちゃん♡」

「……一講義につき」

「シュークリーム二つずつ買う！　それでどうにか！　ホント最近忙しいんだって！」

「むう……。あんまりバイトばっかしちゃダメだからね！」

芳乃は高校の時からずっと、こっそりとバイトしている。

事務職らしく、詳しいことはしゅ……外秘？　とかであまり教えてくれないのだけれど。

本人的には楽しいみたいだし、お金は大事だし、わたしも大学生になったからにはいつかはバイトしなくちゃなんだけど、講義をサボってまでするのはどうかと思うな。

というわけで今日は、芳乃抜きで講義を受けることになった。

……ひとりぼっちだったよ……。

＊

あまり仲良くない人、かつ異性の人とのメッセージのやり取りって、もうちょっと緊張とか戸惑いとかがあるんじゃないかって思ってたけど――

（日付と集合場所と集合時間だけ送ってきた……）

――犀川くんについては別だった。もしかしたら連絡なんて来ないんじゃないかって思ってたところに、次の勝負の日程が送られてきて、それだけ。挨拶とかスタンプとかそーゆーのは全部排除した、何ていうかこう……指令みたいな感じだった。

断ってやろうかな、と思いもしたけれど、芳乃にもああ言ってしまった手前、「わかった」って返事したら、それきり。既読スルーってやつ。

（ムカつく～……）

そもそも、ちょっとくらいわたしだって意識してたんだから。あのボウリングだって、最初はデートみたいだって思ったのに、向こうは全くそんなつもりもないし。

いやまあ、もちろん全然デートなんかじゃないんだけど！　何回会ってもさ！

「来たか。遅い」

「まだ十五分前じゃん……」

行ったことのない駅の、見たこともない改札口で、犀川くんと待ち合わせた。

この前はわたしの方が早かったのに、今日は彼の方が先に来ている。わたしに気を遣ってくれた……わけじゃないよね。多分前に遅いって言われたことが嫌だったに違いない。

「ねえ。今日は何で勝負するの？　そこは書いてなかったけど」

「ああ。前回の反省点は、お前がやったことのない競技で勝負したことだ。まあお前が全面的に悪いんだが、それはそれとして、お互い経験したことのある何かで勝負すべきだと思う」

「一言多くない？　その条件でいいけど」

確かにボウリングやったことないって言わなかったわたしが悪いけどさ。

いーって顔をしてみたら、犀川くんは大型犬みたいに「ふんっ」って鼻を鳴らした。

「それで――俺は、というか俺達は、お互いのことを何も知らない」

「うん。それはそうでしょ。で、何で勝負なの？」

「分からん」

「はい？」

「分からん。何故なら お互いの共通項が分からん。俺はお前のことが何一つとして分からん。つまり何で勝負すればいいかも分からん」

「そんな分からん分からん言わなくてもいいよ！　テスト前みたいに！」

「テスト前に分からん分からんなんて言わないだろ」

「あ、頭良さそうなこと言う……!!」

そういえば、犀川くんの大学って割と良いところだったっけ……。

それはともかく、言われてみればわたしは犀川くんの趣味とか好きなものなんて一つも知らないし、彼も同じくだ。だから『お互いやったことのある何かで勝負する』という条件でOKでも、その『何か』に一切心当たりがない。

……いやいや、でもさあ。それならさあ。

「じゃあメッセで訊けばいいじゃん!!　呼び出す前にさあ!!」

「それも考えはしたが――じゃあお前は、いきなり俺から『柳良って何か趣味とかある？』ってメッセージが来たとして、正直に返答するのか？」

「………………しない、かも」

むしろめちゃくちゃ警戒すると思う……。裏がある、というか……。

そういう普通の、いわゆる『友達なりたて』とかでするようなやり取りを、この人とやるっていう考えは、今の今までわたしの中には存在していなかったから……。

「な、なら！　共通のやったことあるやつ探そうって最初に言ってから、わたしに色々訊けばいいだけの話じゃん！　そうでしょ⁉」

「それも考えはしたが——何かお前にお伺いを立ててるような感じがして嫌だ」

「なんなの……」

「だから今日は、適当に歩きながらお前の経験値を見ていく。俺が何かしら見付けたら、お前に経験の有無を訊いていくから、正直に答えていくように」

（ただのノープランなデートだよ……）

そんな考えはこの人の中にはまるでないだろうし、もちろんわたしだってデートのつもりなんてないのだけれど。考えようによっては、そういう『てい』で、わたしを遊びに誘っていると思え……ないかあ、うん。犀川くんの人となりは全然知らないけど、少なくともそういう計画的なことをする人じゃないってのは分かる。

そんなこんなで、わたしと犀川くんは、適切な距離を空けた上で、並んで歩き出した。

「向こうにカラオケがあるな。柳良、カラオケは行ったことあるか？」

「さすがにあるけど、ヤダ」

「ほーう」

なんか腕組みしたよこの人。分析的なのをやって来ようとしてる感じがするよ。

カラオケは、高校の時に芳乃や他の友達と一緒に何度か行ったことがある。確かにわたしは遊びの経験が少ないかもしれないけど、何もやったことがないわけではないのです。

「そうか。まあ……オンチであることを恥じる必要はない。俺も似たようなものだ」

「別にオンチだなんて一言も言ってないし！　勝手に決め付けないでよ！」

「なら行けばいいだろ」

「だからヤダってば！」

「あくまで確実な勝ちを求める、か……」

「違うっての……」

最近の流行りの歌なんてほとんど分からないし、歌唱力だって別に優れてるわけではないと思うけど、行かない理由は負けるかもしれないから、じゃない。

カラオケって、全部個室だから、男の人と二人っきりで入るのは、ものすごく抵抗がある。まあ、仮に犀川くんがわたしに何かしようとしても、わたしはハチャメチャに強い自信があるので、まず間違いなく彼を返り討ちなんだけど。だから心理的にってやつだよね。

「あんまり二人で行かないでしょ……カラオケって」

「そうか？　大人数で行く方が珍しいと思うが」

「だとしても三、四人で行くじゃん。仲良くない人と二人で行く場所じゃないの！」

「なるほど。そういう考えなのか」

「どーゆー考えだと……」

いずれにせよ、カラオケはナシで。万が一、この先わたしと犀川くんが仲良くなるようなことがあれば、一緒に行ってあげてもいいけど……そんな未来はなさそうだよね。

またしばらく歩くと、犀川くんは雑居ビルの上の方を指差した。

「柳良。雀荘がある。麻雀はやったことあるのか？」

「ないよ。女子大生で麻雀やったことある人の方が少ないでしょ」

「それは知らん。まあ覚えることも多いしな……訊いた俺が悪かったか」

ごめんごめん、みたいな感じで軽く頭を下げてくる。

あ、これ、遠回しにバカにしてるやつだ。『お前にゃムリだよな（笑）』みたいなの。

「は？　麻雀のルールくらいは知ってるけど？」

「へえ。言ってみろよ。別に雀荘で勝負するつもりはないから」

「何かこう、たくさん揃えるんでしょ？　同じのとか違うのとかを……。で、ポンポン言うんでしょ？　たまにカンカンも言うけど……。で、最後にロンロン言って、机ひっくり返すの」

「……概ね正しい」

「ふん！　お兄ちゃんが《組織》の人達とよくやってるの、後ろで見てたんだから！」

で、お兄ちゃんはロンロン言われたら、よく足で机を蹴っ飛ばしてひっくり返して、全部台無しにしていたっけ。その度にみんなと喧嘩になってたなあ。

「思ったよりアットホームだな、《組織》も……」

「そうだけど？　でも、麻雀はお金賭けなきゃダメだし、よくないよ。不良だよ」

「どうせやらないから、お前の歪みはそのままにしておくぞ」

「どーゆーこと？」

どっちかっていうと、歪んでいるのは賭け事をする人の方じゃないの？

え？　麻雀ってギャンブルだよね？　違うの？　違わないよね？

気になったけど、犀川くんはそのままスタスタと歩き出してしまった。

「ダーツ、ビリヤード、パチンコ、パチスロ、競馬、競艇、競輪、釣り堀……全部ダメか」

「ねえ、半分以上未成年はダメな施設ばっかりだよ。わたしまだ18歳なんだけど？」

「思ったよりも柳良は良い子ちゃんってわけか」

「思ったよりも犀川くんは不良だと思ったよ」

色々訊かれたけど、全部わたしはやったことがなかった。むしろ、遊べる場所って街の中にたくさんあって驚いたくらい。興味がない施設ばっかりでもあったけどさ。

まあでも、全部お兄ちゃんがやってたやつだから、知らないわけじゃないんだよね……。

今は公園のベンチで、二人で並んで座っている。間には一人分のスペースを空けて。

「となると次はスポーツ系か？　野球とかサッカーとか……」

「わたし運動部じゃないし、授業でもその二つやってないし」

「じゃあ逆に普段何して過ごしてるんだ、お前……？」

「え？　それは、えっと……」

「まあいい。ちょっと自販機で飲み物買ってくる。荷物見ておいてくれ」

何を答えようかわたしが迷っていると、犀川くんはベンチから立ち上がって、公園の入り口の方へと歩いて行ってしまった。自販機まで結構距離がありそうだし、しばらく一人だ。

ぼんやりとする。そよそよと春風が流れて、木々がさあっと音を奏でた。

（きもちい……）

勝負するモノを探すために、二人でぶらぶらする。変な時間だな、って思う。

だけど、別に嫌じゃなかった。今すぐ帰りたいとか、時間の無駄だった、とは思わない。

——思うに、あの人は何かしら純粋で……邪気がない。リッカと似てるのさ。

そんな、芳乃の言葉をふと思い出す。

（似てるかどうかはさておき、邪気はないよね。で、純粋……）

純粋に、わたしと勝敗をつけたい。それだけだから、犀川くんからは嫌な感じがしない。

わたしは《組織》の中で、多分一番強かった。

まあ、お兄ちゃんもかなり強いんだけど、それでもわたしの方がちょっとだけ強い。

だから、同じ《組織（ロッド）》の中で、わたしに対抗する人なんていない。《志々馬（しじま）機関》でも、わたしの強さは知れ渡っていたみたいで、わたしが出て来るとみんなすぐ撤退した。

……一部を除いて。その一部が、犀川（さいがわ）くん——《羽根狩り》だった。

異能力を持たず、自分の身体（からだ）と武器だけ使って、わたしを何度も苦しめた。

彼は絶対に諦めないし、心が折れない。ずっと、瞳の奥で、わたしを獣のように睨（にら）み付（つ）けている。『お前には負けない』って。『おれの方が上だ』って。

そんな人——これまでも、これからも、現れないとは、たしかに思う。

（……でも、結局は……）

パキン！

考えにふけっていたら、つま先の方にぽてんと何かが落ちる。

見ると、野球のボールがわたしの足元に転がっていた。

「すんません！　ボール当たりませんでしたか⁉」

野球のユニフォームを着た、高校生っぽい子が、こっちに駆け寄ってきて頭を下げる。

いわゆる高校球児ってやつなのかな。金髪だけど、この子……。

「ううん、全然大丈夫だよ」

「え、そうなんスか？　何か音したんで……」

「枝に当たった音かな？　はい、ボール」

わたしの《祝福(ブレス)》、《霏霏氷分(ミクマリ)》は、わたしに向かって飛来して来るモノを自動的に氷で迎撃して、撃ち落としてくれる。ぼんやりしてたから、ボールが飛んで来たことになんて全く気付かなかったけど、どうやら《祝福(ブレス)》がわたしのことを守ってくれたみたい。

「あざっす。ったく、公園であんま無茶な球投げんなって」

ぼやく金髪の子の後ろから、今度は同じユニフォームを着た、背の高い子が現れた。

「捕れるだろう、あのくらい」

「試合なら捕れるけどさ。あー、すんませんマジで。ほら、お前も頭下げろ！」

「すみませんでした」

「いいよいいよ、当たってないし！」

高校球児ってことは、地元の子なのかな？　多分そうだよね。

もしかしたら、何かいい情報を持っているかもしれないし、訊(き)いてみよっと。

「ねえ、君たち。この辺りで、勝負出来そうな場所とか施設ってある？　えーっと、一般的な施設は大体見たんだけど、ちょっと思ったのと違ってて……」

「施設っスか？　でもオレらも練習試合で来ただけで、ここの地元民じゃないんスよね」

「あ、そうなんだ」

「野球のグラウンドなら向こうに――」

「いや違うだろ。あー、もしかして、お姉さん……」

「ん？」

金髪の子はふむふむと一人で頷いている。

地元の子じゃなかったけど、何か思い当たるものがあるのかな。

「こっからバス乗るんスけど、展望台があるんスよ。そこにある鐘が、どうにも鳴らないらしいんスけど――もし鳴らすことが出来たなら、そのカップルは永遠に結ばれるとか」

「へー……って、カップル⁉ そ、そんなこと一言も言ってないよ⁉」

「え？ 男物のボディバッグが隣に置いてあるんで、てっきり彼氏さんとデートなのかと」

「よく見てる子だなぁ……。デートじゃないけどね……」

「まあ、そんくらいっスかね？ オレらも試合後二人でそこ行きますし。夜に」

「何の話だ？」

「夜景見ながら二人で鐘を鳴らす。素敵だと思いません？」

「そうだね～。鳴らせたらいいね！」

「俺達が鳴らすべきは野球の腕じゃないのか？」

最近の高校球児って、二人っきりで夜の展望台にも遊びに行くんだなぁ。

わたしが内心で感心していたら、金髪の子は頭を下げて、立ち去ろうとする。

「ともかく、マジ失礼しました。デート楽しんでくださいね」

「だからデートじゃないってば……」

「なあ、何の話なんだ？　試合後は学校に帰って練習じゃないのか？　なあ？」

背の高い子はよく分かってなさそうだけど……。仲が良さそうな二人だよね。

「悪い、待たせた。思ったより自販機が遠かった——ほら」

そうして入れ違いのように、犀川くんがベンチに戻って来る。財布だけ持って、ボディバッグを置いていくから、高校球児くん達にデートって勘違いされたじゃんか。

でも、ペットボトルの水を差し出されたので、わたしは無言で受け取ってしまう。

「飲み物の好みも知らないが、流石に水は大丈夫だろ」

「……おごってくれるの？」

「ああ。それより、面白い話を聞いた。ここからバスで行く展望台に、どうやっても鳴らない鐘があるらしい。それを先に鳴らした方が勝ちってことにしないか？」

「え、それって……」

「鳴らす手段は問わない——別に、《祝福》を使ってもいいぞ」

すっかり犀川くんは乗り気だった。わたしが今さっき聞いた情報と、何かちょっと違うというか、正確性がないというか……。鳴らない鐘があることだけは確かみたいだけど……。

バス停まで犀川くんはさっさと歩いて行くので、わたしは後を追うしかなかった。

＊

バスで山の途中まで向かうと、突き出た崖のようなところに、その建物はあった。

展望台と言うだけあって、街の景色を一望出来る素敵な場所だった。今はまだ夕方前だけど、夜に来てもきっと綺麗なんだと思う。周囲は確かにカップルや家族連れの姿が多く見えて、いわゆるピクニックやテートスポットとして利用されているみたい。

ただ、高い場所にあるから、強めの風が吹いていて少しだけ肌寒いかも。

「あの鐘か。鐘楼というか、高めの塔っぽい造りなんだな」

「すっごい並んでるけど……」

「でも誰も鳴らせてない。すぐに順番は来る」

二階建ての展望台の隣に、犀川くんの言うように高い塔のような建造物があって、そこに大きな鐘が入っているみたい。で、鐘からは長いロープか紐のようなものが垂れ下がっていて、それを使ったら鐘を鳴らすことが出来る、っていう作りなんだろうけど――

「あれ？　鐘って、お寺でお坊さんが木でゴーンってやるやつじゃなかった？」

「それは撞木で鳴らす東洋の鐘だ。あれは西洋の鐘で、内側から鳴らすんじゃないのか」

「でっかいハンドベル、みたいな？」

「まあ……そういう作りに近いとは思うが」

お互い、鐘について深い知識は持っていないみたいだった。

犀川くんって意外と物知りな感じだけど、何でも知ってるわけじゃないってことかな。

子供やカップルが多く並んでいるので、単純に鐘を鳴らしてみたい人と、あの高校球児の子が言っていた、鳴らせたら永遠に結ばれるとかいう話を信じている人が交ざっているみたい。

ただ――やっぱり、みんな挑戦するはいいものの、誰一人として鳴らせてないけど。

「ねえ。あれを鳴らすのに、《祝福》を使ってもいいって言ったのは……」

「ああ。どうせこの人混みでは使えないだろうからな」

「む……。意地悪な考えだよ……」

人前で《祝福》は使うべきじゃない。わたし達《祝福者》の、共通認識ってやつだ。まあ、守らない人もいるし、わたしも絶対に守っているとは言えないんだけど。

でも、これだけ列があって、後ろにも人が待っている中で《祝福》を使うことは、わたしには出来ない。犀川くんはそれを見越していたってこと。むう……。

「十中八九、鐘の内部で何かが故障しているな。高い場所にあるし、鐘の中は暗いから、何が壊れているかは分からないが――そこさえ分かれば、鳴らせるかもしれない」

「《祝福》が使えれば、普通に鳴らせるけどね……」

氷のつぶてを鐘に撃ち込めば、それだけで鳴らすことが可能だと思う。可能なだけで、これだけ人が居たら難しいってのは、今言った通りだけれど……。

そうしてわたし達の順番が来た。今の所、誰一人として鳴らせていない。みんな吊り紐を縦に横に揺らしたり、引っ張ったりしているけど、全く鳴らないみたい。

「ねえ。本当に鳴らしてみるの？　個人的にはあんまり……」

「何だよ、怖気付いたのか。じゃあ先に俺が――」

「いやあああああああああっ‼」

犀川くんがチャレンジする寸前に、女性の悲鳴が展望台の方から響いた。

思わずわたし達はそちらを向く。並んでいる人達も同様だった。

「ん？　わっ、屋根に子供がいる！　女の子！」

赤い展望台の屋根に、まだ低学年くらいの女の子が、うずくまって震えているのが見えた。

それを見上げるようにして、血相を変えている女の人……多分、女の子のお母さんも。

「みたいだな。雨樋を伝って登ったのか？　何でそんなことを……」

展望台は二階建てで、中から入って階段を登って、テラスのようなところに出てから景色を一望する作りになっている。そのテラスにある細い雨樋を使えば、小さい子なら屋上に上がることだって出来るかもしれない。って、そんな分析なんて今どうでもいいよ！

「助けてくる！　ここで待ってて！」

「あ、おい！　柳良！　せめて準備を――」

「そんな暇ない！」

屋根に登ることは出来ても、降りることは難しい。ここはただでさえ高い場所にあるから、もうあの子は足が竦(すく)んじゃってる。誰かが助けないと、絶対に降りられない。周りの人達は騒いだり、人を呼ぼうとしてるけど、それじゃ間に合わない。屋根は傾斜があって、少しでも足を滑らせたら落っこちちゃう。テラスに落ちるならまだしも、もし崖の下に落ちちゃったら、まず間違いなく助からない。

わたしは急いでテラスの方に出て、取り乱している女性に話しかけた。

「目、目をっ！　離してたら、い、いつの間にか、あんなところにっ……！」

「大丈夫です、おかあさん。わたしがすぐ助けますから」

返事は待たない。「え？」みたいな顔をされたのは、わたしがただの女子大生にしか見えないからだと思う。うん、普通はそうだよね。けど、わたしは普通の人とは違う。

それに、こう見えて身軽なんだから、屋根くらいわたしも雨樋(あまどい)を使えば……登れる！

「よっ……と。ふう。もうだいじょーぶだよ？」

「ぁ……う……」

「そのまま動かないでね？　おねえちゃんが絶対に助けてあげるからね？」

屋根に上がると、確かにぞくりと背中が冷えた。目の前には余計に大きく広がる町並みが見えて、屋根の上と塔の高さは同じなのか、視線を横に向けると鐘撞(かねつ)き塔の鐘がよく見える。

ここは傾いてて、しがみつく場所なんてないし、バランスを崩したら一気に転落する。だから女の子も、顔だけわたしの方に向けるだけで、一歩も動けそうにない。でも、その方がいい。こっちで女の子を抱っこして、テラスの方に飛び降りれば——

「あ……っ」

——ごう、と。低い耳鳴りみたいな音がした。ここは、風が、とても強い。

女の子は強風に巻き上げられるように、身体(からだ)を吹き飛ばされる。遠く遠く、崖の下へと吸い込まれるように……だから、わたしは屋根を蹴って女の子を追った。

あの子を空中で抱きとめられたら、後はどうとでもなる。

わたしの《祝福(ブレス)》なら、高所からの落下でも問題なく着地出来る使い方があるから。

(だめ、届かない……!)

だけど、手を伸ばしても、僅かに届かない。瞳をまんまるに見開いた、女の子の表情。

今、自分に何が起こっているのか、処理し切れていない顔。

どうにかしなくちゃ。絶対に。この子を、助けなくちゃ——

「柳良(なぎら)ぁぁぁぁぁッ!!　『準備』しろぉぉぉぉ————ッ!!」

犀川(さいがわ)くんの声がしたと思ったら、大きくてゴツゴツしたものにぶつかった。

いや、違う。犀川(さいがわ)くんがわたしを片腕で抱きとめたんだ。もう片腕には、女の子をしっかりと確保している。きっと、崖際に突き刺してある柵を踏み越えて、ここまで来たんだ。

だけど、彼は《祝福（ブレス）》を持たない。普通に跳ぶだけなら、自殺と変わらないのに――

「犀川（さいがわ）くん⁉ 何で――」

「今からお前らを投げるから展望台まで戻れ‼ 同時に、俺の身体（からだ）に巻いた消火栓のホースが保（も）たないから、凍結させて補強しろ‼ いいな⁉」

わたしと女の子を抱いた犀川（さいがわ）くんの身体（からだ）は空中で大きくたわみ、振り子のように揺れる。同時に、腰に巻いてある白いホースがブチブチと嫌な音を立てた。

のんびりお喋（しゃべ）りする余裕はない。指示を先に出すのは、頭で考えるより先に身体（からだ）を動かせるためだって、後方支援する芳乃（よしの）もよく言っていた。彼は、それを実行している。

「分かった！ やって‼」

「最悪俺は落ちても死なない！ その子優先で――頼むぞ‼」

腕を振り上げるように、犀川（さいがわ）くんは女の子を、次いでわたしを上空へと投げた。信じられないような腕力だけど、彼だって無能力者なだけで、常人とは程遠いところにいる人なんだ。

わたしは女の子を上手（うま）く抱き留めて、身を翻（ひるがえ）し、念じた。中空に薄い氷を張って、それを踏んでは跳び、空を駆け上がって舞い戻る。元々、空中戦は得意だったから、造作もない。

同時に、犀川（さいがわ）くんを繋（つな）ぎ止（と）めているホースを、凍らせる。ちぎれそうになっている箇所は、氷で包み込むように。今この瞬間、彼が崖際に這（は）い上（あ）がるまで保つように。

（大丈夫。絶対に……！）

二人の息が合っていなければ――どちらかが少しでも相手を疑えば――きっと、上手くいかなかったのだと思う。けど、恋人や友達じゃなくても、性格とか趣味とか好物とか、そういうの全部知らなくても、大丈夫だって言える自信だけはあった。

かつての宿敵として、犀川くんの能力の高さは、世界で一番わたしが知っているから。

そうして、わたし達はどうにか――女の子を助けることが出来た。

「本当に……本当にもう、なんとお礼を言えばいいか……！」

「いえ、お子さんが無事で良かったです」

「うぅぅ……うわぁぁぁん！」

「よかったねえ。ほんと……わぁぁぁぁん！」

「何でお前まで泣くんだよ」

「だってぇ……ひぐっ」

何度も何度も、女の子のお母さんから頭を下げられた。そんな中で、叱られてわんわん泣いている女の子を見て、助かってよかったなあって思って、安心したらわたしもめちゃくちゃ泣いてしまった。隣の犀川くんが呆れているけど、泣くのは止められそうもない。

――中空から戻ったわたし達を、見ていた人達が一斉に取り囲んだ。「信じられない」とか「奇跡だ」とか「何かの撮影？」とか、とにかく色んなことを言われた。

それも、犀川くんが上手いこと取りなしてくれたけれど……彼は、わたしと違ってこういう後始末も上手なのかもしれない。ただ、「僕らアクション俳優志望なんです」っていう嘘だけで、起こったことを全部押し通せたのかは、分からないけど……。

「あの、どうしても受け取っては頂けないのですか？」

「はい。お金の為にやったわけじゃないですし、受け取れません」

財布を取り出しているお母さんを、犀川くんが制している。一方、わたしと女の子は並んでベンチに座り、まだぐすぐす言っていた。そこに、犀川くんが歩いてきた。

「気は済んだか？　二人仲良く泣き過ぎだ」

ぶっきらぼうな言い方だったけど、彼はしゃがんでから、ハンカチを優しく女の子に渡していた。ついでにわたしにはポケットティッシュを投げる。いい人なんだな、って思った。

「……ありがと」

「おにいちゃんって……」

「ん？」

女の子がハンカチで顔をくしくしやってから、犀川くんの顔をじっと見ている。

「おねえちゃんの、こいびとなの？」

「ええっ⁉」

って変な声を出したのは、わたし。逆に、犀川くんはしゃがんだまま、微笑んだ。

「そうだよ。優しいお姉ちゃんだろう?」

「うんっ!」

「えええっ⁉」

どういうことか分からなかった。犀川くんはこっちを見上げて、「ここで正直に言っても仕方ない」みたいな口の動きをする。あ、たしかに、相手は小さな子だしね……。

「そうだ! おにいちゃん、おねえちゃん、こっち!」

ベンチからぴょんと下りて、女の子は駆け出していく。もう夕方だったし、騒ぎもあったからか、あまり展望台に人は居なくなっていた。わたし達はこの子の後を追うと——

「これね! もって!」

——女の子は鐘の下でわたし達を手招きし、その吊り紐を握らせた。

「鐘か……これは鳴らないんだけどな」

「これね、こうするの!」

「ええっと、こうかな?」

三人で紐を持って、お鍋のおたまを掻き回すような感じで、ぐるぐると動かす。

力任せとか引っ張るとか、そういう動きじゃなくて、誰もやっていなかったやり方。

「まさか、こんな方法で——」

——からんからんからん……。

犀川くんが疑問に思った瞬間だった。女の子はパッと手を離し、わたしと彼で紐を持った途端に、狙い澄ましたかのように、鐘の音が響き渡っていく。

鐘が鳴ったことも驚いたけれど、それ以上に。

「ど、どうして、鳴らし方が分かったの？」

「えっとね、あそこからみたの。ここからだと、ちゃんとみえないから！」

女の子が指差したのは、展望台の屋根だった。犀川くんが「もしかして」と呟く。

「君は、屋根の上から鐘のことを観察していたのか。屋根に登った理由が分からなかったんだが、これでようやく合点がいった」

「あ、たしかに……屋根に登ったら、鐘はよく見えたよ。あの塔、展望台の屋根と同じくらいの高さだし。少なくとも、地上から見上げるよりかは、ずっとはっきりと……」

どうして鳴らないのか、どうやったら鳴らせるのか、それを調べるために屋根にまで登った、ってことみたい。普通ならそんなこと出来ないけど、純粋な子供ならではってわけかな……すごい行動力だよ。将来大物になるよ、この子。

ただ、近くでわたし達を見ていた女の子のお母さんは、呆れ返っていた。

「信じられない……。すみません、昔から本当に馬鹿な子で……」

「いえ、素晴らしい観察眼と行動力ですよ。そういうのは、大切にしてあげて下さい」

「あのね、このかね、ならせたらケッコンするんだって！」

「……ケッコン？　って、結婚？」

「げげっ、やっぱりそのこと知ってるんだ……」

「だから、おにいちゃんとおねえちゃん、ケッコンするの！」

「ははは。まあ、そうかもしれないなぁ」

犀川くんは軽く受け流している。女の子が言っているだけ、と判断したみたい。

ただ、すぐに女の子のお母さんが「実は……」と、この鐘にまつわる噂話を犀川くんに伝えると、どんどん彼はばつが悪そうな顔になった。

「何だそりゃ……。俺が聞いた話と違う……。単に鳴らないだけじゃなかったのか……。って、柳良お前、これ最初から分かってたろ！」

「まあ……一応。だからあんまり鳴らしたくない感出してたでしょ！」

「そういうことだったのか……！」

「どうしたのー？　うれしくないの？」

お母さんの方は何となくわたし達の関係性を察したみたいだけど、女の子はよく分かっていない。とりあえず、この子の善意を無下にはしたくないのは、わたし達の共通見解だった。

「……嬉しいよ、ありがとう」

「うん！　この人と『ケッコン』したら、あなたのおかげだね！」

そう言うと、女の子は咲くような笑顔を見せてくれた。

色々あったけど、この子がこうして笑ってくれるなら、それでもういいや。

そうして女の子とお母さんは去っていった。女の子が手を振ってくれたので、わたしも大きく両手で振り返しておく。犀川くんは小さく片手で振り返していた。

「……はあ。疲れた」

「それは、そうかも……」

沈む夕陽を、二人でぼんやり眺める。今更になって、どっと疲労感が襲ってきた。

わたしは彼に訊きたいことがあったので、今のうちに訊くことにする。

「──ねえ。どうしてあのタイミングで、わたし達を助けられたの？　屋根から落っこちるのが、犀川くんには分かってた……とか？」

「そんなわけないだろ。単に、風が強かったし、嫌な予感がしただけだ。最悪のパターンを想定した場合、それをリカバリーするにはどうすればいいかを思考したら、あの方法で待機しておくのが最善だと判断したまでだよ。何もなかったらそれで良かったわけだしな」

展望台の外周にある消火栓ボックス、その中にあるホースを使うことを決め、何が起こってもいいように準備しながら、わたし達の動きを見ていたという。

「まあ、だからといってあそこで飛び出せる人なんて、そう多くないだろうけど……。もし上手くいかなかったら、少なくともあなたは崖の下だよ？　大怪我、最悪死んじゃうよ」

「それはないな」

「え？」

事もなげに、犀川くんは否定する。何言ってるんだ、みたいな顔をして。

「不安要素は、お前の存在で全部チャラになるだろ。あくまで俺の評価だが――お前はそのくらい、ああいう場面で頼れる存在だ。味方として見た場合、だが」

「……むうぅ」

「どうした？　不満か？　ああ、味方ではない、か……」

「違うけど！　敵とか味方じゃないし！」

どうしてこんな反応をしてしまうのか、わたしはわたしが分からなかった。いや、分かっているのだけれど、素直に認めることが出来ない。少なくとも、この人の前では。

――あなたがわたしを正しく評価したように、わたしもあなたを正しく評価していた。同じ価値観を持っていたからこそ、全て上手くいった。それが……すごく嬉しいだなんて。

「よく分からないな。ああ、それともう一つ。柳良――」

「な、なに」

「――その迷わない決断力に、敬意と感謝を表するよ。ありがとう、全部お前のおかげだ」

夕陽を背中に受けて、そんなことを言うものだから。

彼のその言葉は、普段誰かに言われるどんな言葉より、何倍も何倍も、輝いていて。

心の底から贈られたほんとの賛辞は、澄み切っていて……綺麗なものだって、わかった。

「あ……ぅ」

「俺はどうしても、先に頭で考えてしまう。もしあの場に俺しか居なかったら、恐らく転落するあの子を傍から眺めることしか出来なかった。二人で助けたなんておこがましい。柳良が居たからこそだ。誇っていい——お前はすごいヤツだよ」

そして、そんなキラキラしたものを誰かに贈れる人って、そんなに多くないから。

だから、きっと、この人は本当に——優しくて、勇敢で、ちょっとだけ。

ちょっとだけ、だけど。かっこいい人なんだって、思う。

「わ、わたしだけじゃ……ないでしょ。わたし、無鉄砲で向こう見ずで考えなしで、昔からよく怒られてたから。今回だって、あなたがいなかったら、わたしは絶対にあの子を助けられてない。どっちか、じゃなくて……きっと、わたし達だから、うまくいったの」

「……なるほど。俺達が組んだからこそ、か。はは、その考えは無かったよ。成り行きとかではなく、最初から俺達が組んだなら、何だって出来るかもしれないな」

冗談めかして、犀川くんは笑う。今はもう、敵対してないし……だからこれからも、二人で組んで何かをする可能性は全然ある。けれど、それをわたしの口は上手く言い出せなくて、あいまいに返事をすることしかできなかった。

「ああ、勝敗については今回ドローだぞ。鐘は鳴ったが……眉唾の噂は度外視するとして、あの子のお陰で二人で鳴らしたわけだし。決着はまた持ち越しになるな」

「い、いきなりその話⁉」

「他に何があるんだよ」

「ないけど……！」

「……？　ちょっと顔が赤いんじゃないのか？　熱でもあるのか？」

「夕陽のせいでしょ！」

自分がどんな顔色をしているのかは、考えたくなかったので、そういうことにした。

犀川くんは小首を傾げながら、「そうか」と言って、背を向ける。そろそろバス停に行かないと、歩いて下山することになるから。いつまでもここでのんびりはしてられない。

「……？　姿勢がおかしいよ、犀川くん。ねえ、どこか痛めたんじゃないの？」

と、わたしはそこで、犀川くんの違和感にようやく気付いた。

「気のせいだろ。ほら、さっさと行くぞ」

身体に負担が掛かったのか、無理をしたからなのか、犀川くんはどこかを庇うようにして歩いている。なのに、決してそれを認めない。いやいや、なんでなの。

「いーや、ぜったい痛めてるよ！　どこなの⁉　見せて！」

「見せるわけないだろ！　別にどこも痛くない！」

結局、彼は解散するまで、頑なに自分が怪我をしたことを認めなかった。

それがどういう理由なのか、この時のわたしはまるで理解不可能だったのだけれど。

だからこれは、もっとずっと後で、彼から直接聞いた話。


怪我を認めてしまうと、わたしやあの女の子のせいになるかもしれないから。

それは——申し訳ないし、何より、カッコ悪いだろ、って。

なるほど、彼は確かにかっこいい人で、カッコつけたがる人でもあったわけで。

要は……そういうの全部含めて、とてもかわいい人だと、わたしは思うんだよね。

「んー、風が気持ちいい……こともない！　寒い！」

「もう十二月だからな。展望台なんて来るもんじゃない」

今日の予定の中の一つ。昔の思い出の場所を巡ろう、というもの。

なので二人は、あの山あいにある展望台へとやって来た。

相変わらず、ここは風が強く吹く場所だ。ぶっちゃけ、冬に来たってあんまり楽しくないし、他の人だって全然居ない。せめて来るなら先月だったかもしれない。

律花はそんなことを思いながら、白いマフラーを巻き直しつつ、狼士の隣に寄り添う。

そして狼士のコートにあるポケットに、自分の両手を無理矢理突っ込んだ。

「せめて片手だろ……」

「だって両方入れないと寒いじゃん。あ、そうだ」

「ん？」

何だろう、と狼士が考えるよりも先に、律花は狼士のコートの隙間から、己の手を突っ込んで無理矢理暖を取った。狼士の体温が律花の両手に奪われてゆく。

「寒い‼　冷たい‼　やめろォ‼」

「ろうくんの体温を全部吸ったらやめたげる」

「雪女か⁉」

「近いかも～」

「近かったわ‼」

周囲に人が誰も居ないからか、外でも遠慮なく律花が甘えてくる。

氷雪を操れる律花は、雪女と評してもあながち間違いではないだろう。無論、律花に体温を吸うような技はないし、何より彼女も人間として、寒いものは寒いが。

「ここ、懐かしいよね～。昔はよくデートで来たっけ」

「金もないし遠出も出来ないからな。ちょっとした非日常を味わえる……って、あれ？」

ここでようやく、狼士は己の記憶と目の前の現実の齟齬に気付いた。律花も同様らしく、狼士のコートの中からぬくぬくになった両手を引っ込めて、言う。

「ねえ！　鐘！　あの鐘、なくなっちゃってない⁉」

「ああ。俺も今『金』って言って思い出したよ」

展望台の隣に併設されていたはずの鐘は、いつの間にか影も形もなくなっていた。

いつ頃撤去されたのだろうか。跡地となるような部分すらない。

「そんな～！　前来た時はあったよね？」

「前っつっても、あれまだ律花は大学生の頃だろ。三年以上前だぞ」

「でも、撤去しちゃうなんて……。もっかい鳴らそうと思ってたのに！」

「鳴らすコツを知ってるもんな、俺達は」

そもそも、あの鐘が鳴らないのは、整備不良や老朽化によるものだったと狼士は思う。

それが長らく放置されていたからこそ、変な噂——鳴らしたカップルは永遠に結ばれる、みたいなものが尾ひれとなってくっついたのだ。仮に倒壊でもすれば危険であるし、そういう理由で撤去されたと思えば納得はいく。

「ここから見る風景も、前に来た時より変わった気がする。街並みも人も、時が経てば少しずつ形を変えていくものなんだ。仕方ないさ」

「えい」

「ぐあああ冷たいッ」

もう冷えたのか、律花の両手で頰を潰された狼士は、情けない悲鳴を漏らした。

「カッコつけちゃって！　ここは素直に悔しがるところなの！」

「俺はそんな悔しくないんだよなあ……」

「どうして？　あの鐘を鳴らせるんだよ⁉」

「そんなにあの鐘を鳴らしたがるのはアッコさんくらいだろ……。いや、だってもう噂通り俺達は永遠に結ばれたわけだし。これ以上鳴らしたって、恩恵はないさ、きっと」

「あ、そういえばそんな噂あったよね～。忘れてた」

「そっちは忘れてたのか……」

シンプルに律花はあの鐘を鳴らしたかっただけのようだった。

「俺は結構、あの噂のことでしばらく頭がいっぱいだったけどな……。まさかとは思ってたし、否定もしてたけど、まあその……あの時からもう律花のことは気になってたから」

「なるほどね〜。けどわたしも、ろうくん好きになったのってこの展望台からだし」

「……………え⁉　そうなの⁉」

「うん。考えてみたらそうだな、って」

結局、先程行ったボウリング対決において、狼士はスプリットが倒せなかった。なので、律花が狼士をいつから好きになったのか、という部分は聞き出せなかったのだが。

思いがけないタイミングで律花が吐露するので、狼士は慌てふためいた。

「いや、でも俺ここで何かしたっけ⁉　二人で小さい子助けたのは覚えてるけど、律花が俺を好きになるようなことはした覚えが……‼」

「分からなくていいよ。だからろうくんも言ってたじゃん。いつ惚れたかなんて大して重要じゃないんだよ。それって要するに、始まりってだけで……それからの方が大事だよ」

「その言い方は……律花は分かってるんだな？　俺に惚れた『何か』を？」

「これ以上は教えませーん」

「くッ……！　俺は笑顔に惚れたって言ったのに何か不平等だ……！」

とはいえ、惚れた時期だけは知ることが出来たので、狼士は多少満足していた。

律花としては──分かっていないからこそ、であったが。

ここは長居するには寒すぎる。もう満足、ということで二人はバス停に戻ることにした。

どちらからともなく、手と手を繋ぐ。寒いのだから、手袋ぐらいすればいいのにと狼士は思うのだが、律花は冬に二人で外出する際は手袋をしない。

その理由は何となく狼士にも分かるので、あえて何も言うことはないが。

さて――バス停に向かう途中、前から坂を登ってくる少女が見えた。

「あ……っ」

制服を着ている。中学生だろうか。律花の銀色の髪を見て、声を漏らしているが、これは別によくあることだ。だから狼士も律花も、特に何も気にしなかった。

「あのっ！」

「ん？」

「わたし達に、なにか用かな？」

だから、その少女が声を掛けてきた理由など、二人にはまるで思い当たらない。

少女側も、何か用件があったわけではないらしい。言葉を選んでいる。

「この先に……鐘のある塔って、ありましたよね？」

「あー、昔はね」

「さっき見てきたけど、もうなくなっちゃってて。残念だよ～」

「でも景色は良かったよ。君も気分転換か何かかい？」

「はい……そうです。お答えいただき、ありがとうございました。その、お気を付けて」

「あなたもね！　風強いから、気を付けてね！」

律花（りっか）のその何気ない一言に、少女は目を丸くして——そして一礼し、歩き出した。

それから、ふと律花（りっか）は狼士（ろうし）に訊（き）く。もしかしたら、の話を。

「さっきのあの子、わたし達が昔助けた女の子だったりして」

「あの中学生くらいの子が？　いやいや、そんな偶然ないだろ。それに、何だかんだであれ六年前だぞ。六年であんな小さかった子が中学生に……ならなくもないのか」

六年とは、実はそのくらいの年月である。が、数年ぶりに立ち寄った思い出の場所で、その思い出の一つであるあの小さな女の子と再会するなど、それこそ出来すぎた話だ。

「んー、けど、もしそうなら……素敵な偶然だよね！」

「ああ。だったら、そういうことにしておこうか。そっちの方が——」

「——幸せってかんじ！」

街並みも人も、時が経（た）てば少しずつ形を変えていく。

その過程で何かが失われてしまい、悲しみを覚えることもあるだろう。

だが、一方で——形を変えたものが、新たな喜びを運んでくることも、ままあることである。

《第四話》

人間の思考というものは、映画館のようなものであると俺は思っている。

その時々において、例えば講義中ならその講義に関する映画が、飯を作っている時なら料理に関する映画が、俺の脳というスクリーンで都度上映されるイメージだ。純度の高い映画が流れれば流れるほど、今その行っているものに対してクオリティが上がっていく気がする。

もちろん、映像にノイズが走ることもあるが、じゃあノイズとは何なのだろうか。

映画にするほどでもない、大したことのない情報だとするなら、しかし違うと俺は考える。

何故なら——大したことない、わけではないからだ。

今の俺のノイズ。その大半は、柳良律花という宿敵に関してだった。

講義中だろうが、シャワーの時だろうが、何か食ってる時だろうが、寝る前だろうが、とにかくふとした瞬間に、柳良の顔が……主に笑顔が、閃光みたいに迸って、消えていく。

（敵だった時とは何か違うんだよな……）

四年前の、《白魔》としての柳良のことも、当時の俺はよく思い描いていた。ただ、それはどちらかというと《白魔》の攻撃や異能力へのシミュレーションであり、表情なんて全く気にしていなかったと断言出来る。一方で今は、とにかく柳良の『顔』が鮮烈に焼き付いていた。

（まさか俺は……柳良のことが好きなのか？　いやそんなはずは……有り得ん）

再会してまだ一ヶ月も経ってないだろうに、惚れっぽすぎる。俺はそんな惚れっぽい男ではないし、何より理由がない。柳良の笑顔は可愛いと思うけど、それだけで誰かを——異性を好きになる理由にはならないと思う。ああ、いやでも……。

（俺、女の子を好きになったことって……ないよなぁ、改めて）

《志々馬機関》に異性の機関員は多く居たし、今もゼミで軽く喋るくらいの知人程度の異性も居るし、別に女の子と絡む機会が人生で全くなかったわけじゃない。

ただ、付き合いたいという欲望を抱くほどに、強烈に誰かを好きになった経験は皆無だ。だから、そもそも俺は人を好きになる理由云々を語る口など持っていないと言えるだろう……。

（合コンに行った理由は、彼女を作る為だったけど——あれも今思うと、ふわっとした理由だったな。ステータスを欲しがってたっていうか……）

自分には彼女が居るという『事実』が欲しかっただけで、その人をきちんと好きになるというプロセスを俺は無視していた。今となっては、もうそんな『事実』は欲しくない。

……あれ。何で欲しくないんだろう？

「犀川ァ～。当局の部屋に来て、ぼんやりしてんじゃねェぞォ～」

「ははっ。悩み事を持っています、という顔を隠しもしないね。分かりやすい男だよ」

「すんません、ゴリさん。鹿山は……黙ってろ」

俺の住む学生向けアパート、その隣人に《杜野吾吏》さんがいる。俺の一つ上の学年で、現在大学四年生。ただし二留しているので実年齢は俺と鹿山よりちょい上だ。名前の読みだけなら『森のゴリラ』っぽいので、俺は『ゴリさん』と呼んでいる。が、実際のゴリさんの見た目は鶏ガラみたいに細く、その上で鶏のように赤いモヒカンで、服装はパンクロックを意識しているのか黒革系が多い。全体的にゴリラ感はゼロだった。

この人は俺や鹿山とはよくつるんでくれる、面白い先輩だ。見た目はアレだが……。

「ええと、何の話でしたっけ」

「犀川ァ～。当局が違法改造したガスガンの使い心地を言えって話だろがよォ～」

そしてゴリさんの趣味の一つは、市販のエアガンやガスガンを独自に違法改造し、所持するだけで逮捕されるブツにまで仕上げるというものだった。趣味もアレだった。

俺はその使用感をよくレビューしている。一切の手心は加えずに。

「個人的にはブローバックがイマイチかと。安っぽいっていうか。音がわざとらしいんですよね……今ブローバックしましたよ、っていうアピールがしつこいっす」

言いながら、壁に掛けた的へ、俺は手にしたガスガンを一発撃つ。わざと外しておいた。

「ヒャッハハハァ！　言うねェ～。素人の分際でよォ～、好きだぜェ～～、チュッ♡」

ゴリさんの投げキッスを俺は反射的に躱した。どんな銃弾よりも危険な気がする。

「あざっす」

それに俺は素人じゃないしな……。で、経歴的に人より銃器に詳しいので、昔アパートの庭で試し撃ちしているゴリさんに話し掛けたのだ。そこからゴリさんとはすぐに仲良くなった。俺もそこまで良い子ちゃんってわけではないのである。

まあ、この人はあくまで改造がメインで、それを人や動物に撃つことは絶対にしないし、横流しもしないってことを知ってるから、俺もこうやって意見を出しているわけだが。

「分からないなぁ。銃なんて何が面白いんだか。それよりもゴリ先輩、犀川の悩み事を掘り下げてみませんか？　これは掘り出し物ですよ、文字通り」

「しゃーねェなァ〜。当局の部屋はお悩み相談室じゃねェが、聞いてやらァ〜」

ゴリさんの部屋は壁や棚に改造銃が飾りまくってあるので、確かに悩みを吐露するような場所ではないのは確実だろう。

「うへぇ、別に言いたくもないんすけど……。あー、まあ、これは俺の友達の話で……」

「じゃあ僕の話ってこと？　ははっ、何だろう？　気になるなぁ」

「犀川ァ〜。不要な意地は時間の無駄だぜェ〜。テメェ交友関係死んでンだからよォ〜」

「ハイもうこれ俺の話なんですけどぉ!!　ちょっと最近、ある女のことばっか考えちゃうんですよねぇこれがマジで!!　あっ、恋ですかァ〜〜〜!?　恋ですよね〜〜〜!?」

クソほど開き直ってみた。冷静に考えると、鹿山は女性恐怖症だし、ゴリさんも彼女が居るなんて聞いたことないし、この二人に相談する意味があるのだろうか……。

「なるほどね。最近、犀川から女臭がすると思ってたけど――そういうことだったか」

「おい待てよ。何だよ女臭って」

サラッと怖いこと言うな。何なんだ鹿山、お前のその嗅覚は。

「くだらねェ〜〜！　犀川ァ〜、解決策を教えてやらァ〜〜！」

「解決策って……何をどう解決するんすか？」

「要はその気の迷いが、恋であるかどうかの判別がつけばいいんだよね？」

「まあ……そうかもしれんが。気の迷いって断言するなよ早いな」

俺が柳良のことばかり考えるのは、勝敗をキッチリとつけたいから、というのも理由としてはあるだろう。あいつに負けたくないと思うのは本心だ。だが、それだけであいつの顔がしきりに脳裏へ浮かぶのか？　それが恋かどうか分からない以上、真偽は確かに知りたい。

「犀川ァ〜」

「犀川」

「はい」

どういうわけかゴリさんと鹿山の声は揃っている。え？　示し合わせる暇とかあった？

「「シコって寝ろ……!!」」

「ふざけるなァァ――――――――――――――――ッッ!!」

見事に声を重ならせて、何つうことを言うんだこいつらは。意味が分からん。

「シコって寝るって、一体何言ってんすか!? っつーか、ねえ、ほら……アレでしょ！ 分かるでしょ！ 別に言わなくても！」

「分からねェなァ～？」

「ちゃんと言葉にしてくれないとね」

「基本毎日シコって寝とるわァ!! 俺はァ!!」

つまりはそういうことだった。男子大学生なんてそういうものだ。まず間違いなく。

なので解決策とは言えないだろう。だって毎日ヤってるから!!

「言葉が足りねェか。鹿山ァ～、ちゃんと説明してやりなァ～」

「はい。あー、犀川。君の気の迷いは、性欲から来るものの可能性がある。いや、モテない男の気の迷いなんて、100%下心が由来なんだ。まあモテても恋心なんて性欲由来なんだが、それはともかく……一度、その後輩の子を思い浮かべながらシコって寝てみるといい」

「お前、滅茶苦茶言ってるぞ……。何がどう滅茶苦茶なのかは説明出来んが……」

「それでもそいつのことが頭から離れねェなら、恋と呼んでも差し支えはねェなァ～。一発ヌいて、割とどうでも良く思ったのなら、そりゃ単純にオカズにしたかっただけだぜェ～」

「若い男の思考回路なんて、性的な衝動が大半を占めているからさ。その衝動を発散した後に残ったモノって、案外心理的に真理だよ。冗談ってわけじゃない」

くっ……。何だこの二人。ふざけてるかと思ったら、それっぽいことも言うぞ。

確かに、一理あるかもしれない。考えてみれば、柳良は髪色こそ日本人離れしているが、顔は物凄く可愛いと思うし、細身でスラッとしていて、佇まいに凛としたものがある。一般的に見れば確実に美少女というか、要は俺の好みでは……ある。はい。

俺もそういう下衆だったって話なら、ある意味では分かりやすい。悲しくはなるが、別に俺は自分のことを美しい人間とは思わない。どこにでもいる大学生なんて、そんなものだ。

「……分かりました。俺――そいつでシコって寝ます」

なので割とガチトーンでそう返答すると――

「ヒヤァアアーッハッハッハッハ!!　何言ってんだァコイツはァ〜〜〜!!」

「イーッヒッヒッヒッヒ!!　ろ、録音！　録音したぞ今の！　ネットに流そうｗｗｗ」

「ぶっ飛ばすぞお前ら!!」

――結局、俺はからかわれていたってことが発覚したのだった。

＊

『犀川くん――……』

薄手のベッドシーツだけで身体の前面を申し訳程度に隠している柳良が、妙に潤んだ瞳で俺のことをじっと見つめている。ぎし、という軋んだベッドの音が鳴り響く度に、柳良は少しずつ俺との距離をゼロにしてゆく。さながら定点カメラになったように、俺はその場から一切動くことはせず、ひたすらに柳良の身体を視線で舐め回す。

『ねえ……。もっとこっち見て……？』

両手が俺の頬に添えられ、蠱惑に形を変える柳良の唇に目が釘付けになる。紡ぐ言葉が、漏れる吐息が、俺の脳にじわじわと染み込んでいく。シーツはもう手から離れ、一糸纏わぬ彼女の身体は、驚くほどに綺麗だった。白く汚れがない。新雪のようだ。

白栲の如き細指が、俺の腹筋を滑り、恥骨を撫でて尚止まらない。

『どうしてほしい……？』

問われても返答に窮する。どうとでもして欲しいし、一方でどうにかしてしまいたい。このまま押し倒しても構わないし、押し倒されても構わない。俺が望めば、柳良は向けられた情欲総てを受け入れてくれるだろう。その甘美な誘いを確かなものとするべく、俺は程よく実った柳良の乳房に指を這わせてゆく。乾いた舌先にも似た、隆起したものに触れてしまう。

ああ、これは…………。…………………………。

えー、それではね、結果を発表したいと思います。ん？　何の結果かって？

それはですね、妙に頭から離れない元宿敵の女の子でシコって寝たらどうなるか、っていう実験結果なんですけどもね。皆さん気にはなってるんじゃないですか？　でしょう？

（あんま変わんなかったな……。むしろもっとモヤモヤする……）

　それが答えだった。可であり不可ではない、みたいな。むしろこう、罪悪感っていうか……柳良で出来ないわけではないが、やらない方が良かったんじゃないかっていうか……。

　いやまあ、余裕で出来たけどね？　最後までチョコたっぷりっていうかね？　そりゃね？俺の妄想の中の柳良は、その辺のセクシー女優を鼻で笑うぐらいドスケベ仕様だったけどね？でも柳良本人に知られたら俺は首を刎ねられても文句は言えないけどね？

　虚脱感……いわゆる賢者タイムというものも普段の比ではなかった。快楽を得た後に、ここまで個人に対し謝罪したいと思ったのは初だ。法律上、俺は何かの罪を犯したのではないかとすら思う。俺の中で柳良は、穢すべき対象ではない。あの笑顔を裏切ってはいけない。

　あー……。結局、シコった後でもずーっと柳良のことを考えてしまっているぞ……。

（ゴリさん達の言うことを当てはめるなら、これは……恋なのか？）

　少なくとも、一過性の性的な衝動で柳良のことを思い浮かべているわけではない、ということはハッキリした。むしろ、そういう衝動とは別に、彼女のことを考えているというか。

（分からん……。自分のことなのに……。ああ、クソ、良い気分じゃないな）

　恋である、と結論を出すことを俺は避けた。理由は、根拠不足だということにして。

そして今日は午前中から講義が幾つかあるか、すげえダルくなったので、鹿山に連絡を入れておく。『代わりにレジュメ回収頼むわ』と。

(二度寝しよ。なんつーか、考えるだけ無駄なことかもしれないし)

前に、展望台で女の子と柳良を助ける時に無茶をしたから、身体がまだ痛む。それもあって、今日は一日休息に充てることにした。程なくして、意識が睡魔の中に溶けていく……。

——ポーン……。ピンポーン……。

「ん……ぁ……?」

いつの間にやら、部屋の窓から西日が差し込んでいる。

もう夕方かよ……って、今インターホン鳴ってたよな?

(鍵開けっぱだし、鹿山とゴリさんは勝手に入って来るよな。セールスか……?)

俺もゴリさんの部屋に勝手に入ることがあるから、そこはお互い様である。で、セールスなのか、何かネット通販で頼んでいたか、寝起きで判別が付かないので、俺は寝ぼけ眼を擦りながら、気だるげに玄関ドアを開けた。

「すんません、宗教とかセールスは興味ないっす……」

「違うけど」

「いやあっ!!」

女の子みたいな声を出したのは——眼前に女の子が居たからである。

流れる銀髪。猫みたいな瞳。薄いけど艶やかな唇。柳良律花が、何故か目の前に。

「ま、待て待て待て……。俺、住所お前に教えたっけ？　あ、夢？　これまだ夢？」

「夢じゃないけど。芳乃に犀川くんの住所訊いたら、ここだって」

「あっ、ふーん……。いや全然俺あの子にも住所教えてないが……？」

どういうこったよ。意味分かんねえよ。俺の個人情報どこでお漏らしされてんの？

仮に柳良に敵意や殺意があったなら、俺はもう五回は死んでいる。そのくらい油断していたし、無防備だったし、想定外だった。が、柳良は昔振り回していた刀ではなく、今はその手にビニール袋を持っており、俺に見せてきた。

「これ」

「え、何？　忘れ物とか……？」

「違うし。えっと、前に怪我したでしょ。あれ……多分、わたしのせいだから。だから、お詫びに薬とか色々買ってきたの。受け取って」

「——受け取れない。俺は怪我してない。仮にしたとしても、お前のせいでもない」

意地を張ったわけではなく、俺は真剣にそう返した。仮に四年前なら、あの程度の動きで身体を痛めることなんて絶対に無かった。つまりこの負傷は、俺がナマッている結果なだけで、柳良に責任は一切ない。だからこれは、そういうことにすべきだ。

が、柳良は露骨に『いーっ』って顔をしていた。死ぬほど不愉快そうだ。

「もう立ち姿からして……ことか痛いくせにっ！」

「おぐぅ!!」

ビニール袋を振り回して、柳良は俺の右脇腹を叩いた。大したダメージなんてない——そこを怪我していなかったら。実際は負傷箇所なので、俺は思わず身体を折り曲げる。

流石は《白魔》と呼ぶべきか。俺がどこを痛めているか、見抜いていやがった……。

「ほら！　やっぱり痛いんでしょ！　じゃあこれ受け取って！」

「い、嫌だ……！　俺は、怪我してない……!!」

「わたしはあなたに借りを作りたくないの！　受け取りなさい！」

「貸してもないのに受け取れるか！　ありがた迷惑だ……!!」

「迷惑って……！　じゃあもういい！」

売り言葉に買い言葉だろう。ただ、俺だって譲りたくないものはある。ここで柳良が激怒しようと、構わない。まあ、どうせこの感じだと、もうキレて帰るはずだろう。

「あなたが受け取るまで、ここから動かないから……!!」

「はあ？」

……忘れていた。柳良は、負けん気が強い。かなり頑固なヤツなんだった。

ここで折れるような相手なら、そもそも俺は宿敵呼ばわりしない。ある意味、安心する。

　と同時に、俺は今更周囲の目が気になってしまった。大声で怒鳴りあったからか、同じ階の住人がチラチラとドアを開けてこちらを見ている。ゴリさんが不在なのは幸運だったが、それでも良い状況とは言えないだろう。俺は急激にトーンダウンした。

「いや、流石にそれは真の迷惑っていうか……。お帰り願いたいというか……」

「受け取ったらすぐ帰るけど」

「…………ああ、クソッ！　んだよ、お前マジで！　義理堅いのか何なのか……！」

　悪態をついたが、柳良は『ふんす』みたいな感じで若干誇らしげだった。

　義理堅いってのは皮肉だったのだが、褒められたと思ったらしい。

「……おい。上がれ」

「え？」

「いいから上がれ！」

　俺は柳良の手を引いて、玄関に無理矢理引き込んだ。踏ん張ることもせずに、柳良はなすがままで、すぐに俺はドアを閉める。で、その手にあるビニール袋をぶん取った。

「ちょ、ちょっと、えっと、あの」

「――これは手土産として受け取っておく。ヒトん家に初めて行った時の礼儀だよな？」

　普通に受け取ることは嫌で、しかし受け取らねば柳良が動かないのなら、どうにかしてそこに理由付けが必要だった。そこで俺が考えたのが、これである。

俺の部屋に来た手土産としてなら、別に受け取っても構わない。そういう判断だった。

「つ……つまらないものですが」

「お構いなく。寝違えて、脇腹が痛んでるから助かる」

「そーゆー……。変な人……」

柳良（なぎら）は玄関先で突っ立ったままだ。向こうの目的は果たしただろう。このまま反転して出て行ってもらっても別に良（い）いが、動こうとはしない。なので俺は逡巡（しゅんじゅん）せず、伝えた。

「上がれよ。お茶ぐらいは出すから」

「えっ、いや、でも……いい、の？」

「いいよ。あ、靴は脱げよ？　ウチは日本式だから」

「知ってるし！　靴脱がないタイプって思ってるの⁉」

「不用意に脱ぐと足のサイズが俺にバレるからな」

「靴を確かめなきゃ分からないでしょ！　おじゃまします！」

そう言って、柳良（なぎら）は脱いだ靴を揃（そろ）えて玄関脇に並べていた。ついでに、俺の脱ぎ散らかした靴やサンダルも並べている。細かい部分が気になるタイプのようだった。すまん。

――――で、だ。

「「…………」」

水出しの麦茶を差し出して以降、俺達は無言で座っていた。

俺の部屋には、大した物がない。もう五月を前にして未だにこたつ布団を置いていて、他は本棚とベッドとラップトップPCぐらいだ。柳良は借りてきた猫というか、未知の場所に来た猫のように、しきりに周囲を見回す。警戒心がMAXになっているのが見ているだけで分かる。不用意に触れでもすれば、《祝福》で攻撃されるに違いない。

(急に喋らなくなるのやめてくれよ……。どう話し掛ければいいのか分からん)

柳良はお茶のニオイを嗅いでいる。そして舌先でちろっと舐めて何かを確認していた。恐らく一服盛られた可能性を潰しに行っているのだ。逆の立場なら俺もそう……しねえわ！

(にしても――……俺の部屋に、曲がりなりにも女の子が居るとは)

これまで俺の部屋はセルフ女人禁制だった。要するに誰一人として女性が来たことがないから、結果論的に女人禁制状態だったのである。虚しい。禁じてないって。

が、今は柳良が居る。そのことに俺も急激な違和感を抱く。何ていうか、こんな学生向けの安アパートに、高級シャンデリアを備え付けたかのような、そんな違和感。

(昨晩柳良でアレなことしたから、顔を直視出来ない――いや、駄目だ。平常心平常心)

とはいえ、柳良が妙にキラキラ輝いて見えるのは気のせいではないだろう。

そう、まるで氷の粒を西日に照らし――

「ってオォイ!!　お前何かマジで《祝福》使おうとしてないか!?」

「え？　あっ、ごめん。その――……何があってもこれで安心」

「俺からすると不安しか煽（あお）られねえわ！」

臨戦態勢であることを柳良（なぎら）は隠さない。緊張すると俺達一般人は身体（からだ）が強張（こわば）ったり、冷や汗をかいたりするが、こと異能力者《痣持ち（ブルーズ）》については、己の異能に指を這（は）わせるらしい。

「でも、武器とかどうせ隠してるんでしょ？　そんな感じするもん」

「……昔使ってた籠手（こて）なら、押し入れの奥で眠ってるけど。でも銃火器は全部、機関が解体された時に没収されたよ。仮にここで交戦したとして、俺の方が圧倒的に不利だ」

籠手（こて）――あれの名前何だっけか――は、思い出として拝借した。が、火器類はマジで全部没収、弾丸一つとして残っていない。当たり前だろう、もう一般人になったのだから。

「そうなんだ。わたしも、《雲雀（ひばり）》だけもらえた」

「ひばり？　何だそれは」

「わたしの刀」

「ああ、あの刀身が白い……。まだ持ってるのかよ」

「愛刀だし」

異様に斬れる日本刀と、氷の《祝福（ブレス）》を組み合わせて、柳良（なぎら）は猛威を振るっていた。やろうと思えば、今もそのスタイルで戦えるようだ。げに恐ろしい。

「あと、隊服もあるよ。まあ、まだ入るかは分かんないけど」

「ああ、あの白っぽい……。まだ入るだろ」

「は？」

「え？」

凄まれた。柳良の周囲に浮かぶ氷の粒が、一層ギラギラ光る。散弾銃みたいに、それらが俺に飛来するのはもう秒読み段階だった。慌てて俺は理由を述べた。

「いや、だってお前四年前とあんまり変わってなくね⁉　背丈とか‼」

「このっ……！　ひとが気にしてる部分を……‼」

礫が一つ飛んで来たので、俺は首を動かして避けた。壁でバキンと弾けた音がする。

どうやら柳良は成長していないことを気にしているようだ。あの時柳良は14歳で、今は18歳なのだから、四年間の成長期に何も無かったことが窺える。

「待て待て待て！　人間、二十歳までは成長期って聞くぞ！　まだ伸びる‼」

「……！　そうなの？」

「ああ。実は俺も機関服を持ってるけど、あの時より少し背が伸びたから、今は入るかどうか分からん。で、俺の背が伸びたのは大学入ってからだ」

「なんか自慢された気がする……」

「してねえよ……。っつーか、部屋で《祝福》使うな。壁に穴空けたら弁償させるぞ」

「うぐ……。じゃあ、他の攻撃方法にするもん」

「まず攻撃をやめろォ‼」

もし俺に害意があるなら、もうとっくに交戦している。そのことを柳良に言うと、『ぶう』みたいな顔をして、《祝福》の予兆を掻き消した。弁償、という言葉が効いたようだ。

ただ、ようやく柳良の緊張自体は解けたと見てよさそうだ。本棚を彼女は指差した。

「マンガがいっぱいある。読めるんだ」

「ああ。半分近く俺のじゃなくて友達のだけど」

「いや、文字の話」

「『文字読めるんだ』ってか⁉ 猿か俺は‼」

どんだけ低く俺を見積もってんだ。まあわざとだろうが……柳良はくすくす笑う。

そのまま柳良は本棚を物色していた。四つん這いで、俺に尻を向ける形で。

（急に無防備になるなよ……）

警戒と無警戒の落差が激しくないか。柳良の尻は……ああクソッ、何だこれは。服越しなのに何故ここまで丸みが分かるんだ？ え、いやいや、斯様に魅力的な尻だったんスか？ やばい、あんまり俺の視界でふりふりしないで欲しい。罪悪感が消えて、そして今晩また別の何かに変貌して、俺の利き手に宿ってしまう。いかんいかんいかん……超平常心だ。

「これ知ってる。お兄ちゃんが好きなマンガ。ボラボラ言うんだよね」

「言うけど、何であえてそこなんだよ……」

『ボ』ではなく『オ』ではないのか。麻雀の時もそうだったが、柳良の半端な知識は、柳良の兄――誰かは知らん――から伝播したものが多いようだ。

「これも知ってる。すぐに主人公のマッチョが口からペンキ吐くんだっけ？」

「原作のケンシロウはそこまで弱くねぇわ‼」

パチかスロにおける扱いだろそれは。確実に柳良の兄が貶めて教えてるじゃねえか。

「一応、有名なシリーズばっか並べてるんだが。マンガは読まないのか？」

「読むよ。でも、こういう男の人向けのはあんまりかな。あ、でも、あれは全部読んだよ。みんなめちゃくちゃ顎が尖ってる、変な絵で……」

「ああ、アレね。面白いよな」

「うん。主人公の男の子が、すごい気が強くて、誰にも負けるか！　って無敵な感じで……」

「あー、じゃあ神域の男が麻雀やるシリーズか？」

「『犬の部屋』がすごい怖かった」

「『無頼伝』かよ‼」

割とマイナーなシリーズじゃねえか。むしろよく知ってたな。

聞いた感じだと、柳良はいわゆる少女漫画をよく読むらしい。俺はそっちがさっぱりなので、共通する作品は無かった。が、幾つかタイトルは教えてもらったので、今度読んでもいいかもしれない。でも自分で買うのは恥ずかしいから、鹿山辺りに買って来てもらおう……。

「……なあ。狐里さんって、何者なんだ？」

「むっ……。芳乃に興味があるの？」

多少は砕けた雰囲気だったが、俺が狐里さんの話題を出した瞬間、また柳良の目付きが険しいものになった。どちらかというと、他人が絡んだ時の方が鋭さを増すタイプか。

「ある。何故なら俺は、お前にも狐里さんにも住所を教えてないからだ」

「あ、そういえばそんなこと言ってたっけ。うーん、実は教えたんじゃないの？」

「教えるタイミングがない。あの合コン以降会ってもないし」

なので、俺の彼女への興味は、それこそ警戒心から来るものだ。

それを柳良は感じ取ったのか、「なるほど」と呟いていた。

「別に、普通の子だけど。……あ、今芳乃の《祝福》のこと考えてるでしょ」

「まあ……一応。俺の個人情報を抜く可能性は、そのくらいしか思い当たらないし」

「そういう《祝福》じゃないよ。そこは断言してあげる」

ではどういう《祝福》なのか。訊いたところで答えないだろう。《痣持ち》は己の《祝福》について、余程信頼した相手でもない限り、同じ組織の人間にすらその詳細を話さない。

ましてや親友の《祝福》ともなれば、柳良が話す可能性はゼロだ。

「……どうだろうな。応用が利く《祝福》なら分からんぞ」

「違うってば。あ、でも、芳乃のバイト先と関係あるかも」

「バイトしてるのか。へえ、飲食店とか？」

俺が彼女のバイト先に知らずに行き、どうにかして個人情報を抜いたのならば、住んでいる先が分かってもおかしくはない。気分が良い話ではないが。

しかし俺の飲食店という推察に、柳良はぶんぶんと首を横に振った。

「ううん。探偵事務所で事務員してる」

「じゃあもうそれが答えだろ!!」

死ぬほど個人情報を取り扱う仕事じゃねえか。一気に謎が解けたわ。

「でも、事務員だし。どういう仕事内容なのかは、しゅ……がいひで教えてくれないし」

「社外秘と守秘義務が交ざってないか。まあ、探偵事務所なら俺の個人情報を知っていてもおかしくは――……あるか」

俺は探偵事務所を使ったことなどない。となれば、使われたと見る方が正しい。

誰がいつ、何の目的で？　俺の何を探ろうとした？

口元に手を当てて、一気に思考に埋没する。

探られることは嫌いだ。知られるべきではない過去を、俺は人よりも多く持っている。

その古傷を、了解なく勝手に暴くとなれば――そいつは俺にとって、敵でしかない。

「ごめん。芳乃のことを疑ってるよね？　でも、あの子は別に……」

「彼女は事務員だろ。『顧客』じゃない。俺の敵はその『顧客』だが――」

空気が張り詰めた。もし、俺が狐里さんを疑い、問い詰めるのならば……恐らく柳良は彼女を守る為に、今ここで俺の前に立ちはだかるだろう。そうなれば、交戦は避けられない。

「――一枚噛んだ可能性は高いだろう。話がしたい」

「……許可すると思う？」

「その判断を下すのはお前じゃない。俺だ」

探ったのは向こうであり、俺はその被害者だとしても、そういう利害は無関係で、より守りたいものを守るのが柳良だ。さて――武器なく柳良を無力化することは可能だろうか。

身じろぎ一つ。どちらかが行えば、それは交戦の合図になる。単なる大学生同士ではなく、かつての『敵』を見る目で、俺は柳良を、柳良は俺を、睨み付けた。

――ガチャッ。

「相変わらず鍵しないなぁ、犀川は。講義のレジュメ持って来おっぱい!!」

ビタァァァアン!!　突如現れた鹿山は、柳良の姿を見た瞬間飛び上がり、背中を天井に打ち付け、そのまま腹から落下した。そして潰れたカエルみたいになりつつ、声を漏らす。

ちょっと人間離れした動きするのやめろや。

「な、な、なぜ、この男の園に……女が……!?」

「勝手に男の園扱いするな！　何故って……なあ？」

「ええっと、うん、そう。この人、あれだよね。確か、合コンで暴れてた人」

お互い一気に戦意が削がれた。鹿山は怯えた目で柳良を見ているが、一方で柳良は動物園の珍獣でも眺めるかのように鹿山を観察している。

「ご、合コンで暴れていたのは君もだろう……。覚えているよ、その銀髪……。あー、僕の名前は鹿山だ。よろしく、とは言いたくないな……。僕の家から帰れ……！」

「俺の家だろうが」

「はじめまして。柳良と申します。わたしは犀川くんの………なんだろう？」

改めて問われると、答えは出ない。俺は柳良の友人とか先輩ではないからだ。

柳良が答えを探していると、またも家の扉が勝手にガチャリと開いた。

「犀川ァ〜。実家から日本酒が送られてきたぜェ〜。一杯呑る——あァン？」

「ひいっ！　赤いニワトリ！」

現れたのはゴリさんで、そして柳良がゴリさんを見て悲鳴を上げた。ゴリさんの見た目は強面だから、初見でビビるのは仕方がないと思う。でも赤いニワトリって……。

「ンだよ、女連れ込んでンなら言えよなァ〜。じゃア空気読んで退散してやらァ〜〜」

「違いますよ、ゴリさん。別に彼女とはそういう関係じゃないです。あー、柳良。この人は隣人で先輩の杜野先輩だ。俺らはゴリさんって呼んでるけど」

「トリさん……。わたし、柳良、人間、ユルシテ」

「ゴリだぜェ～？　まあ本名は吾吏だがよォ～。オメェが人類ってのは見りゃ分からァ～」

「どうですかね？　女なんて一皮剝けば……嫌だ！　一皮剝きたくない！　怖い!!」

「で、鹿山は駄目ンなってるってかァ～。かなり面白ェ状況だなァ、犀川ァ～？」

「俺はそうは思わないっすけどね……」

　よりにもよって柳良が居る時に、鹿山もゴリさんも集合してしまった。俺達の関係性は後で二人に説明するとして、柳良はゴリさんに怯えているし、さっさと帰らせる方がいいか。

「柳良。そろそろ家に――」

「待て犀川ァ～。柳良って言ったか？　ちょっと待ってなァ、良いブツがあるからよォ～」

「いいぶつ……。だいぶつ……」

「何言ってるんだ柳良も……」

　ゴリさんは手土産の日本酒を机の上に置き、部屋から出て行ってしまった。

　何かを自室から取りに戻ったようで、一分もしない内にまた現れる。

　その手には――色とりどりのカップケーキが載ったお盆が！

「帰るのは止めやしねェが、せっかく会ったンだ、食ってきなァ～」

「わあ、すごい……。これ、トリさんの手作りですか？」

「まァな」

「クソッ、僕らで食べるはずのゴリ先輩のカップケーキが……！」

「別にいいだろそのくらい」

こんなナリして――って言うと失礼だが、ゴリさんは模造銃の違法改造以外に、お菓子作りを趣味としている。基本的に手先を使う作業が好きなのだろう。その味は折り紙付きで、俺や鹿山はよくご相伴に与っていた。柳良も恐怖から一転、瞳を輝かせている。

「犀川ァ。湯沸かすぜェ～？　柳良に紅茶を淹れてやらァ～」

「あ、はい。ついでに人数分お願いしていいすか？」

「任せなァ～」

というわけで、俺達は四人で何故かティータイムすることになった……。

＊

「おいしい……！　トリさん、これおいしい！　です、はい」

「ほォ～。どこがどう具体的にうめェか言ってみろやァ、柳良ァ～」

「えっと、練乳！　使ってる、です。生地に」

「ヒャッハハハハァ～!!」

いきなりゴリさんが高笑いしたので、柳良は跳び上がるほどにビクッとした。

生地に練乳……そうなのか？　俺も鹿山も菓子作りはしないから、そういう細かい素材については何も分からない。うめえ、ぐらいしかゴリさんへ言うことがないのだ。

「柳良ァ～～～……チュッ♡」

「⁉」

「それ難易度高いっすよゴリさん……」

投げキッスはゴリさんの得意技だ。機嫌が良かったり、正解を当てたりすると、俺達に披露してくれる。全然嬉しくないことは言うまでもないだろう。

案の定柳良は意味が分かっておらず、俺の顔をじっと見て解説を乞うていた。

「まあ、合ってたんじゃないか、練乳で。そういう合図だよ」

「そうなんだ……。あんなのする人見たことない……」

「普通はそうだから安心しろ」

「隠し事を暴かれるってェのは、愉快なモンではねェが——隠し味だけは暴かれてェのさ」

「でも僕も練乳使ってるって思ってましたよ、ゴリ先輩」

「チッッ」

クソでけえ舌打ちをゴリさんは鹿山に返した。投げキッスの対極にあるのがこの舌打ちである。ゴリさん的に鹿山はポイントを稼げなかった……というわけだろう。

「まだあるからよォ～。好きなだけ食えや、柳良ァ～。チョコ味もあるぜェ～」

「やった！　です！」

（ゴリさんめっちゃ気に入ってんな、柳良のこと……）

そして柳良もカップケーキで完全に懐柔されたのか、ゴリさんに対する恐怖や警戒心はほとんど無くなったようだ。元々兄が居るって話だし、柳良は年齢が離れている年上の男が好みなのかもしれない。俺はまだ兄ってほど年が離れていない……って、何考えてんだ俺は。

「――へェ～。つまり、合コンでキッチリ女捕まえたってわけかァ、犀川ァ～」

「抜け目がないよね。あの日、僕のことを放置して先に帰ったかと思ったら」

「いや、別に捕まえたってわけじゃないっすよ。んで放置して帰ったのはお前が悪い」

それから俺達は、主に俺と柳良の関係性について訊ねられていた。今までまるで女っ気のない俺が、いきなり女を部屋に連れ込んでいるのだ。二人共事情が気になるようだった。

「わたしと犀川くんは、えっと……昔の知り合い？　です」

「高校か中学の後輩とかかァ～？」

「そんなんじゃないっすね。まあ……趣味の延長線上っつーか」

「趣味？　犀川に？　初耳だよ。じゃあ柳良ちゃんもガンマニアなのかい？」

「わたし刀派で、銃は使えないかもです」

「うわあっ！　急に喋るなあ!!」

「相手に質問しといてその反応はヤバ過ぎるだろ……」

俺達がかつて争い、日夜刃と銃弾を交わしていたことは、対外的には伏せている。言ったところで信じる者も居ないだろうし、変に思われるのがオチだ。なので曖昧に濁すしかないのだが、やっぱりゴリさんや鹿山の理解は得られていない。

……っていうか柳良、お前結構ギリギリなこと言ってるぞ。

「知り合いと偶然合コンで再会、かァ～。ドラマチックじゃねェかよォ～。柳良ァ～、犀川はこんなナリだが、悪い男じゃねェ。良い物件だと思うぜェ、当局はよォ～」

「ゴリさんにナリを言われるのはちょっとアレっすね」

「犀川くんは——……えっと、とうきょくってなに？　です？」

俺への評価を柳良は口にしようとしたが、取り止めた。

そして別の疑問、ゴリさんの特徴的な一人称について疑問を呈する。

「ゴリ先輩はアマチュア無線も嗜むからね。その影響で自分のことを当局って呼ぶのさ」

「アマチュア無線……？」

「うわあっ！　急に訊ねるなあ!!」

「お前大丈夫か？　マジで」

鹿山が俺にしがみついてくる。対女性において、鹿山は会話のキャッチボールどころか、会話の当て逃げをするらしい。無論当てて逃げる側で。クズじゃねえか。

「ああああああ!!　女怖あああ!!」

ヘッドバンキングしながら、鹿山は女性への恐怖をアピールしている。合コンでこの奇行を見ていたから、柳良はギリギリまだドン引きには至っていない。

「……変な人。どうしてそんなことするの？　『代償』とか？」

「んなわけあるか。単純に、鹿山は女性恐怖症なんだ。つまりお前が怖い」

サラッと言ってしまっているが、『代償』とは《祝福》を使った際に支払う、代価とも呼ぶべきものである。《祝福》はノーリスクで放てるわけではない。《痣持ち》ごとに、その支払うべき『代償』が存在するのだ。が、ここまで説明しておいてアレだが、柳良は普通にこういう裏社会的なことを言うし、鹿山は全然そんなの関係ないし、とにかく脇が甘い。

「へー。わたしも、おばけ怖いよ」

しかし無頓着な柳良は、恐怖症という単語を受けて、自分の怖いものを述べた。

「犀川ァ〜。良い子じゃねェの、柳良はよォ〜」

「微妙におかしいんですよ、柳良も」

「お、おかしくないし！　そんなこと言う犀川くんも変でしょ！」

「そうだ！　犀川は……変だ！　あの録音流してもいいのか……!?」

「オイ流したら殺すぞ」

何で俺が叩かれる流れになるんだよ。自分で言うことでもないが、この四人の中だと俺がまず間違いなく一番まともだろうが。街頭アンケート取ったら勝てるわ。

「悪くねェ雰囲気だなァ〜。なァオメェら、『ゲーム』でも……やっかァ？」

既に日没を迎えているが、急にゴリさんがそんなことを言う。この顔で『ゲーム』だなんて言うと、闇の賭け事しか頭に浮かばない。実際、柳良はゴクリと唾を飲んでいた。

「『ゲーム』……っすか。いや、そんな持ち合わせないっすよ俺」

「安心しなァ。賭けるのは金じゃねェ～。テメェの『人生』だからよォ～～!!」

「金よりデケェのを賭けさせせんすか!?」

「か、賭け事はよくない！　です！」

「人生かぁ。僕の人生なんて賭けても大したリターンは無さそうだけどね」

各々が何か言うが、ゴリさんは『クックック』と笑って済ませている。急にデスゲームの主催者みたいなムーブを取り始めるなあ……。何を考えているのやら。

そうして一旦ゴリさんは部屋に戻り、持って来たのは――

「――『人生双六』をするぜェ～……!!」

「そういう……」

いやなら普通にそう言えよ。何で御大層なフリを入れたんだよ。

「懐かしい！　昔、よく芳乃達とやったっけ。トリさんこんなの持ってるんだ、です！」

「何でまた急に？　普段俺らこういうのやんないじゃないすか」

「そりゃ当局ら三人でやってもつまんねェからよォ～。でも四人いりゃ話は別だぜェ～」

「童心に帰る――大学生の特権ですね。柳良ちゃん、もう終電だから帰りなよ」

「いやまだ全然いけるけど」

「しれっと柳良を追い返そうとするな!!」

柳良が帰ると人数足りなくなるだろ。まあ、童心に帰るって部分は確かにそうだが。

大学生は一周回って、童心に帰りやすい。中学や高校ではもうやらなくなったもの——鬼ごっことかドッジボールとか、ああいうのを改めてやることがある。つっても俺は大学の構内でそういう催しがあるのを、横目で見ただけに過ぎないが……。

ともあれ、俺達は四人で『人生双六』に興じることにした。

「あ、分かれ道がある。えー、就職ルートとフリータールートか。俺も今年からぼちぼち就活やんないと駄目だよなぁ。すげえ憂鬱になってきた……」

「安心しな犀川ァ～。就活ミスったら留年すりゃいいんだからよぉ～」

「ゴリさんの就活ミスは、そんな見た目で公務員試験を受け続けるからでしょ……」

「トリさん、そんなことしてるんだ。お菓子屋さんとかの方がいいと思います、です」

筆記は突破しても、ゴリさんは就活ですら赤いモヒカンスタイルを止めないから、公務員試験の面接で毎回落とされている。「鏡を見ろ」と俺や鹿山は助言しているが効果はない。

さて、一方で俺の就職活動（ゲーム内）だが——『サラリーマン』だった。

自分で職業を選ぶわけではなく、あくまで止まったマスの職業になるからである。

「ははっ。手堅いなぁ、犀川は」

「ゲームなのに夢ないよ、犀川くん」

「し、仕方ないだろ。俺のサイコロ運に言ってくれ」

続々と職業が決まっていく。鹿山は『レーサー』で、ゴリさんは『プログラマー』だ。

「わたしは……やった！　『アイドル』だ！　これ強いんだよね！」

「『アイドル』か……。柳良が……」

フリフリの衣装を着て、スポットライトに照らされながらステージで踊る柳良を俺は想像し、シンプルに悪くねえな……と思う。髪の色も綺麗だしな。

「柳良ちゃんはアイドル似合うんじゃない？　うぷッ……」

「吐きそうになってるじゃん。鹿山先輩きらい……」

因みに、シンプルにゲーム内の収入が多いのは鹿山の『レーサー』である。その代わりバッドイベントも多いが。柳良の『アイドル』は収入の振れ幅が大きく、しかし良イベも多い。俺やゴリさんの職業はひたすら安定しているが、イベント自体が少なかったりする。

このゲームは最終的に、己の資産である所持金を最も保有していた者が勝者となる。ゴールマスに辿り着くのが目的ではなく、あくまで過程でどれだけ稼げるかが重要だ。

「あ。『しかえし』に止まった」

――なので当然、マスによっては他プレイヤーへの『攻撃』が可能な時もある。

柳良が今まさに止まったのは『しかえし』マスだ。他プレイヤーを一人選び、罰金かコマの逆走を強いることが可能。柳良は……にんまりと笑った。

「んっふっふ。だーれーにー、しーよーうーかーなー」

指先を一人一人に突き付けて、柳良は対象を選ぶ。

俺、ゴリさん、鹿山、俺、ゴリさん、鹿山、俺、俺、俺、俺、俺……。

「一思いに殺れよ!!」

「犀川くんが命乞いしたら、やめてあげてもいいけど～？」

「するわけないだろ。別にこの程度の攻撃、喰らったところで問題ない」

「へ～。そんなこと言っちゃうんだ？　じゃあ　鹿山先輩罰金で」

「ぼおおおおおおおおおおおおおおお!!!」

流れ弾で鹿山がブチ抜かれた。柳良から指名されたという事実込みで、ビッタンビッタンと鹿山は身悶えしている。ゴリさんはそれを見て、腹を抱えて笑っていた。

「……俺じゃないのか？」

「うん。だって犀川くん『サラリーマン』だし。『レーサー』の方が強いもん」

「この野郎……」

案外冷静に柳良はプレイングしている。己の脅威となるのは、職として強い鹿山の『レーサー』だと判断したのだ。これは四人でやっているから、俺と柳良の対決にはカウントしないと

はいえ、やはりコイツに負けるのは癪だ。せめて柳良より上の順位は取りたい……！

「お。結婚マスに止まったぞ。お前らご祝儀だご祝儀！　よこせッ‼」

次いで俺は結婚マスに止まった。止まった時点で、他のプレイヤー全員からご祝儀で金を奪えるので、広義的には攻撃マスと呼べるだろう。結婚を攻撃扱いするなという話だが。

さて、このゲームは各々車型のコマに、自分の分身となるピンを刺してプレイする。車とピンの色は対応しており、俺なら黒の車に黒のピンだ。柳良は白、鹿山は赤、ゴリさんは青で、結婚したらパートナーピンを刺すことになる。

……何故かゴリさんが、俺の車に白のパートナーピンをぶっ刺してきた。

「あーっ！　トリさん、それわたしのやつ！　勝手に刺さないで！　です！」

「何で俺の車に柳良のピン刺すんすか」

「気にすんじゃねェ～。当局も結婚したら犀川のピン刺すからよォ～。チュッ♡」

「自分のピンにして下さいよ……」

「じゃあ僕も結婚したら犀川のピンを刺そうかな」

「むうぅ……。ならわたしも結婚したら犀川くんのやつ刺す……」

「おいやめろピン足りんわ」

俺を奪い合うな。いや違うか。まあいいか。俺を奪い合うな！

で、それからと言うものの――

「『しかえし』マスに止まったぜェ～。犀川ァ～。金の準備をしなァ～」

「ぐっ……」

「僕も『しかえし』に止まったぞ。犀川——香典返しを頂こうか」

「葬式してねえわ!!　クソッ!!」

「わたしもまた『しかえし』だ！　鹿山先輩で」

「ぼおおおおおおおおおおおおおおおおおおおおお!!!」

——鹿山が生涯独身を貫いたり、ゴリさんが出産マスに止まりまくって子沢山になったり、柳良がアイドルとして大成功し莫大な資産を得たり、俺は奪われる側に終始したりで、やたらと盛り上がりを見せたまま、ゲームは楽しく進行していった。

結果、優勝者は……まあ、俺では無かったとだけ言っておこう。


「んー、楽しかった～！」

「だろうな」

もう夜も遅くなったので、俺は最寄り駅まで柳良を送っている。一人で帰れると本人は言ったが、ゴリさんが俺に送られていけと強く柳良に言うので、渋々という形だ。

しかし、柳良はむしろ上機嫌である。伸びをしながら、軽快に歩いている。

「トリさん、すっごい良い人だよね！　ピザおごってくれたし！　鹿山先輩は……まあ……」

「いや、分かるよ。あいつはアレだから。気に障ったなら悪かった」

「んー、そうじゃなくて。あの人ってさ……」

何やら俺の顔色を柳良は窺っている。鹿山は、見た目だけなら俺やゴリさんなどぶっちぎっている。もし柳良が鹿山のことが気になるのであれば――あー、すげえ嫌だな。なんか。

「……まあ別にいいや。それより、犀川くん」

「どうした」

「はい。今、芳乃に電話してるから。お話ししていいよ。気になるんだよね？」

「え。急に……⁉」

己のスマホを俺に渡す柳良。画面上には狐里芳乃と表示されており、今まさに電話を掛けている最中だった。確かに、俺は狐里さんから訊きたいことはあったが……。

『もしもーし。どったの？　犀川さんトコに泊まる連絡？』

「……違うって。あー、ご無沙汰っす。犀川ですけど」

『うわ、犀川さん？　何かあの子にあったんですか⁉』

「いや、そうではなく――」

単刀直入に、俺は狐里さんに質問する。『何故俺の住所を知っていたのか』と。

他にも、探偵事務所に勤めていることも訊いておいた。

『あー、それね。業務上知り得た情報は私的利用厳禁だから、犀川さんが住んでいる場所を探ったのは、アタシの《祝福》だよ。そういう使い方が出来んの』

「……やっぱり《祝福》か」

何かしらの探知系能力だろう。ある程度、彼女の行動を考えれば、その内容は絞れるが――

戦闘系ではないことも確実だから、そこまでする必要もないか。

「ええっ⁉　そうなの⁉」

『リッカが驚くんかい！　で、探偵事務所の方だけど、犀川さんに関する依頼があることはマジだよ。そこまでは話せるけど、そこからは話せない。ただ、そんなに危険なことでもないと思うけど。だから安心して、ってのは変な話かぁ……』

「いや、それだけで充分だよ。むしろ話してくれてありがとう。助かったよ」

『いえいえ……。それより、リッカがご迷惑をお掛けしたようで』

「ちょっと！　もう切っていいでしょ！　時間切れ！」

「結果的には楽しんでたな」

『みたいだね。声音で分かる。あ、これは《祝福》抜きの、友としての意見ね。それとあの子、最近犀川さんの話ばっかりアタシに――』

そこまで話した段階で、柳良は俺から無理矢理スマホを奪い取り、「今から帰る！」と狐里さんに告げて、通話を切ってしまった。月光だけで分かるが、顔が赤くなっている。

「わ……悪口！　あなたの！　芳乃に、言ってるだけ……！」

「マジかよ最悪だなお前」

別に、何を言われても構わないけどな。誰かに話すほどには、俺への印象があるのなら……それは、結構嬉しかったりする。マジで全部悪口だったらアレだが。

しばらく俺達は無言で歩く。やがて駅のロータリーが見えてきた。

「……今日、楽しかった。ほんとに。わたし、ああやって遊ぶの久しぶりっていうか、《組織》に居た頃を思い出したよ。あそこ、年上の人達だらけだったから……えっと、だから」

「――なあ、柳良」

「なに？」

これを言おうと思っていたわけじゃない。ただ、自然と、口を衝いて出ただけだ。

「また来いよ。あー、用事がなくてもさ。ゴリさんや鹿山と、それに狐里さん呼んでみてもいいかもな。その、またみんなで……遊ばないか？　俺も、楽しかったから」

故にこれは、俺の本音。でも、本音の裏には、もう一つの本音がある。

俺は、ただ単に――口実なんて抜きに、柳良と会いたい。そう思ったから。

「………………」

柳良が俺を射抜くように見ている。どんな返答が来るのか、あまり考えたくない。

「み、みんなとだけで、いいの？」

「え？」

「あ、いや、ちがっ……ほら！　決着、ついてないし！　でしょ⁉　みんなと一緒だと、決着つけれないし！　それでいいのかなって、そう思っただけ！　それだけだから！」

心が躍る。口実なんて抜きに会いたい。けど、そういうわけにもいかないのなら、やっぱり口実というものが必要になる。柳良がもしそうだとするなら、俺も倣うべきだろう。

「ああ……うん、そうだな。そりゃそうか。それはそれとして、白黒つける為に、俺個人としてお前を呼び出すこともしていくよ。その時は——逃げるなよ」

「逃げないし。そっちこそ、負けて泣かないでよね。さっきみたいに！」

「泣いてねえわ！」

改札口の前まで辿り着く。柳良が改札を抜ける準備をする。

「気を付けて帰れよ。まあ、お前に限っては絶対大丈夫だろうけど」

「まーね。あ、そうだ」

柳良が改札を抜けて、俺の方を改めて振り向く。

「怪我、ちゃんと治してね。律花ちゃんとの約束だぞ！　ちゅっ♡」

「そこ真似るのかよ……」

電車が来ている。柳良は俺に手を振って、走り去る。電車が来て丁度良かったと思う。

今、鏡で自分の顔を見たら、きっと酔っ払ったみたいに真っ赤だろう。

ゴリさんが柳良に与えた影響というものは存外大きく、俺は今までで一番、あの人のぶっちやけ気色悪い癖に感謝した。あれは、女の子にやられると、すげえ嬉しいものなのだ。

だから柳良に教えてくれてありがとうございました、と。そう言いたい。

(……お礼にビールでも買って帰るか。ははは、夜空が綺麗だ)

いつもと変わらない夜空に、思いを馳せることなどない。が、それを美しいと思うかどうかに関しては、想像以上に自分の心持ちが影響するらしかった。


俺と柳良の関係性が、少しずつ少しずつ変わってゆく。

宿敵でも、後輩でも、友達でもない。もっと別の、焦がれるもの。

自分の中の感情に、色濃い答えが出たのなら、もう己を誤魔化してはいられない。

──犀川狼士は、柳良律花に、恋をした。

「割と影響を受けやすいタイプだよな、律花って」

「え？　急にどうしたの？」

展望台を後にした二人は、喫茶店でコーヒーブレイクしていた。

寒空の下を歩いた後に飲むホットコーヒーは、手足の先まで染み渡る。

さて、こういう場所では取り留めのないことを話すべきである。狼士は前々から思っていたことを、何故かアイスレモンティーを飲んでいる律花へと訊ねた。

「癖っていうか……。ほら、よくやる投げキッスとかさ。あれ元々ゴリさんのやつだろ」

「うん。昔、ちゃんとトリさんからコツを教わったからね」

「直伝だったのか……!?」

そんなやり取りが吾吏と律花の間であったとは初耳であった。

「だってろうくん好きでしょ？　ちゅってやるの」

「おいおい、俺を何だと思ってるんだ？　好きだけど？」

「好きって思ってるから合ってるじゃん……」

「やろうと思った切っ掛けとかあるのか？　結構あれ恥ずかしいと思うけど」

「そうだなぁ。最初は変で、けど面白かったから、なんとなくかも。次は、うーん……ろうくんがわたしの唇ばっかり見てるから、もしかしたら好きなのかと思って」

自分の唇を、律花は指で突く。ぷにぷにと形を変えるそれに、確かに狼士は視線を固定されるくらいには惹き付けられていた。

「俺そんな見てたっけ、律花の唇……」

「見てるよー。胸とか見られるよりもそっちの方がいいけどね」

「うーん……。無意識だったな……」

「あと、恥ずかしいから外ではやってあげない」

「やんなくていいよ。あれ俺だけのものだし」

「言うね～。けどにゃん吉にもやるけどね！」

「マジか……」

まさか飼い猫に嫉妬することがあるとは。狼士は律花から投げキッスされているにゃん吉を想像し、確実に『にゃんすかコイツ……』とボヤいていることを察した。

「ゴリさんには感謝だな。律花に良いモノを遺してくれた」

「そうだね。本当に、惜しい人を……ううっ」

「ああ——いやあの人死んでねえわ！　バリバリ元気だっつーの！」

「ははっ」

「あっ、律花それ……『鹿山笑い』だな？」

「当たり～」

大学を卒業して、就職して、結婚して、自分達の身の回りを取り囲む環境が目まぐるしく変わっていく。その中には人間関係も含まれていて、必ずしも築いた縁がずっと続くというわけではない。友情は消えないとしても、しかし常に傍に在り続けるものではないのである。

吾吏も鹿山も、狼士と律花とはまた違う道を、今は歩んでいるのだから。

「ろうくんって友達少ないけど、濃いからいいよね。あのでっかい人も濃そうだし。友達に恵まれてるんだなあって思うよ」

「健剛な……。俺は浅く広くよりかは、深く狭く人付き合いするタイプだから」

「友達少ない人の言い訳？」

「おい。律花も大して友達多くないだろ」

「うぐ……。浅く広くより、深く狭く人付き合いするタイプだし……」

「言い訳だ……」

この話題は虚しくなるので、やめよう——お互い痛み分けとなった。

アイスティーに浮かぶ輪切りのレモンを、ストローで沈めながら、律花は呟く。

「あの頃って、楽しかったよね。みんなが仲良くなって、ふざけあってて」

「そうだな。色々あったけど、そういうの全部引っくるめて、楽しかったよ」

「戻りたいなーって、たまに思わない？」

「思う。そりゃそうだろ」

「ふーん……。じゃあろうくんは、わたしと結婚するよりも、前の頃の方がいいんだ」

「あれはあれで律花の可愛さをどんどん知っていく時期だったし。あー、けどさ、今は今でもちろん楽しいよ。幸せ、とも言えるけど……なあ、律花」

「なに？」

「やってくれないか？　今ここで『ちゅっ♡』って」

「えーっ、何で？　外ではやんないって言ったばっかなのに！」

「いや、何となく。やっぱ外でも見たくなった」

「もーっ……」

周囲をキョロキョロと律花は見回す。店員も他の客も、別に自分達のことなどまるで気にしていない。それを確かめてから、律花は気恥ずかしそうに、控えめに——

「……ちゅっ」

「よし。じゃあ、俺は『今』の方が好きだ。そう思った」

「なんなの、それ……。ろうくんもやり返してよ！」

「何で俺がやるんだよ。俺はゴリさんからアレ教わってないから」

——思い出は、思い出として。二人共有したそれは、いつまでも輝き続ける。

その輝きに負けないように、今と明日を、二人でずっと彩っていく。やがてはそれらも、輝かしい思い出になっていくのだ。人生とは、そういう積み重ねである。

《第五話》

「おーっ。久し振りやなぁ、芳乃ちゃん。ちょい背ぇ伸びたんとちゃうか？」

「伸びてねっすよ。トラ兄も元気そうで何より。また恋人の家から追い出されたんです？」

「追い出されたんやない、追い抜いたったんや」

「意味わかんねえ～」

五月も半ばを過ぎた頃のことであった。

律花と芳乃の住む部屋で、金髪おかっぱで作務衣を着た男が寛いでいる。

男の名は《柳良虎地》。律花の実兄にして、元《組織》の戦闘員である。現在23歳。

芳乃とは幼少期からの付き合いで、もう一人の妹のように可愛がってもらっている……が。

「トラ兄、そろそろヒモとかやめて就職した方が良くない？　リッカ泣くよ？」

今の虎地は立派な無職、あえて言うなら最近まで女のヒモであった。

「いやいや、ボクは働いとるっちゅうねん。見ての通り、芸術家や」

「うっわあ、芸術家とか社不の代替表現じゃん。職業診断だとさ」

「バリ言うやんけ～！　世の中の全芸術家に喧嘩売っとるなあ職業診断～!!」

「トラ兄見てると、割とガチめに芸術家ってアレな人なんだって思うけど……」

「まあボクのことはエエやろ。律はどないしたんや？　講義行っとんか？」

「あー、リッカは今日遊びに行ってますよ」

芳乃は内心、逡巡を重ねていた。これ以上の情報を、虎地に与えるべきかどうか。

虎地は重度のシスコンである。律花のことを愛して止まない。それは芳乃も重々承知している——しているからこそ、この先の話をする危険性を察していた。

「ほーん。珍しいなあ、律が芳乃ちゃんほっぽって一人で遊びに行くて」

「いや、一人っつーか……二人だけど……」

「別の友達かいな？　まあ大学入ったしなあ。そら他に友達も出来るわなあ」

「友達……っていうか。いや友達だろうけど……」

「その子の写真とかあるん？　可愛い子やったらボクに紹介してや～。アカンかw」

「まあ写真……あるけど。アタシが二人にプリ撮らせたやつ……。両方直立不動でシュール過ぎてめちゃくちゃ笑ったやつ、あるけど……」

「ええやんええやん。律のオモロい姿は大歓迎やで」

（逃れようは——なさそう……）

別段、隠すことでもないだろう。何故なら律花は隠していないからだ。従っていつかは虎地の耳に入ることでもあり、そのタイミングが芳乃の手によって齎されるか否かぐらいの違いしかない。なので芳乃は意を決し、スマホに保存してある一枚の写真を虎地へと見せた。

律花の隣に――《羽根狩り》こと犀川狼士が並んで立っている、画像を。

「へえ、男の子みたいな子やね、この子」

「いやどう見ても男っす……」

「あっ、ふ～ん……。そうなんや。何やコイツの顔ボクめっちゃ見覚えあるんやけど。ワンチャンこれ《羽根狩り》ちゃうの？w　流石にちゃうか～w」

「いや《羽根狩り》っす……」

「ほっ、はぁ～ん……。ほな律と《羽根狩り》って今二人出ヴォオオオあああろろろっろろろろっろろろろろろろろろっろろろろろろろろろろろろっろろろろオォォッォォォォ!!!!!!」

身体を直角に折り曲げて、虎地はその場で胃の中に入っていたモノ全てを嘔吐した。もしかしたら内臓すらここで全部ゲロリンチョしているかもしれない。

「ダムの放流かよ……」

とんでもねェ勢いでドバドバ吐くので、思わず芳乃はそう形容した。見ると、虎地の口から放たれる液体は既に真っ赤になっている。血まで吐き切るのだろうか。

人には耐え切れない程の、瞬間的かつ爆発的なストレスを得た虎地の胃は、ポリープと潰瘍が瞬時に咲き乱れ、それらが訳分からんぐらいにマリアージュして血を吐き出させているのだが、そんなメカニズムはどうでもいい話であろう。芳乃は彼の生存を願った。

ああ、恐るべき『何か』が、《羽根狩り》の知らぬ所で、生まれようとしている……。

＊

あの合コンから、もう一ヶ月半は経っただろうか。俺と柳良は、よく会うようになった。

勿論それは、二人だけだったり、鹿山やゴリさんと一緒だったり、パターンは複数あるものの、概ね平和的に……ともすれば友達同士のように、穏やかに過ぎていく。

勝敗を付けるという名目で、色々なことをした。

『おい柳良、引け！　早く引けって！』

『うわあ……』

『俺にドン引きしろって意味じゃねえわ!!　竿を引くんだよ!!』

二人で釣り堀に行って、大物を釣り上げてみたり。

『柳良。バッティングフォームがおかしい。剣術の構えで打てるわけないだろ』

『でも、バットって横に振るより縦に振ったほうがよくない？　刀みたいに』

『そんな大根斬りでまともに飛ぶわけが——』

『えいっ!』
『何でホームランに出来るんだよ‼』
バッティングセンターで柳良が奇跡を起こしてみたり。
『柳良。ショットフォームがおかしい。剣術の構えで撃てるわけないだろ』
『でも、この棒って木刀みたいだし。突きの要領でやれそうじゃない?』
『棒じゃなくてキューだ……。あのな、そんな力任せで――』
『えいっ!』
『何でブレイクショットで全球ポケットに入るんだよ‼　おかしいだろ‼』
ビリヤードで柳良がまた奇跡を起こしてみたり。
様々な場所で二人争ったが、もう目先の勝敗なんて俺はどうでもよくなっていた。
名目上勝ち負けを付けようとしては、適当な理由を加えてドローにしている。
――勝敗が決まったら、この次が無いかもしれないから。
何となく、柳良もそれは分かっているようで、特に何も言ってこない。
奇妙で、しかしとても居心地の良い関係が、このままずっと続けばいいと願う。
「『会いたい』か……。おいおい、何だよそりゃ。やめろやめろ、意識するって」
ベッドに寝転びながら、俺はスマホのメッセージを何度も見直す。

基本的に、遊びの誘いは俺からだ。柳良から来る連絡は、『野良猫いた』とか『変な雲あった』とか、小学生かお前はってレベルのどうでもいいものばかりで、何かの誘いは今まで無かったのだ。それが、さっき向こうから『会いたい』とだけ来た。

……俺は頬が緩むのを自覚する。やべえ、今めっちゃ笑ってると思う。

何だこれ、誰かから認めてもらえるってのは嬉しいことではあるが、ここまでのものだっけ。

「醜い顔だなぁ。何かヤバいクスリでもヤってるのかい？」

「うわあ!!」

ずっとスマホの画面ばかり見ていて、鹿山の侵入に気付かなかった。

鍵を掛けていない俺が悪いが、だからと言って音無く入って来るなよ。

「……んだよ鹿山。ちょっと今忙しいんだって。遊び相手ならゴリさんにしてくれ」

「ははっ。もしかして、柳良ちゃんから嬉しいメッセージでも来た？」

「おい。当てるな」

「外す方が難しい。やれやれ、まさか犀川がここまで女に熱を上げるとはね。僕と一緒に過ごした日々は一体何だったのやら。弄ぶのはよしてくれないか」

「女性のことを女って呼ぶな……！　別に、お前を弄んでねえよ。それに柳良だって、俺のことなんて特に何も思ってないさ。悲しいけどな」

「どうだろう？　そうかもしれないけど、そうじゃないかもしれない。その『溝』を埋め合わせるのは……まあ、僕は可能だろうけど。けど犀川でも出来るんじゃない？」

「地味なマウントを取るのはやめろ」

お前がモテることぐらい知ってるっての。女性恐怖症さえなければ、だが。

鹿山は勝手に俺の冷蔵庫からお茶を取り出し、グラスに注いでいる。

「──好きなのかい？　柳良ちゃんのこと」

「…………。その辺のヤツよりかは」

「ははっ。何故素直に認めないのやら」

「う、うるせえな。何でもかんでもハイそうです、とはいかないだろ」

結局、俺はその一歩が踏み出せていない。自分の感情は、もう偽ったところで鹿山やゴリさんにはバレバレだってのも知ってるさ。けど……俺のこの感情を、柳良に全部ぶつけたとして、あいつがどんな反応をするか、考えたくない。本心を曝け出した結果、今のこの心地良い関係が壊れてしまうのなら、隠して押し殺している方が何倍もマシだ。

「……分かるんだよ。何となく、だけど。柳良はそういうのを求めてないってことが」

「彼氏が欲しくないってこと？」

「まあ、平たく言えばそうだな」

「本人の口から聞いたのかい？」

「いや、違うけど。でも分かるんだって。感覚的に」

それこそ、鹿山が言ったような『溝』が、俺と柳良の間にはある。人間的な相性とか、これまでの過去とか、そういうのではなく。言葉に出来ない『溝』が。

その正体が何なのか、俺は摑めていないが——逆に言うなら、それを突き止めない限り、どれだけ柳良にアプローチしたところで、きっと意味は無い。

「なるほどね。大変そうだなぁ。彼女は変わり者だし……それは犀川も同じだけど」

「お前ほどじゃないっつーの。とりあえず、そんな柳良の方から遊びの誘いが来たんだ。俺がちょっとテンション上がるのも無理ないだろ。分かったなら……ほら返事の文面考えるぞ！」

「自分でやれよお～。まあいいけどさ……」

っつーわけで、この週末に俺は柳良と二人で出掛けることになった。

なんとなんと——ハッキリと向こうから、『デートする』という名目で、だ。

この日俺が眠れなかったのは、言うまでもないだろう。

＊

さて週末。俺は待ち合わせ場所に、集合時間三十分前に着いた。二人で出掛ける時は、先に着いた方が若干の精神的アドバンテージを得るのだ。

柳良の姿はまだ見えず、俺は大きく深呼吸する。今日は『デート』であり、そして何となくだが、何かいつもとは違うことが起こる予感がする。俺にとって喜ばしい、何かが。

「さ、犀川くん」

「……ん、来たか。二十五分前はちょっと遅いんじゃないか？」

声がした方を俺は振り返る。いつものように、柳良は銀髪を靡かせて——


「っほォオッォ〜〜〜〜ん?? 先に着いただけで女にマウント取んのかワレェ〜？」

——作務衣を着た金髪おかっぱ野郎が、ドス黒い殺意を放って俺を睥睨していた。

思わず俺は口をぽかんと開いてしまう。金髪の背後、その影に隠れるように、縮こまった柳良の姿が見える。あー、いや、落ち着け。冷静になれ、俺。ちゃんと覚えているだろう。

「つ、《土塊》……ッ⁉」

過去、この金髪と俺は、確実に交戦経験があるってことを、だ。

「志々馬の呼び名で呼ぶなや。まあオドレに名前呼ばれるよりかはマシか」

「……何の用だ」

俺は腰に手を這わせる。本来なら——いや、かつてなら、そこには銃があった。少なくとも武器を持っていれば、まだ対処法が浮かぶ。が、今は残念ながら素手だ。

——《土塊》。《組織》に所属する《痣持ち》で、最初は《白魔》への増援として現れた。

以降《土塊(つちくれ)》は単独で、俺の担当地区で暴れ回り、その対応に苦慮したことを思い出す。

正直、単純な《祝福(ブレス)》の厄介さなら柳良(なぎら)よりも上だ。『粘土を操る』というその能力は、抜群の応用力を持ち、幾度となく俺達を苦しめている。

そこから付けられた敵方符牒(エネミーネーム)が《土塊(つちくれ)》——柳良(なぎら)に勝るとも劣らない、《組織(ロッド)》が誇るエース級の《痣持ち(ブルーズ)》。それが何故(なぜ)、今になって俺の目の前に……⁉

「用？　そら決まっとるやろ。オドレをブチ殺しに来たんじゃ、《羽根狩り》……‼」

（コイツの戦法はイカれてた‼　いきなり全開で来る……‼）

「《心象(へ)》——」

空気が張り詰める。心臓が早鐘を打つ。本能が逃走しろと叫んだ。

己の《祝福(ブレス)》に与えられた名を呼ぶ。それは《痣持ち(ブルーズ)》達にとって、能力を全力で使う為(ため)の解放キーとなる。無論、大きな反動もあるから、おいそれと使わないはずなのだが、こと《土塊(つちくれ)》に関しては、初手で飛ばしてくるというイカれた悪癖があった。

「ちょっと、お兄ちゃん！　やめてよいきなり‼　そういうことするなら帰ってって最初に言ったの、もう忘れたの⁉」

背後に居た柳良(なぎら)が怒鳴る。そして、《土塊(つちくれ)》の尻を蹴っ飛ばした。

「——なぶぁ！　な、何やねん律(りつ)！　今からコイツブチ殺すねんけど⁉」

「なんで犀川(さいがわ)くんにそんなことするの！」

「言うたやろ！　お前はコイツに弄(もてあそ)ばれてるだけや！　ほんで愛する妹を弄(もてあそ)ぶゴミカスは、お兄ちゃんがこの手で海に沈めたる！　だからこれ全部律(りつ)の為(ため)やねんで⁉」

「勝手に決めないで。そもそも、彼とはお兄ちゃんが思ってるような関係じゃないから」

「柳良(なぎら)。まさかとは思うが、お前がいつも言う『お兄ちゃん』って……」

答えは出ているので、もうこれは確認作業のようなものだった。

俺の疑問に、柳良(なぎら)は眉尻を下げて申し訳無さそうに首肯する。

「……うん。この人。『知ってる』とは思うけど……」

「柳良虎地(なぎらとらじ)や。一応名乗っといたる――オドレが死ぬ前に記憶する最期(さいご)の人名やぞ」

「初めまして。犀川狼士(さいがわろうし)と申します。以後、お見知り置きをお願いします」

ぴっちりと腰を曲げて礼をする。あえて初対面みたいに振る舞ってみたが、どうだ。

「《羽根狩り》やろオドレは！　ほんでボクが見知り置くわけあるか！　誰やお前⁉」

「今名乗ったじゃん……」

無駄か……。まあ、兄妹(きょうだい)にも色々あるよな。俺だって妹が居たから、そこは理解がある。

似ていたり、正反対だったり、仲が良かったり悪かったりするものだ。

だが柳良(なぎら)と《土塊(つちくれ)》の兄妹(きょうだい)に関しては、マジでどこらへんに血の繋(つな)がりがあるのか、全く分からないレベルだった。顔も似てないし、そもそも何で兄貴の方は関西弁なんだよ。

実は柳良(なぎら)って関西の出身なのか……？　そこからしてもうわけが分からん。

ただ、少なくとも俺が対応をミスれば、すぐさま《土塊》は俺に襲い掛かって来るだろう。

柳良が止めても、この男は『やる』タイプだ。何より殺意が凄まじい。空間歪んどるわ。

「オイ《羽根狩り》。オドレのことは律からある程度訊いた。その上で質問をする。取り繕ったら殺すから、正直に答えろや。オドレが律に近付く目的と理由を言え。返答次第では殺すぞ。っちゅーか普通に殺したいから、やっぱ答えんでエエわ。っしゃ殺す‼」

「勝手に自己完結するなよ……。目的と理由って、そんなの——」

ちらりと俺は柳良の方を見る。内心、俺は「あ」と思った。

——柳良に会う目的と理由を、口にすることが出来ないからだ。

俺と柳良のどちらが上か、白黒付けたい。だから頻繁に会うようになった。

嘘ではない。ただ、もう本心とは言えない。取り繕う形になる。

それは、《土塊》の言葉を借りるなら……俺は殺されることになるだろう。

「言ったでしょ！　どっちが上か勝負してるだけ！　もう直接戦うような時代でもないし、こうやって色々なところで彼と勝負してるの！　やましいことなんてない！」

「……律。それはお前の言葉や。ボクはコイツの口から直接訊きたい」

「俺は………」

言ってしまいたい。『柳良と仲良くなりたい』と。『付き合いから何度も会っている』と。

だが、それを柳良が知った時に、どうなるのかが怖い。だから俺は、何も言えない。

俺を睨め付ける《土塊》。心を読まれている気がした。そういう《祝福》ではないのに。

「もうエエわ。大体分かった。律、よう聞け。この男は――」

すう、と息を吸い込む《土塊》。思わず俺は身構えた。


「――チンポマンやあ!!!」


「は?」

「ちょっ……お兄ちゃん!! 外で変なこと言うなぁ!!」

往来で何を叫んでんだこの変人は。しかも俺が……どういうマンだよそれは。やめろや。

「分かるやろ!? 全身チンポみたいなモンやぞ大学生の男とかァ――――ッッ!!!」

「ちんっ……もうっ!! 犀川くん、この人どうにかして!!」

「こっちのセリフなんだが……。妹なら兄をどうにかしてくれ」

顔を真っ赤にしている柳良。過ぎ行く人々が俺達の方を見ては、何か囁いていた。冷静に考えれば、こんな作務衣を着た関西弁の金髪が猥語を叫ぶこと自体に事件性を感じる。

「コンくらいの年齢の男なんぞエロいことしか考えとらん!! 脳にキンタマが、キンタマに脳が詰まっとるようなモンやねん!! ソースは当時のお兄ちゃんや!! 化生やぞ!?」

「もうやだ……。縁切りたいよう……」

（けど微妙に否定しづらいな……）

化生て。まあ言っていること自体はそれなりに同意可能である。俺は違うけどね？

「つまり律とドスケベしたいとしか思っとらんねんコイツは‼　ああもうしゃあない、イチからお兄ちゃんが解説したる！　あんな、今からコイツがどんだけチンポマンか、チンポイントを加算してくからな？　よう聞いときや？　いくで？　入れてくからな？」

「催眠音声か……？」

実妹が耳を両手で塞いでイヤイヤしているが、実兄はそれをガン無視して人差し指を一本立てて始めた。コミュニケーションの双方向性が完全に崩壊している。

「まず茶髪の時点で＋1チンポイント、ちょい気合入れた服で＋1チンポイント、スケベそうなツラで更にもう＋1チンポイント、あとどうせ財布にコンドーム入れたりラブホの場所とか事前に調べとるから＋5チンポイント、そこにボクの個人的裁量が加わって合計10000チンポイントでチンポマン本決定につき死刑じゃコイツはァア――――――――ッッ‼」

最早ムカデでもポイント数を数え切れないレベルなので、《土塊》は最終的に両手をワシャワシャ動かしながら俺に拳を放って来た。無論本気で。殺す気で。

「せやからな？　もう世の為人の為全国のＪＤの為に、このチンポマンは殺さなアカンねや。もう律だけの話やないねんこれは。地球規模の話やねん。分かるやろ？　地球やで？」

どうやら俺は地球に害を為す存在らしかった。いや分からんわ。人間やで？

一方で柳良はというと——耳と目を閉じて、口で「あーあー」言っている。

最早この兄の発言は一切聞く耳を持たないというわけだ。物理的に。

「あーあー……もう終わった？」

「おう、終わったわ。コイツ自殺してくれるらしいで」

「しねえよ」

「はいはい。じゃ、行こっか犀川くん。ええと、『デート』だし……」

「あ、ああ。そうしようか」

《土塊》を無視する形で、柳良は俺の服の裾を指先でちょこんと摘み、歩き出す。

この場から、というかこの兄から一刻も早く離れたいのだろう。完全同意だわ。

「オウオウオウオウオウ待て待て待て待てェ～～～～!!」

ゴロゴロゴロゴロ……。路上を転がりながら、《土塊》は俺達の前に寝転んだ形で立ちはだかる。いや、寝はだかる。既に人の往来は俺達を大きく迂回して避けるように流れているが、そんなことはどうでもいいのだろう。川の中洲に取り残された気分だった。

「おい《土塊》。邪魔だどけ。今日は『デート』なんだよ俺達は」

「そ、そう！　『デート』だぞ『デート』！　すごいんだぞ！」

「何言っとんじゃ律。コイツに連絡入れたの全部ボクやろ。乗っかんなや」

「へ」

「おーおー、鳩がミサイル撃ち込まれたツラしおって。『会いたい』って律に言われたと思たか？　『デートしよう』って律に誘われたと思たか？　残念それ全部ボクなんですわｗｗｗ」

おい……どういうこったよ。つまりアレか？　俺を誘い出す為に、柳良のスマホで俺にメッセージを送り付けたってことか？　この金髪クソカスビチグソ粘土丸が？

なら俺があの時感じた、胸のときめきとか、キュンとした気持ちは、全部……？

『今日オドレはボクが始末する為に呼び出されたに過ぎへんのじゃｗｗ　オドレみたいなクソカスビチグソトルネードチンポマンが律とデート出来るわけあらへんやろがいｗｗｗｗ」

「……殺す……」

「できるけど」

「『へ？』」

ふにゅん……と、表現すべきだろうか。俺の語彙では、その柔らかで温かい感触を、言葉で表現するには限界があった。少なくとも、俺は粘土丸への殺意が一瞬で吹っ飛ぶ。

──柳良が、俺の腕に、自分の両腕を絡めて、抱き寄せている。二の腕に、頰を寄せて。

それこそ、デートしているカップルがやるみたいに。

「デートできるけど。犀川くんと。だからもう帰って、お兄ちゃん」

「柳良──」

「あ……あぁぁ……！」

身体が僅かに震えているのは、柳良も無理をしているからだ。

ここで思い上がれるほど、俺は愚かじゃない。イカれた兄に対抗する形で、柳良は俺を使ったに過ぎない。無論、本心からそう言って欲しかったが、それは俺の高望みだろう。

「い……イヤやぁぁぁぁ――――ッッ!!　デートせんといてぇぇぇ――――ッ!!!」

ギュルルルルル！　《土塊》は寝転がったままその場で猛烈に回転し、土埃を捲き上げた。

いや人体にそんな動きある？　前世はタイヤだったのか??

「やだ。するもん。デート」

まだ柳良は俺の腕から離れない。兄への対抗心だろうか、その意思は固いようだ。

「律――――ッ!!　ほンだらボクを跨いでみろォォ――――ッ!!」

「跨ぐけど」

「跨ぐなや!!」

俺を半ば引っ張る形で、柳良はその場で回転する兄を大股で跨いだ。往年のプロレスラーじみたやり取りだった。あ、勿論俺も跨いだぞ。何なら踏み付けてやりたい。

「ま、待てェ……!!　ほな仮に百歩……千歩……万歩……億歩……兆歩……京歩……（中略）……阿僧祇歩……那由他歩譲って、コイツとデートするとしても、や……!!」

「この星から出て行けよ……」

それもう木星くらいまで譲歩可能だろ。聞いたことねえわ那由他歩って。

《土塊》は立ち上がり、またもや俺達の前に回り込む。銀河級のしつこさだった。

またぞろ俺を攻撃するのだろうか。立ち止まって、俺は警戒心を強め——


「『トリプルデート』じゃ……‼」


「「は……？」」

「デートするにしても『トリプルデート』じゃあ‼　それなら許したる‼」

——俺と柳良はしばらく言葉を失った。『言葉』の意味が分からないからである。

「トリプルデートって……どういうこと？　なに言ってるの、お兄ちゃん？」

「あー、もしかしてアレか？　俺と柳良と《土塊》の三人で『デート』ってことか？」

それはトリプルデートと呼ぶのだろうか。ダブルデートはカップル二組で一緒にデートすること……だよな、確か。ならトリプルデートなら三組、つまり六人必要じゃねえか。

しかし《土塊》は「チッチッチ」と舌を鳴らす。ムカつくわ……。

「常識的に考えたら分かるやろ。まずボクと律。次にムカつくけど、《羽根狩り》と律。ほんで最後に……ボクと《羽根狩り》で三組やあ‼　トリプルやないかい‼」

「ボックス買いかよ……」

「お兄ちゃんの常識ってなんなの？」

柳良兄妹の数少ない共通点として、どちらも頑固というものがあるらしい。

既にトリプルデートの決行は《土塊》の中で確定事項のようで、首をコキっと鳴らす。

そうして《土塊》は俺と柳良の間に強引に割って入り、引き剝がしやがった。

「オイ《羽根狩り》。お前何しとんねん」

「何がだよ……。何かしたのはあんたの方だろ」

「はよボクと手ェ繋げやボケェ!! デートやろが!!」

「形から入るな!!」

切り替えが早すぎるだろ。ふざけんなと俺は思ったが、《土塊》は恐るべきスピードで俺の手を握り、縄みたいに指を絡めてきた。あっ、俺の人生初恋人繋ぎはこの男です。死にたい。

「さ、律はお兄ちゃんと腕組んで歩くんやで?」

「やだ」

「照れおってからに～。カワイイやっちゃで～」

「はあ……。ごめんね、犀川くん。もうちょっとだけ付き合ってくれる?」

「俺の指が腐り落ちるまでなら」

中央に陣取る《土塊》の両脇を、俺と柳良で固めている。まあ手を繋いでいるのは俺と《土塊》だけで、柳良は横並びで歩いているだけなのだが……。これ何らかの罰なんすか??

元々、詳細なデートプランなんて決めていない。なのでこの後の予定は未定状態だが、明らかにどこかを目指して《土塊》はズンズン進む。どこに向かっているのか。

「よっしゃ、着いたで。デート言うたらまずはココ——場外勝馬投票券発売所や!!」

「馬かよ!!」

「なにここ……」

大きなビルの入り口周辺には、新聞を読み耽ったりスマホを必死に眺めている中年が、数多く散見された。長々説明するのもアレなので結論から言うと、競馬場でなくとも馬券を買える場所がここである。彼女いない歴=年齢の俺でも分かる。デートで来る場所じゃねえわ。

……とりあえず柳良にサラッと説明する。「へぇ〜」と、意外に感触は悪くない。

「じゃあお馬さんがどこかにいるんだ。見に行きたい!」

「いや、レース自体は競馬場で行われるから、ここは馬券を買って、モニターでそのレースを眺めるぐらいしか出来ない。馬を見たかったら競馬場そのものに行かないと駄目だ」

「ええ……。ならこんなとこ来なくていいじゃん……」

「ほ〜ん。よう知っとるやんけ。意外と馬やるクチか?」

「……付き合い程度だよ」

「っていうかお兄ちゃん、いつの間に新聞と赤ペン買ったの?」

「そこのオッサンにもろた。おうオッサン! 助かるわセンキュー!」

《土塊》は競馬新聞と赤ペンを装備していたが、どうやら見知らぬおっさんから貰ったらしい。

凄まじいコミュ力というか、場に馴染んでいるというか……。

「そもそも、デートでこんな場所に来ないだろ」

「アホか。付き合う相手の運を見るのは当然やろ。そいつがとんでもないサゲマンやったらどないすんねん。お互い不幸になるだけや」

「さげまん？」

「気にしなくていい。あー、柳良はまだ18だ。馬券を買える年齢じゃない」

この男なりの哲学があって、ここに人を連れて来ることは分かったが……それ以前に、馬券購入は二十歳からである。柳良ではまだ買えないので、完全に楽しめないだろう。

「バレへんやろそんなもん。誰が年確すんのや。ボクとか16の頃から買ってたで？　オドレもどうせ、大学一年の時くらいから買ってたんとちゃうんか？　せやろ？」

「……まあ……」

最初にこういう場所に行ったのは、大学一年の時に鹿山とゴリさんの三人でだった……。

「法律でまだ買っちゃダメなら、わたし絶対買わないから。ここで座って待ってる」

遵法精神が高いのか、柳良は近くの椅子に座った。そういえば、合コンの時も水を飲んでいたし、いわゆる『学生的な悪いこと』をしないタイプなのだろう。兄と真逆じゃねえか。

「おう、《羽根狩り》。こういう時どないすんねん」

「え？　どうするって……何がだ？」

「知るか。自分で考えろや。ボクは次のレース当てるのに必死や」

いきなり俺達を連れ込んでおいて、随分と身勝手な男だな……。《土塊》は折り目の付きまくった競馬新聞と睨み合いを始めたので、俺は柳良の方を見る。

（柳良、暇そうだな。当たり前か……）

こんな場所、と呼ぶと怒られそうだが、まあでも若い女の子が気軽に来るような場所ではないことは確かだ。疎外感はあるだろう――ということで。

「柳良。これ、次のレース表なんだけどさ。ちょっと見てくれないか？」

「え？　でも、わたしは馬券買えないって……」

「予想するだけなら誰でも出来るだろ？　お前の意見を参考に、俺が買うから問題ない」

スマホで次レースの出走表を表示し、俺は柳良と肩を寄せ合って確認する。と言っても、柳良には何が何だか分からないだろう。だからこういう時は、ノリで動けばいい。

「この中で好きな馬の名前とか、ビビっと来た馬の名前があれば教えてくれ。あ、こっちは騎手……つまり乗ってる人間の名前な。これも気になるのがあれば言ってくれないか」

「うん。へー、結構色んな名前っていうか、変な名前もあるんだ。あ、じゃあこの『モチモチマンジュウ』が好きかも！　こっちの子は『サクラゾメヨシノ』だって。ヨシノって入ってるから、この子もいいかな。わ、『ドドドドドングリ』なんて子もいるんだ」

「一番人気はこの『デンゲキカイザー』なんだが、これはどう思う？」

「ダメな気がする」

「そうか……」

柳良の直感的に、二番人気の『ツノカワ』も良くないそうだ。あくまで名前の響きと、柳良の好き嫌いだけだが、別に予想なんて何を根拠にしたって構わない。

どうせ大した金額を賭けるわけでもなし、少しでも柳良が楽しめたらそれでいい。

っつーわけで、俺は柳良の挙げた三頭で馬券を購入した。三連複で。

「もし勝ったら割と倍率高いな……万馬券だ。どれも人気ない馬だからか」

「そうなの？　よく分かんないけど、勝つんじゃないかなあ？　そんな気がする！」

「なら、俺はお前の直感に乗る。下手な予想より信用出来るからな」

「買いかぶりすぎだってば。悪い気は、しないけど……」

ちょっとだけ頬を染めて、柳良ははにかんだ。自然と俺も、口角が吊り上がる。

さて、それではレース結果はどうなったかと言うと──

「死ねやデンゲキボケコラァ!!!　エエ加減にせえよデンゲキワレコラァ!!　己の力量に胡坐かいとるから捲られんねや!!　死ぬ気でやらんかいカスナスダボォ!!!」

「……勝ったんだが……。うわ、万馬券ゲット……」

「あとツノカワもお前違法薬物検出で失格って何やねんボケェ!!　法を……罪を犯すのはよろしないワァ!!　未来永劫反省せえよアホボケカス!!」

レースは大荒れになり、手堅く賭けて外した《土塊》が怒り狂う隣で、見事に三連複を的中させた俺は呆然としていた。よく分かってない柳良が「おめでとう」と祝福してくれる。

「ほら、当たったでしょ？　なんとなくそんな感じがしたんだよね！」

「凄いの一言に尽きるな……。まさか《祝福》を持ってたら競馬に強くなるのか……？」

「関係ないってば。別に、《祝福》はそういう力じゃないし。現に、お兄ちゃんは予想外してるでしょ！　予想するだけなら、普通の人とそう変わらないよ」

「それもそうか。でも——柳良。これから毎日俺と競馬しないか？」

「やんないし……」

単にビギナーズラックなのか、それとも本当にそういう才があるのか。割とガチで、今後競馬で遊ぶなら柳良を隣に置いておきたくなった。女神の生まれ変わりの可能性がある。

「全財産スッたわ～。律、家帰ったら金貸してくれへん？」

「貸しません。お兄ちゃん、そのふざけた生き方やめてよホントに」

「大真面目にやって負けたんやが？　まあエエわ。今日は《羽根狩り》に全部奢らせるし」

「おい。柳良はともかくあんたに奢る筋合いは——」

「デートやろがい‼　財力ある方が奢んのは当然じゃ‼　見栄張れやボケェ‼」

どんな理屈だよ。俺が見栄張る相手はあんたじゃなくて柳良だ。ったく……。

「まあ、思いがけない臨時収入もあったし、別にいいけど。柳良も遠慮するなよ」

「いやいやいや、遠慮するってば。無理しなくていいよ犀川くん！　こんな人もう歩いて帰らせればいいし、あなたにそこまで——」

「いいんだよ。そもそもこの勝ちは、お前の予想のお陰だ。だから半分渡したっていいくらいなのに、それも受け取らないなら、せめて奢らせてくれ」

「でも……」

「乗っとけ律。男は見栄張る生きモンやねん。そこ汲んだるのもエエ女の条件や」

微妙に《土塊》の口車に乗せられてる気がしなくもないが、言っていることには同意出来た。

しかし今更だが、この金髪は滅茶苦茶女慣れしている感じがする。遊び人なのだろう。

俺達のトリプルデートはまだまだ続く。

その後、昼食を挟んでから、俺達はゲーセンのクレーンゲームに熱中していた。

「犀川くん！　もっと右！　ごめん左！　……いや右！　右左！」

「気が散る！　分かってるって！」

「こんなクソブサイクなぬいぐるみが人気なんやなぁ。ボクならもっとエエの作ったんのに……いやでも、流行は意識すべきか……？　アカンアカン、己を見失うわけには……」

最近流行っているらしいキャラクターのぬいぐるみを、俺と柳良は必死にゲットしようとしていた。俺は興味などないが、クレーンで獲得するという行為に熱を上げてしまう。

　逆に《土塊》は妙に冷静で、ぬいぐるみを見て何かブツブツ呟いていた。

「もうちょっと……ああっ！　犀川くんのへたくそ！　へたくそ川！」

「そんなアダ名付けるな!!　くそっ、結局連コインか……」

　上手く取れず、俺は歯噛みする。同時に柳良からストレートに煽られた。

　因みに柳良はクレーンゲームが下手だ。俺を煽る資格はないのだが、まあいい。

「おう、お前ら。金入れんでエエぞ」

「「ん？」」

　――ガコン！　どういうわけか、突如景品が排出口に落ちて来た。見ると、クレーンゲーム内で小さな粘土の人形が動いている。間違いなく《土塊》の《祝福》だった。

「……おい。ズルにも程があるんじゃないのか。っていうか犯罪だろ普通に」

「アホ抜かせ。金は払ったやろ。タダで獲ったわけやない」

「屁理屈だな。柳良、お前からも言ってやれよ」

　最低限プレイはしたから、景品を獲得する資格はある、というのが《土塊》の主張だった。

　無能力者である俺では不可能な、現実を強引に折り曲げるかのような芸当。

　とはいえマナー違反であることは違いない。俺は柳良に援軍を求めたが――

「あー……うん。よくないよ、お兄ちゃん。そういうのは……えっと」

「……？　歯切れが悪いな」

「《祝福》はボクらの一部や。オドレには分からんから、気にせんでええ。あ、このぬいぐるみはボクが持って帰るで？　研究せなアカンし」

「なっ！　プレイしたのは俺だろうが！」

「獲ったんはボクの《祝福》やろがい！　勝者は明らかじゃ‼」

んだよそりゃ……。手に入れたってどうせ柳良に渡すだけだけどさ。

どうにも《土塊》の発言が気になるし、柳良の反応も気掛かりではあったが、今ここで追及することは出来なかった。

「こっちのブサイクも貰てこか。おう《羽根狩り》！　金出せや石油王！」

「油田掘ってねえわ！　いいけど、俺が獲ったら俺のだからな！」

他の台の景品を《土塊》が欲しがったので、俺がまた金を入れてプレイする。正直、意地で景品を獲りたかっただけだが、結果的にはまた獲れなかった。その上で、同じように《土塊》が能力を使って景品を強引に獲得する。マジで通報してやろうか……。

「よう見たらこっちはアカンな。研究価値ゼロや。しゃーないお前にやるわ、《羽根狩り》」

「押し付けんなよ……。あー、柳良、このぬいぐるみ欲しいか？」

「んー、いらない」

「そうか……」

元々柳良が欲しがっていたぬいぐるみは、《土塊》が持っている。

　こっちは不要となれば、ぬいぐるみ趣味なんて無い俺からすれば荷物でしかない。

　こんなのボディバッグに入らないし、わざわざ手提げ袋に入れて持ち歩くのもな……。

　俺がこのぬいぐるみをどうしようか悩んでいると、兄妹（きょうだい）はさっさと移動してしまった。

「置いてくなよ！　ったく、こんなのどうしろってんだ……ん？」

「あーもうまた獲（と）れなかった！　これ絶対店側が操作してるって！」

「これ訴えたら勝てるんじゃね？　動画撮っとく？　てか撮ろ」

　先程まで俺がプレイしていた台に、今度は女子高生らしき二人組が挑戦している。が、結果は芳（かんば）しくないようで、文句タラタラだ。片割れの子に至ってはスマホで台の撮影を始めた。

　……けどプレイするってことは、その景品に興味があるってことだよな。

「ごめん、ちょっといい？」

「？　なんですか？」

「これ、この台の景品なんだけどさ。俺要らないから君達にあげるよ」

　半ば押し付けるように、俺はクレーンゲームをプレイしていた子に景品を渡す。

　当然のことながら、滅茶苦茶（めちゃくちゃ）驚いている。そりゃそうか。

「ええっ⁉　そんな、いきなり――」

「いいじゃん兎子（とうこ）、もらっとけば？　なんかのアレなら動画撮ってっから証拠あるし」

（物騒だな最近の女子高生は……）

スマホで撮影している子は、俺の姿をバッチリ収めていた。別に悪意なんて無いから、何を撮られようが平気ではあるが……自衛能力が高いと言える。

ぬいぐるみを渡された子は、おずおずと受け取り、ぺこりと頭を下げた。

「あの、すみません。すごく嬉しいんですけど、これお金とかって……」

「いや、いいって。俺には不要だし。それなら欲しい子が持ってる方が、このぬいぐるみも嬉しいんじゃないかな。ああ、怪しいと思うなら捨てても構わないよ。じゃ、俺はこれで」

「あっ！　せめてお礼を――」

用件は済んだので、俺はすぐにそこから立ち去ることにする。動画も撮られているし、微妙に気恥ずかしいというのもある。それに善行っぽいけど、結局不要物の押し付けだしな。

となれば、彼女達からの感謝なんて受け取る資格は無いだろう。

背後から俺を呼び止める女の子の声がしたが、俺は無視して兄妹の後を追った――

＊

「デートの〆は――そらもう観覧車や!!」

「そうなの？　犀川くん」

「何で俺に訊くんだよ。知らんって」

　あれからも俺達は街をぶらつき、最終的に日が暮れた時点で、潮風の吹く湾岸の大型商業施設に居た。より正確に述べるなら、その施設にある海に面した観覧車乗り場である。

　別に観覧車に乗りたいなど、俺も柳良も言っていない。全てこの粘土男が独断で決めた。

「夜景を眺めながらの観覧車やで？　ほんで観覧車の中言うたらもう無法地帯や。いや、ムホホ地帯と呼ぶべきかもしれん……。ホンマ度し難いドスケベやな《羽根狩り》は!!」

「何も言ってねえだろ!!」

　なーにがムホホ地帯だ馬鹿野郎。ちょっと上手いこと言うな。

　柳良は明らかに俺と《土塊》を軽蔑した目で見ている。俺まで含めないでほしい。そして

「もう二人で乗れば？」と言うが、絶対に嫌だ。搭乗券は三枚買ったし逃げるんじゃない。

「けど、観覧車なんて何年ぶりだろ。昔、みんなで遊園地行った時以来かも」

「あったのう、そんなことも。まあボクは割と女と乗っとるけど」

「俺は乗ったことないな、観覧車って。そもそも遊園地自体、行った記憶がない」

「え……。ギャンブルとか釣り堀とかゲーセンは行くのに、遊園地は行ったことないの、犀川くん……？　そんな悲しい人ってある……？」

「今お前の目の前に在るだろうが。目に焼き付けろ」

『居る』ではなく『在る』って何だよ。人は悲しい生き物なんだよ基本的に。

「仕方ないだろ。俺と鹿山とゴリさんの三人で遊園地なんて行くと思うか？」

「あー……絶対ないね。えっと、じゃあさ」

視線を右往左往させながら、柳良は言葉を選んでいる。俺の心臓がどきりと高鳴った。

「かわいそうだから、わたしが遊園「シャオラァア!! もうすぐボクらの番来るでホルァア!! テンション上げてけ上げてけ!! デリシャス!!」ごめんなんでもない」

「《土塊》……。てめぇ……」

衆人環視が無かったら、確実にこの男をブン殴っていただろう。『もう一回』を柳良にお願いすることも出来ないし、幻の会話になってしまった。無論《土塊》は一切悪びれていない。

何とも微妙な空気のまま、観覧車のゴンドラが巡ってくる。

俺達はそのまま乗り込み、そして俺は思いがけず声を出してしまった。

「うわっ! 結構怖いな……。これ高所恐怖症には辛いぞ」

「そんな人はそもそも乗らないと思うけど。案外揺れるから気を付けてね?」

「あんな頼りない支柱だけで回転させるって、本当に大丈夫か? もし体重制限とかオーバーしていたらどうなるんだ? そもそも何が楽しいんだこれ……?」

「ギャーギャー喚くなボケェ!! オドレの観覧車処女卒レビューなんぞどうでもエエわ!!」

「せめて童貞卒って言え」

つーか半ば強引に(しかも俺の金で)乗せておいて、いざ反応を見せたらキレんなよ。

俺と柳良はゴンドラの片側に、相対する形でどっかりと《土塊》が座る。海に面しているだけあって、窓から夜の海が一望出来るが、闇一色のそれは濃いヘドロを想起させた。

むしろ恐怖を煽る感じすらする。観覧車自体はライトアップされていて綺麗なのだが。

「楽しいっていうか、ドキドキするよね。てっぺんに近付くほど、こう……ね？」

「まあ、重力から引き剝がされていく感覚はあるな。けど俺はともかく、柳良は高い所なんて慣れたものだろ？　それでもドキドキするのか？」

「するよ！　それとこれとは別なの！」

「そろそろやな。《羽根狩り》！」

「んだよ。楽しく喋ってんだから割って入るな」

「いつボクにキスするんや……？　ずっと待ってるんやで……？」


「死ね‼」

もうそれしか出て来なかった。観覧車に乗るとイカれてしまうタイプの人間なのか？

露骨に柳良も呆れている。一方で《土塊》は唇を窄めて何かを待つ。いや何を待つというのか。お前のそこに叩き込まれるのは俺の拳であって、決して唇ではない。

「デートやぞこれは？　〆にキスすんのは当然やろがい。ほんで律にそれをしようもんなら、まあこっから叩き落として殺すんやが……しゃーけどオドレの荒れ狂う性欲はそんな簡単に止まらんやろ？　ほなもうボクが犠牲になるしかないやん!!　やめてや!!」

「お兄ちゃん……。今日一日ほんと元気……」

「もう相手にするのも面倒だ……。疲れた……」

言ってる間にもうすぐゴンドラは頂点に達する。景色を楽しむ余力をこのクソバカ粘土マンが奪って来たが、せめて柳良と二人で景色を眺めるという思い出くらいは作っておこう。

「なあ、律」

「なに？　もうすぐてっぺんだよ、お兄ちゃ——」

「悪い。ちょい寝とけ」

「え？」

ぎゅるん。巨大な蛇のような粘土が、俺の隣に居た柳良の身体に巻き付く。そのまま顔の下半分を粘土で覆われた柳良は、眠るように意識を失った。

「なッ——お前、何を……!?」

「優しい子や。普通、この程度でやられる子やない。ボクから攻撃されるわけがないと、心から信じてくれとるからこそ、無防備になる。ま、話が終わるまでには目ェ覚ますやろ」

意味が分からない。何故こいつは柳良を攻撃した？　それをすべきは俺だろうに。

だが、理由を考えるより先に、俺は全神経を《土塊》の動向に捧げた。

上空、密室、至近距離、無手、《痣持ち》——俺を殺れる条件は、完全に整っている。

「さて。二人っきりで話でもしようや――犀川狼士」

観覧車の頂点に辿り着いた。同時に、《土塊》はパチンと指を鳴らす。

瞬間、大きな振動が起こり、観覧車は動作を停止する。カラフルなライトアップも、ムードを高めるＢＧＭも、何もかもが掻き消え、風の音だけがごうごうと鳴り響くだけになった。

『機械トラブルにより、観覧車を緊急停止させました。ご搭乗されているお客様におかれましては、復旧までもう少々お待ち下さいますようお願い申し上げます。繰り返します――』

――こいつは仕込んでいた。観覧車の動力を停止させるような何かを。

「話なら、今日一日で散々しただろう。良くも悪くもな」

「勝手に喋んなや。殺すぞ」

ガゴン！　本来、外からしか開けられないはずの観覧車のゴンドラが、勝手に開く。

一瞬だけ視線を這わせると、ゴンドラにへばりつき蠢く、大きな粘土の塊が見えた。強い風が内部に吹いて、より一層揺れる。柳良だけが、結果的に巻き付いた粘土で護られていた。

「正味な話や。ボクはビビっとる。お前、やるやんけ。信じられへんわ」

「…………」

武器が欲しい。だが何もない。使える物も俺の手元にはない。無論逃げ場もない。

「律がここまで懐く若い男なんぞ、そう簡単には現れへんと思っとった。芳乃ちゃんが素直に律とお前を会わせる理由も分かった。ゴミカスならあの子は会わせへんからな。そういう意味では、お前はホンマに末恐ろしい存在や。一日観察しても、腹立つことにお前の行動に間違いは見当たらへんかったしな。やからこそ、先言っとくで」

薄々予感はしていたが、やはり《土塊》は俺の柳良への対応を見ていたようだ。

そうでなければ、『トリプルデート』だなんてふざけた名目で俺達に付き纏わない。

俺にミスはない。だけれども、底冷えするような声と威圧感で、《土塊》は断言する。


「——お前では律に合わへん。不合格や、《羽根狩り》」


「理由は？」

ズドン。《土塊》の袖から触腕のように伸びた粘土が、俺の腹にぶち込まれる。俺は片腕でそれを防ぐが、衝撃は逃せない。ゴンドラの背もたれに、思い切り背中を打ち付けた。

「勝手に喋——」

「理由を言え」

「……ビビらへん時点で、やっぱオドレもイカれとんな。容姿、性格、家柄……そういう話やない。もっと根本的な話や。なあ《羽根狩り》、食物連鎖のピラミッド知っとるか？」

「当たり前だ」

「ならその頂点におるんは『何』や？」

「ヒト――」

「ではない。ボクら《祝福者》や」

話が見えてこない。こいつは俺に何を伝えようとしている？　もし俺の抹殺が理由なら、さっさと済ませればいい。そうしないということは、対話する余地だけはある。

……《祝福者》。異能力者のことだ。こいつらは《痣持ち》をそう呼ぶ。

「自分達は人間ではない。お前はそう言いたいのか？」

「正確にはヒトの、、、、上位種や。お前ら下位種はボクらと同じ形をして、同じ場所に住んで、同じモン食うて、同じベッドでヤって、同じ子を成すことが可能な『だけ』やねん」

「随分な優生思想と差別意識だ。《組織》は洗脳教育が十八番なのか？」

「この観覧車止めたんは誰や？　ゴンドラの扉開けたんは？　律を寝かせたのは？　お前の命を指先一つで左右出来んのは誰やねん？　別にやろうと思ったら、この観覧車自体をブッ壊して、乗ってる連中全員殺すことも可能なんやぞ？　同じ人間ちゃうやろ、、、、、、、、、、そんなもん、、、」

その全ては、この男……《土塊》の意思一つで行われる。《祝福》という、超常的な力を有したこの男ならば。いや――もう一人、それが可能な人物が居る。

「だから柳良も……そっち側、、、だと？」

「せやな。その上であえて言うといたるわ。この子は孤独、、や」

「孤独……？　そうは思えないが」

少なくとも、狐里さんや実兄であるこの男が居る。それはどう考えても孤独ではない。

しかし《土塊》は首を横に振った。馬鹿を相手にするような、夜風に混じる溜め息と共に。

「そう思わんのは、それはオドレが無能力者やからじゃ。ボクらはオドレら兎が大量におる檻の中で、窮屈に生きろ言われとる獣や。その中でも、特にこの子は強い力を持っとる。ボクですら『同じ』やない。己の隣に並ぶ存在が、オスでもメスでもこの檻の中に一匹もおらへんのなら、それはこの子の心に穴を空ける永遠の孤独やろ」

「……柳良が……」

《白魔》。当時14歳ながら、《組織》の抱える最強の異能力者と呼ばれた少女。

今ようやく、俺は自分の中で感じていた、柳良との『溝』をハッキリと理解した。

区別だ。俺は柳良とは『違う』。その『違う』存在の中で、多少なり仲良くなれているだけで、柳良の本能は俺を許容していない。恐らく柳良自身、そのことに薄らと気付いてはいるが、だが受け入れていない。それを受け入れてしまったら、いよいよ柳良はこの世界で本当の孤独になってしまうから。だから、曖昧にして濁している。

彼氏を作る気が無いと俺が感じたのは、柳良が恋愛に興味が無いからではない。

獅子が兎と結ばれることなど有り得ない。それを、本能で理解しているからで――

「なあ？　お前も似たような孤独を感じとるクチやろ？　一般人なんて軽くヒネれる強さやしな？　やけどそれは、オドレら無能力者の中だけでの話や。そもそもボクらとは違う低次元の話や。自分が律と一緒やなんて思うなよ。勘違いさせた分だけ、この子は不幸になる」

「……よく分かってるじゃないか。そうだな。俺は自分が特別だと思うよ」

特別に——劣ってる、って意味だが。戦闘能力が高くたって、この先の人生で恐らく何の意味も持たない。けど、俺だってまた孤独だ。俺はそれを、埋め合わせたくて。

「思い上がりや」

身体が浮き上がる。膨張した粘土を振るい、《土塊》は俺を弾き飛ばした。

ぽっかりと開いた、ゴンドラの出入り口……暗闇の奈落へ。

「ぐッ……！」

片手だけをどうにか俺はゴンドラの床に引っ掛けて、転落を防いだ、
だが身体は全部外に露出しており、強風に吹かれて服がバタバタと棚引く。

「話を戻すで。お前は律と格合わずや。やけど明日から律のことを忘れて、二度と近寄らんことを今ここで誓うなら、命だけは助けたる。誓わん場合はそのまま落ちて死ねや」

そんな宙吊り状態の俺を、糸目で《土塊》は見下す。二つの選択を突き付けて。

「三秒以内に選べ」

《土塊》が片足を大きく振り上げる。そのまま俺の指先を踏めば、終わりだ。

「はっ……笑えるな。俺に嫉妬か？　お兄ちゃん」

だから俺は、極めて不快感を誘う笑みを浮かべて——そう言い放ってやった。

「せやで。ほな」

効果はない。単なる事実の指摘だからだ。指を潰す勢いで、《土塊》は足を叩き付ける。

だが俺はそれよりも速く、自ら手を離していた。

この男に踏まれて奈落に落ちるぐらいなら、潔く落ちる方が何倍もマシだろう。

「自分で落ち――……てへんのか!!」

ゴンドラの出入り口から、《土塊》が眼下を覗き込む。

俺が落ちていく姿が見えないのは、それは当然俺が片手で掴んでいるからだ。

こいつがゴンドラの外に這わせていた、蠢く粘土の塊に。

「アホか！　そんなモン能力解除すればただの――」

「これなーんだ？」

吹っ飛ばされた時に、俺が片手でしがみついたのは、もう片手が使えなかったから。

空いている手で、俺は大袈裟に振ってやった。《土塊》が持って帰る予定のぬいぐるみを。

「ウォォ――――イ!!　いつパクッたんじゃワレェ!?　返せボケェ!!」

「ちゃんと拾えよ」

そのまま俺はぬいぐるみを空中に放り投げた。この男の生業など知らんが、ぬいぐるみを持って帰って研究すると宣っていた。何らかの縫製品を作る仕事なのかもしれない。

俺への対応を忘れて、《土塊》は粘土の触腕を伸ばす。

見事それは宙空のぬいぐるみを捕らえ——同時に、俺へ致命的な隙を晒した。

「さっきからガタガタと——」

身体を大きく振って、俺はゴンドラの出入り口に跳び上がる。

「——うるせェんだよ、クソ野郎‼」

その勢いのまま、《土塊》を蹴り飛ばし、ゴンドラの内部へ復帰を果たした。

「こんガキャ……！　ブチ殺す……‼」

「テメェの理屈なんざ知ったことか‼」

怯んだ《土塊》に肉薄する。俺に取れる手は多くない。そして、死を身近に感じたのならば、最早己の感情を隠すことなど出来ない。叫び声は拳に乗る。本音と闘争心が混ざり合う。

「俺は柳良が好きだ‼　誰に何言われようが‼」

「青臭いんじゃボケ‼　《心象地母》ッ‼」

勝率よりも、生存率を考えるべき戦闘だ。全力を出す《土塊》に、一切の装備が無い俺が敵う道理など皆無である。なのに俺は、後先など何も考えず拳を——

「好き……なの？　犀川くん、わたしのこと……？」

——止めた。《土塊》もまた、攻撃の手を停止する。

その瞬間、ゴウンゴウンと音を立てて、ゴンドラが動き出す。自分は復旧したと言わんばかりに、ライトアップされていく。柳良の目覚めと連動するかのような流れだった。

「それに……お兄ちゃん。わたしに——」

「時間切れか。命拾いしたのう、《羽根狩り》。楽しい楽しい観覧車デートの再開や」

「……そうだな」

俺は強く歯噛みする。命拾いしたのは事実だ。あのまま戦ったところで、俺は返り討ちに遭うだけだった。何より、柳良に聞かれてしまった。俺の本心を。

取り繕うことも、誤魔化すことも、出来ないし許されない。

ただただ無言で、俺達はゆっくりと地上に近付くゴンドラに揺られた。

観覧車から降りて、そのまま俺達三人は足並み不揃いに駅へと向かう。

「いやー、久々に血ィ騒いだわ。もっかい乗ってもエエで？　今度は二人でな」

ハンドクリームを己の手に塗りたくりながら、《土塊》が笑いながら俺にそう言う。

この男の『代償』は身体の乾燥だ。戦闘が長引くほど、その身が蝕まれていく。

だが、少なくとも現状の俺では、『長引かせる』ことすら不可能だ。

「お兄ちゃん。やめて」

「ほなやめたろ。なあ律、お前どっから聞いとった？　まあ言わんでも分かるけど」

「どっからって、えと、それは……」

「聞いた上でまだ知らんフリするんやったら、悪いがこれ以上見過ごされへんな。律、丁度エエ機会やと思わへんか？　コイツはそういうつもりでお前に会っとる」

勝算は重要だ。勝つ見込みがあるからこそ、行動の原動力になる。だから《土塊》は柳良を急かす。一方で俺は——こんなにもその場から逃げ出したいと思ったことはない。

どれだけ強い敵が居ても、逃走は戦略的撤退だと自分に言い聞かせた。事実、再戦すれば大体俺は自分有利に事を運べる。

でも今は違う。本当に逃げ出したい。ただ逃げ出したわけじゃないのだから。

俺はまだ、柳良のことを何も理解していない。勝算なんてものが一つも無いからだ。

それをどう埋めるべきか、或いはどう乗り越えるべきか、方針一つ定まっていない。

ただ単に、己の激情をぶつけただけで、全てに打ち勝てるほど——この世界は甘くない。

「ボクに気ィ遣わんでエエぞ。応えたるんやったら、このままコイツにハグなりキスなりしたったらエエやんか。それが律の本心なら、これ以上ボクも何も言わんから。ほら」

《土塊》が柳良の背中を押す。少しだけバランスを崩して、俺の前に柳良が躍り出る。

そのまま俺の胸に飛び込んでくる、みたいなことはない。来るとも、思わない。

ただ、柳良は怯えるような——悲しんでいるような、そんな表情で。

「……ごめん、なさい。わたしは、犀川くんと……」

「…………っ」

「で、でも！　その、嫌いとかそんなんじゃなくて！　えっと、あの——」

「やめとけ律。これ以上抉んのは人道に反するで」

何か言い掛けた柳良を、《土塊》は強引に俺から引き剝がす。いっそ、こいつが高笑いでもしてくれた方が、ある意味気楽だった。なのに俺を馬鹿にするわけでもなく、茶化すわけでもなく、《土塊》は一人の男として彼女を止めさせる判断をした。

言うなればこれは慈悲だ。勝者たる者の慈悲。敗者へのいたわり。

「おう《羽根狩り》。お前、電車一本遅らせて帰れや。その方が気ィ楽やろ」

「……分かった」

「お兄ちゃん、そこまで……」

「もうコイツを見たんなや。恋愛はフッた側が勝ちやねん。理解せえ」

柳良の肩を抱いて、《土塊》は去っていく。「またね」など、夢のまた夢。

掛ける言葉も、掛けられる言葉も無いのなら、共に居る意味を喪失している。

俺はぼんやりと歩く。どこに向かうわけでもない。声も出ないし、涙も出ない。感情が爆発するのは、ある程度己の中で整理がついてからなのだろう。

今、世界で一番不幸なのは俺であると思うが、でも別にそうじゃないんだよな。

多くの人間が、こういうのを体験しては乗り越えているらしいから。

となれば、俺は非常に弱い人間で、世の人は俺が思っている以上に強いことになる。

——失恋なんてものを、俺は全く乗り越えられる気がしない。

ふと見上げた夜空は、あまりにも汚くてびっくりした。

犀川狼士が世界で最も嫌いな乗り物は、観覧車である。

「はあ……。何でこんなのに乗りたがるんだ……」

「えー。だってドキドキするでしょ？　てっぺんに近付いたら！」

「言うほどか？」

高所恐怖症だからではない。単純に、この何の生産性も、乗り手を楽しませるギミックも、得られる経験も、度胸や肝を試すわけでもない乗り物に対して、理解が出来ないのだ。

――と、いうのは建前で、実際は観覧車に乗ると、過去のトラウマが刺激されて、嫌な気分になるからが答えであった。

「律花がどうしても乗りたいなら一緒に乗るけどさ。昔、デートで遊園地に行った時だって、基本俺は観覧車だけ避けてたの知ってるだろ？」

「知らないなあ」

「嘘つけ‼　律花は俺のこと全部知ってるモン‼」

「モンって。なにその口調……」

今、二人は観覧車に並んで待っている。意外と商業施設に観覧車は併設されがちで、探せばある程度見付かるものだ。その度に狼士は『くだらぬな……』と、仄暗い上位者な気分に陥るのだが、トラウマの根っこは犀川兄妹にあるので実に人間的である。

「てゆーか、ろうくんの全部とか知らないし。まだわたしに言ってないことがあるんでしょ？

そーゆーの全部言ってから、そーゆーの言ってほしい」

「うぐ……まあな。けどそれはいいだろ、別に。へへ」

「ふーん。まあ今はいいけどね。そのうちそれが夫婦の亀裂にならなければいいね？」

「ならないって……」

じっとりとした目で律花に見られながら、狼士は乗りたくもない観覧車の順番を待った。

そうしてようやく、二人はゴンドラに乗り込む。

「こう、じわじわ上がっていく感覚がいいんだよね～」

「上がりきった後はじわじわ下がるだけですけどね」

「なんだか観覧車って人生に似てるよね～。最後はてっぺん獲るんだよ、みんな」

「その後全員下り坂ですけどね」

ボゴォ!! 律花のハンドバッグが、狼士の顔面に叩き込まれた。常人ならば鼻骨がへし折れる程の威力だろうが、狼士は頑丈なので問題ない。痛いだけだった。

「怒るよ？」

「もう怒っただろ……」

「……。分かってるってば。なんでろうくんが観覧車が嫌いなのかってことぐらい。昔、お兄ちゃんと一緒に三人で乗ったのが原因なんだよね？」

「まあ……そうだな。どっちかって言うと、その後の出来事もセットだが……」

後にも先にも、誰かにフラれたのは狼士の人生においてあの一回のみだ。

しかもその相手は、現在の嫁である。冷静に考えると意味分かんねえな、と狼士は思う。

なお義兄に関しては、元々あまり思い出したくないのでノーカウントであった。

「……俺さ。あの後5キロ痩せたんだよな。マジでそのまま死ぬかと思った」

「ムリなダイエットは身体によくないよ？」

「失恋ダイエットとか諸刃過ぎるわ……。原因は律花だろうに」

「だって、仕方ないじゃん。あの時はさ……。それに！　結果的に、付き合うことになったから、そこはなんていうか……ゆるして……」

「どうすっかなあ～。許せるかなあ～。膝枕してくれたら許せるかもなあ～～～」

「いいよ。ほらおいで」

「マジで？」

家の中ならともかく、外で律花に膝枕されることなど滅多に無いことだ。ぽんぽんと律花は己のふとももを叩いたので、爆速で狼士はそこに寝そべった。

「ああ――この感触。持って帰りてえ……」

「持って帰るじゃん……。ある意味では……」

「律花のいいにおいがする～～。深呼吸しとこ～～～」

「ちょ、嗅がないでよ。なんかろうくん、普段とキャラ違くない？　観覧車のせい？」

観覧車に乗ると人が変わる。聞いたことのない豹変だと律花は思った。

狼士は景色に興味が無いのか、ひたすら律花に甘えている。家の中でも外でも、こんな状態になる狼士は珍しいので、やはり観覧車でおかしくなるタイプなのかもしれない。

「もうすぐてっぺんだよ。ろうくん、お外見なくていいの？」

「律花見てるからいい〜〜〜」

「まったく……。んっ」

軽くであるが、律花はふとももの上に居る狼士へとキスをした。

キスまでされるのは予想外だったのか、狼士は目をぱちくりとしている。

「……嫌な思い出があるなら、今から良い思い出を作って、変えていこうよ。わたし、これからもろうくんと観覧車乗りたいし……だめ？」

「律花……好き好き好き好き好き好き好き〜〜〜‼」

連呼しながら、狼士は律花に抱きついて、その腹に顔をグリグリと押し付ける。

「……やっぱしばらくは乗らなくていいかも……」

夫の奇妙な一面を垣間見た律花は、景色を見ながらそんなことを呟く。

なお、観覧車から降りると狼士はすぐさま元に戻ったという——

《第六話》

「珍しいなあ。春先にリッカが風邪引くなんてさ。夏場はよく体調崩してたけど」

「うう……。ごめんね……」

おふとんで横になったまま、わたしは芳乃へと謝った。フラフラして、身体の芯は熱いのに、けど手足の先は氷みたいに冷たい。かたかたと震えが止まらなかった。

「謝る必要なんてないっての。講義はアタシが出るし、しばらく安静にしてな」

冷却まくらを、芳乃は頭の下に敷いてくれた。ひんやりとしてきもちがいい。

「……ねえ、よしの……。すぐ帰ってきてくれる……？」

「あー……ごめん。講義終わったらそのままバイト直行で、遅くなるや」

「やだ……」

隣に居てほしい、とは言わない。だけど、同じ場所には居てほしい。体調が悪いと、どうしてもそう思ってしまう。それが芳乃を困らせるとしても、止められなかった。

「やだっつってもね〜。こんな時に限って、トラ兄は連絡付かないし。マジあの社不はどこほっつき回って遊んでんだか……。どうせどっかの女のトコなんだろうけど……」

「やだぁ……」

芳乃の服の裾をつまむ。行ってほしくない。さみしい。

「どうしたどうした、昔みたいに甘えたこと言って。君はもう大人だろうよ〜？」

「おとなじゃないもん……」

「さみしんぼなリッカめ。ほら、もう寝なって。そもそも最近あんまり寝てないから、そうやって体調崩してんだぞ。アタシもなるべく早く帰ってくるからさ」

わたしの手を取って、芳乃は掛け布団の中に戻す。そのまま何回か、わたしの頭を撫でてくれたけれど、講義の時間が迫っているから、やがて立ち上がった。

「じゃ、行ってくる。おやすみ、リッカ」

ぱたんと、扉が閉じる音がして、そうして家の中から音がなくなった。

誰もいない。わたし以外誰も。それが、今はとてもこわい。どうしてだろう。

（ごめんなさい……。ごめんなさい……）

……犀川くんに、ひどいことをしてしまった。

わたしは悪くないって、お兄ちゃんはずっと言っている。だけど、わたしの言葉で、彼はとても傷付いていた。《祝福》や武器で誰かを傷付けることは平気なのに、口に出した言葉で誰かを傷付けることがこんなにも苦しいなんて、知らなかった。そんな人間、きっと普通じゃない……わたしは絶対に、普通の人間じゃない。どこかおかしくて、狂っている。

わからない。自分のことなのに、自分がどうしたいのかが、なにも。

犀川くんがわたしを好きだと言ってくれて、ほんとは嬉しかった。男の人からそんなことを言われた経験なんてないし、なにより……犀川くんだから。なのに、彼を受け入れることは、どうしてもできなかった。じゃあ拒絶すればいいのに、それもできなかった。ただ、なんとなく今と同じ関係で、ずっと彼といられたらそれでいいって、思ってしまった。

自分の想いを正直に誰かへぶつけることは、すごく勇気のあることだ。彼は勇気を出したのに、わたしはそれを踏みにじっている。結局自分のことばかり考えていて……最低だ。

（どうして、わたしなんかを……）

犀川くんは、とても魅力的な人だ。敵の時は厄介で、味方なら心強い。そういうのは抜きにしても、優しいし、頭もいいし、冷静だし、勇敢だし、顔だってかっこいいと思う。だから、昔の縁があるからってだけで、わたしなんか見ずに、もっと他の人のことを見るべきだ。あの合コンに、わたしは行くべきじゃなかった。そしたらきっと、犀川くんはもっと素敵な人を見付けて、今もっと幸せになっている。悲しむようなことなんて、なにもなかった。

……うそだ。なんで、自分にもうそつくの。ばかみたい。死んじゃえ。

（自分のことだけを見てくれるの……うれしいくせに……）

わたしは卑怯だ。最低だ。風邪引いたのは罰だ。もっともっと悪化したらいい。

なのに……さみしい。誰かがそばにいてほしい。孤独が、泣きそうになるほどつらい。

ぼんやり思い浮かべる。『誰か』の中に、芳乃やお兄ちゃんがいて……。

そして、犀川くんが最後に出てきたところで、わたしの意識は薄れていった。

＊

「ははっ。見て下さいよゴリ先輩。死体がある」

「笑えねェが、笑っちまうなァ～。犀川ァ～、オメェいつまでそうするつもりだァ～？」

ベッドに横たわっている死体に名を与えるなら、犀川狼士と呼ぶのだろう。

けど名前なんて覚えなくていいよ。俺もうすぐ死ぬから。さいなら。犀なら狼士（笑）

「柳良ちゃんにフラれたからって、普通ここまでヘコむかい？　もう五日は何も飲まず食わずだろう？　煽り抜きで死ぬよ？　頼むから水ぐらいは飲んで欲しいところだ」

「…………」

「返事する気がねェのか、それとも出来ねェのか。まァどっちでも構わねェがよォ～。当局も事故物件に住むのは遠慮願いてェからなァ～。つーわけで――」

首根っこを掴まれて、無理矢理に起こされる。目に映る情報だけ記述するなら、頬をハムスターみたいにパンパンに膨らませた赤モヒカンが唇を尖らせ、その隣にはイケメンが半分くらい減ったペットボトルの水を持っている。あっ……。これ口移しされますわぁ……。

俺のファーストキスがこんな形で奪われる……。まあどうせ死ぬからどうでも……。

「いやどうでもよくねえわ!! らめえ!!（裏声）」

「ブゥゥ―――――――――――――――――――――ッッ!!!」

レスラーの毒霧攻撃みたいに、赤モヒカン……もとい、ゴリさんが、俺の顔面に水しぶきを吹き掛けた。俺の鎖骨から上は一気にびしょびしょになる。慣れてんな毒霧に……。

「やらねェぜェ～？ 当局の唇はよォ～～？」

「別にいらないっす……」

「目は覚めたかい？ ほら、水。あとタオル。いつまでもそんなつまらない状態でいないで、もうちょっとシャンとしてくれないか。誰が講義でレジュメ集めてると思ってるんだ？」

「悪い……」

濡れた箇所をタオルで拭いて、水を一気に飲み干す。この五日間、涙と汗とその他の汁を垂れ流しっぱなしだったので、身体は砂地みたいにカラカラに乾いていた。

「それで、これからどうする？ 僕としては、もう女のことなんて忘れて、適当に遊び呆けた方が犀川の精神衛生上良いかと思うけど」

「女性を女って呼ぶな……」

「当局らは詳しい事情を知らねェからよォ～。柳良にフラれたらしいが、どういう背景があったのか話してみろやァ。話せば多少は楽になンだ、失恋話ってモンはよォ～」

「……そっすね……」

死ぬとしても、せめて親しい人間には事情くらいは知っていてもらおう。

犀川狼士とかいう非モテのクソカスビチグソトルネードチンポマンは、どういう流れで好きな女の子にフラれて、そして今から死んでいくのかを……。

「ヒャァァーッハッハッハッハ!!」

「イーッヒッヒッヒッヒ!!」

「何で笑うねん」

そうして掻い摘んで話したところ、二人に爆笑された。おい、道連れにすんぞ。

思わずどこぞの粘土マンの口調が乗り移ってしまったが、またイライラしてきた。柳良は可愛いのに、兄の金髪には腹が立って仕方がない。道連れ候補が増えるってもんだ。

苛立ちは、曲がりなりにも身体を目覚めさせる。突如として激烈な空腹に襲われたので、俺は二人が買ってきてくれた差し入れを一心不乱に口に運んでいく。

「大体、あのクソボケ金髪が余計なことしなかったら、柳良に俺の気持ちを聞かれることも無かったのに！　その後だって、無理矢理柳良に返事させやがってあのクソカス粘土!!」

「仮にも好きな子の兄なんだから、そこまで言うのはどうかと思うけどね」

「粘土の意味が分かんねェが、まァ生気は戻って来やがったなァ～」

「もう一度訊いておこうか。これからどうする？」

「あのバカハゲクソ粘土マンを殺してから俺も死ぬ……!!」

大真面目にそう俺は断言した。殺意と復讐心は多少の生きる理由になるらしい。

だが、またもや鹿山とゴリさんは爆笑している。何でだよ。俺変なこと言ったか？

「生き方が後ろ向き過ぎンだろうがよォ～。その行動力を柳良に向けろやァ～～」

「え、いや、それは……。だってフラれましたし……」

「僕個人としては、まだ脈はあると思うけどね。柳良ちゃんは戸惑ってるだけで、そもそも『溝』が君達の間には存在するだろう？　その『溝』は埋められたのかい？」

うぐ、と俺は押し黙ってしまう。唯一、あのバカキン（※バカ金髪の略）からの収穫と言えば、柳良と俺の間にある『溝』の具体的な正体が知れたことだ。

そして鹿山の疑問通り、俺はその『溝』を埋められていない。知っただけで、何をすればいいかも分かっていない。となれば、フラれるのも当然だった。

「柳良なァ～。不思議な女だよなァ。まァ……それはオメェら二人にも言えるけどよォ～」

「ゴリさんも不思議ですよ、俺らからすれば」

「いっそ開き直るしかないんじゃない？　もう犀川の気持ちは知られたし、彼女のお兄さんがうるさいだけで、柳良ちゃん自身は犀川のことを嫌ったわけではないし。フラれたのはあくまで過程で、今後も引き続き彼女にアプローチを続けるべきだよ」

「簡単に言うなよ……。どういう顔して柳良に会えばいいかも分からんのに……」

素知らぬ顔で、「よっ」と言うのか。卑屈な顔で「へへ」と言うのか。はたまた怯えた顔で

「あっ」とでも言うのか。いずれにせよ、以前と同じような状態にはもう戻れない。

……ああ。俺って、こんなに女々しいヤツだったんだな。全然知らなかった。

「耐えるしかねェな。犀川ァ〜、オメェまさか、手前に何の痛みもなく恋が成就するとでも思ってンのかァ〜？　マンガやドラマの中だけだぜェ、ンなモンはよォ〜。現実は違ェぞ、どういう顔もクソも、オメェにゃそのツラしかねェ。バカヅラ引っ提げて進むしかねェンだ」

そのくらい、彼女のことがまだ好きなら——と、ゴリさんは結んだ。

……そうだ。フラれたのは事実だが、俺の柳良への感情自体に変化はない。

未練と言ってもいいが、何ならむしろもっと彼女が好きになった気がする。

せめてあと一回。柳良と会って、改めて話がしたい。そこでもっかいフラれたなら、いよいよ諦めもつく。友達のままで居たいとか言われたなら、もうそれでいい。

俺が一方的に腐って終わる形だけは、避けるべきだ。まだ、俺は生きてるわけだし。

「すみません、ゴリさん。それに鹿山も。バカヅラ引っ提げて、進みます」

「その意気だね。まあフラれたのに未練タラタラでしつこい男はクッソキモいけど」

「警察沙汰は勘弁願うぜェ〜？　隣人がストーカーで在学中に逮捕は笑えねェからなァ〜」

「すみません、ゴリさん。それに鹿山も。お前らを本気で一発ずつ殴ってから、進みます」

拳を握り固めたら、また二人は爆笑している。「犀川らしい」って、うるせえわ。

——と、そこで突然、スマホが振動した。着信が来ている。知らない番号から。

「誰だ？　柳良……なわけないか。番号知ってるし。まあいいや、電話出ますね」

『あ、繋がった。もしもし、犀川さん？　狐里です。ちょっと今、お時間いいですか――』

＊

どうしてそうなったのかは、よく思い出せないけれど。子供の頃、わたしは原因不明の高熱で、一週間以上寝込んだことがある。寝込んでいる間、世界がぐるぐると回るお皿みたいに回転していて、自分の心臓の音が耳から聴こえて、目の奥がずーっと熱くて痛かった。

このまま死んじゃうのかなって、子供ながらにぼんやりと感じていた。死にたくないって思ったけれど、どうすることも出来なくて。口の中は砂をまぶしたみたいにカラカラで、見えているのか見えていないのか分からないくらいの、か細い目をわたしは開いた。

「……おにい、ちゃん……」

「ん？　どうしたのや、律。喉が渇いたのか？」

まだ、黒い髪の毛を染める前のお兄ちゃん。中途半端な関西弁は、尊敬している芸術家の師匠を真似しているせい。短気で、喧嘩っ早くて、そのせいでいつも傷だらけだったけれど、でも……とっても優しくて、強くて、頼りになる、わたしの大好きなお兄ちゃん。

「……あついよ……」

「そりゃあ、熱があるからやで。待ってな、濡れタオルで身体拭いてあげるから」

「……やだ……。いかないで……」

部屋を出て、水とタオルの準備をしようとしたお兄ちゃんを、わたしは呼び止めた。

そんなことをしても意味なんてないのに、どうしても誰かが隣に居てほしかった。

だって、身体が熱くて、燃えていて、こわれそうで……。それが、怖くて……。

「すぐに戻って来るで。どこかに行っちゃうわけやない。大丈夫」

「やだ……。やだぁ……」

「困ったなぁ。■■■■さんはこんな時に限っていないし……」

あれ……？　誰だっけ、その人……。名前が、思い出せない……。

「ともかく、ちょっとだけの我慢だから。お兄ちゃんの服、離してや」

「……こわい……。おにい、ちゃん。りつか……こわい……」

「変な夢でも見たのかな？　大丈夫、怖くないで。律はお兄ちゃんが守ってあげるから」

何が怖いのだろう。怖いのに、自分が怯える理由が分からない。それがより一層怖くて、だからお兄ちゃんにはずっとそばにいて欲しかった。けれど、お兄ちゃんは部屋から出て行ってしまって、それを見送った途端、わたしは身体の芯が燃えて、目の奥が腐って、全身がどろどろに溶けていって、ぜんぶぜんぶ変わっていって…………それで…………。

「え――……？」

ばしゃん。風呂桶に入った水を、お兄ちゃんが取り落とした。

「おにい、ちゃん……」

「律、お前ッ……!? なんなんだ、その——髪の色は……!?」

「……さむいよ……」

もう暑くない。むしろ、全身が凍ったかのように冷たくて、寒い。

ううん、違う。本当に凍っているから寒いんだ。

お兄ちゃんと同じだった、わたしの真っ黒な髪の毛は、どういうわけか銀色に変色していて

——そうして、わたしは手に入れた。自分だけの《祝福》を。

『《霏霏氷分》。その子のお名前だから、大切にしてあげてね?』

「……こえ……きこえる……。だれ……? しってる……?」

「声? 律、しっかりしろ! ボクの声だよそれは! こっちを見るんだ! ああくそっ、身体が異常に冷たい……! 普通じゃない、こんなの! こんな覚醒はありえない!!」

『じゃないと、寂しいよ。あなたはもう、死ぬまでひとりぼっちになったから——』

遠く遠く、自分がどこかに落ちていく。ぜんぶの声が、聴こえなくなっていく。

だけどなんとなく、わかった。《祝福》って、とても大切で、わたしだけのもので。

でも、決して奇跡の力なんかじゃなく、もっともっと、呪われた——

「ああああっ!!」

喉が擦り切れるぐらいの声で、わたしは跳ね起きた。悪夢。違う。悪夢なの？　悪夢なんかじゃない。なのに怖い。どうして怖いの？　わからない。わからないけど、怖い。

自分がひとりぼっちだってことを、思い出したから……？

「おい――」

お兄ちゃん。お兄ちゃんがいる。わたしにはお兄ちゃんが。

飛び出して、抱きついた。ぎゅっと抱き締めてほしかった。背中をぽんぽんって叩(たた)いてもらって、頭を撫(な)でてもらって、わたしがひとりじゃないってことを教えてほしかった。

「やだ！　こんなのやだよ!!　こんな髪の毛いやだよ!!　わたしもみんなといっしょがいい!!　《祝福(ブレス)》だっていらない!!　こんなの、おかしいよ!!　こんな力いらない!!　なんで、なんでこうなっちゃったの!?　わたし、わるいことなんてしてないよ!!」

「落ち着け、なあ！　ぐッ……、止めろ、《祝福(ブレス)》を……！　柳良(なぎら)、律花(りつか)……!!」

「おにいちゃん、助けて……！　りつかこんなのやだ……！　おにいちゃん……！」

「クソッ……！　錯乱しているのか……!?　《祝福(ブレス)》が御(ぎょ)せていない……！」

お兄ちゃんはわたしをぎゅっとしたまま、おふとんに倒れ込んだ。そのまま、毛布をかき上げて、わたしを頭から包む。昔、一緒にこうやって遊んだっけ。

二人でいっしょに、おふとんの中に潜り込んで、懐中電灯で照らして、探検ごっこ……。

「なぎ……律花、ぼくの音を聴け。ココロの音だ。他は何も考えなくていいから」

「こころの……音……」

まっくらな中で、その音だけが響いていく。あたたかい闇。自分ひとりの世界なのに、ひとりじゃないってわかる。何も見えないのに、ぬくもりがあって、わたしを包み込んでくれている。『誰か』『誰か』の熱と鼓動は、ひとりぼっちを否定してくれる……。

『誰か』……？　これは、お兄ちゃんの、においじゃない……。けど、知ってるにおいだ。

だってわたしは、このにおいが好きで……。だから、安心して………。

＊

（あいつも好きだったな。俺の心音を聴きながら寝るの……）

布団から這い出て、俺は律花――ではなく、柳良が寝付いたことを確認する。

死別した妹が、俺には居た。あいつが怖い夢を見て眠れなくなった時に、ああやって寝かしつけたことがあったが、その経験がまさか今役に立つとは。

『リッカが風邪引いちゃってさ～。看病してやってくんない？』

狐里さんからそんな連絡を受けて、諸々のやり取りをした後、今俺は彼女らのルームシェア先のアパートに居る。来て色々と思う部分はあるが、大体下心に依るので省略。

（しかし――分かってて俺を派遣したのなら、中々に鬼畜だな狐里さんも）

柳良の部屋は、さながら業務用冷凍庫の中みたいだった。机も本棚も何もかもが凍り付いて、ここだけ季節感がバグっている。《痣持ち》が風邪を引いたら、もしかして《祝福》が暴走して悲惨なことになるのだろうか。頑丈な俺じゃなかったらヤバかったぞマジで。

（いや違うか。これは多分、偶発的に柳良だけが引き起こすものな気がする）

錯乱していた柳良は、俺が誰かも分かっておらず、ただ無作為に冷気を放出して暴れるだけの幼子のようだった。それを見て痛感する。俺は、柳良のことを何も知らないのだと。

過去に何があったのか、どういう経緯で《組織》に所属し、戦っていたのか。

（かつては、知りたいとも思わなかったのにな……）

自分の《祝福》すら、柳良には思うところがあるのかもしれない。何より、俺にとってはバカキンでも、柳良からすれば頼れるお兄ちゃんであることも窺い知れた。

だから今は知りたい。柳良の過去、その全部を。知った上で、理解してあげたい。

「ひとりぼっち、か。別にそんなことはないけど、そういうわけでもないんだよな。ああ、多分俺は……お前に縋ってるんだな、柳良。なんとなく、分かったよ……」

暴れたくなるような気持ちになることぐらい、誰だってあるだろう。そして実際暴れてしまったら、じゃあどうなるか。せいぜい他人を怪我させるぐらいのものだろうが、俺は違う。俺は、目の前の対象を簡単に殺すことが可能だ。そういう技術と踏ん切りがある。

勿論、そんなことは今も昔もしないけどさ。だけど、それが簡単に出来てしまうってだけで、出来なくて当たり前のみんなからすれば、俺は浮いていて――柳良もきっと同じだ。だから、彼女ならこんな俺を分かってくれるはずって、心のどっかで期待してすり寄ってる。

「……情けない。俺は、俺のことだけ考えてる。自分から柳良を好きになったくせに、柳良が俺を好きになってくれることばっか願ってる。そうじゃないだろ……絶対に」

ゴリさんの言っていたことが身に沁みて分かる。俺はこのバカヅラ引っ提げて、進んでいくしかないんだ。痛みに怯えている場合じゃないんだ。柳良が俺に振り向いて、俺のこと理解してくれて、都合良く俺を好きになってくれる。そんな可能性に縋って、中途半端な関係性を続けて、ワンチャンが起こるかもって期待するなんて、ダサいにも程があった。

「俺の気持ちを、知られて良かった。人を好きになるって意味が、今ようやく理解出来た。だからもう少しだけ、俺のわがままに付き合ってくれ――柳良」

ずれた毛布と布団を掛け直してやる。穏やかに眠る柳良は、普段よりもっとあどけなく、このまま二度と目覚めないんじゃないかってくらいの、神秘的なものがあった。

俺と柳良を隔てるもの。《土塊》から告げられたこと。無能力者と能力者。

それら全部を乗り越えることが、俺に――俺だけに許された試練だ。

＊

「ん……」

音がする。かちゃかちゃ、とんとん、ことこと。生活音……誰かがいる音だ。

わたし、この音が好き。ひとりじゃないって、音だけで分かるから。

音は台所の方から聴こえる。芳乃が帰ってきたのかな。それともお兄ちゃん？

「ごめんね、ちょっとマシになったから手伝──」

「起きたのか、柳良。手伝うって、別に必要ない。座るか寝てるかしてくれ」

「………」

うーん……犀川くんの幻覚が見える。やばいかも。全然体調マシになってないかも。

とりあえず顔を洗ってみよう。水が冷たくてきもちい。んじゃ戻ろ。

ああ……まだいる。消えてない。幻覚つよい。かてない。やばい……。

「救急車呼ばなきゃ……」

「え？　そんなに体調まずいのか？　熱は──分からんな……」

おでこに犀川くんの手が当てられる。ゴツゴツしてぬくぬくしていた。

「能力的に、まだ体表が冷たいというか──とにかく、救急車呼ぶのなら俺が」

「ちょっとまって……？　本物の犀川くんなの……？　最近の幻覚は触れるとか……？」

「幻覚じゃない。狐里さんからお前の看病を頼まれたからここに来た」

「そうなんだ……。いらっしゃい……」

「もういらっしゃって数時間経ったけどな……」

そういえば、芳乃は今日遅くなるって言ってたし、お兄ちゃんもどこかブラついてるって言っていた気がする。だから、犀川くんがやって来るのも分からなくは……。

「……あ」

「どうした」

「き、着替えなきゃ。わたしパジャマだった……！」

「別に寝間着でもいいだろ。体調悪いんだし。あー……」

口に出しちゃったからか、改めて犀川くんがわたしの姿をジロジロと見ている。今着ているのは、白と黒の猫ちゃん柄のやつ。かわいいやつだけど、まだ見られたくないかも……。

「……可愛いんじゃないか？　それ。よく似合ってる……けど」

「………じゃあ、このままにする」

「お、おう……。えーっと、もうすぐお粥が出来るから、食べるか？　大丈夫だ、レシピ通り作ったから。水分量に1ミリリットルの誤差もない」

「別にそんな誤差気にしないけど……たべる」

おかゆを作る時に、ミリリットル単位で水の量なんて計ったこともない。でも犀川くんは大真面目にそう言うから、料理へのスタンスって人それぞれなんだと思う。

「……おいしい」

ほこほこと湯気の立ったおかゆを、スプーンで口に運ぶ。おかゆなんて誰が作っても一緒かなと思ったけど、全然そんなことない。なんていうか、犀川くんらしい味って感じ。

「そうか。食べたら薬も飲めよ。スポドリも買って来たし、冷えピタもある」

「ありがと。あの、お金渡すからちょっと待ってて……」

「はあ？　いいよ別に」

「でも、そういうわけには——」

「……手土産だ。お前もそうしただろ。いいから食えよ、冷めるぞ」

そう言われてしまうと、もう何も言えなかった。彼は、わたしを丸め込むのが上手だ。

おかゆを全部食べて、薬も飲んだ。もうちょっと薬が効いてくれれば、眠くなるのだろうけれど——今は全然眠たくない。だから、犀川くんとおしゃべりがしたい。

「怖い夢を、見た気がするの。全然、内容は覚えてないんだけど。さっき部屋を見たら、カチカチに凍ってたから、もしかしてわたし……寝ぼけて何かやっちゃった？」

「さあ。俺が来た時にはもう部屋中凍ってたが。柳良が何やったかは、俺には分からないな」

目を逸らしながら、彼は優しい声音でそう言ってくれた。あまり、嘘が上手な人ではないんだって、この時はじめてわかった。そして、優しい嘘（うそ）しかつかない人だってことも。

「……ごめんなさい。多分、迷惑かけたよね」

「掛けてないから安心しろ。にしても随分としおらしい。俺が知ってる柳良（なぎら）律花（りつか）は、他人の家に土足で上がり込んで、氷の塊を飛ばして来るんだが。まさかお前、別人か？」

「むっ。靴は脱いだでしょ！　氷は……飛ばしたけど」

「つまり俺にとっては慣れたものなんだよ、お前の《祝福（ブレス）》への対処は。だから、何やられても迷惑なんかじゃない。寝ぼけて覚えてもないことを気にするな」

「……わかった。気にしない」

体調が、あまりよくないから。熱もあるし、風邪なんだから。変なこと言ったって、それはしょうがないことだよね。自分にそう言い聞かせて、わたしは次の話題を切り出した。

「犀川（さいがわ）くん。あのね……前のこと、なんだけど」

「前？　ああ、《土塊（つちくれ）》と柳良（なぎら）と一緒に出掛けた時か？」

「うん。その時に、その……告白みたいなの、してくれたよね」

「みたいなのっていうか、告白だな。もちろんあれは嘘（うそ）じゃない。俺の本心だよ。あー、でも、柳良（なぎら）に直接言ったわけではないか。偶然聞かれただけで」

「……どうして、って訊（き）くのは変なのかな……？」

わたしは一生懸命言葉を選んでいるのに、犀川（さいがわ）くんはどういうわけかものすっごく堂々としている。覚悟した人の顔つきというか……そんなキャラだっけって思うぐらい。

「変だろうな。知りたいなら言うけど」

「……ごめん、やっぱりいいや。自分でもまだ、整理がついてないっていうか……」

「そうか。無理しなくていいぞ。んで気にしなくてもいい。今は風邪治せよ」

「でも、犀川くんはわたしのせいで傷付いて――」

「だからどうした。申し訳ないから、可哀想だから、だから自分の心に嘘つくのか？　もしそんなことをしたなら、俺はお前を許さない。い、い、い、あまり俺を見くびるな、柳良」

怒っている。犀川くんが明確に。高いところから見下された人みたいに。

彼の両目がわたしを捉える。ああ、その目だ。その目だけが、わたしの……。

「お前にとって、俺は何なんだ？」

「それは――……」

「答えられないのなら、それが今はお前の答えだ。でも俺は違う。今なら答えられる。お前が俺にとって何なのか、ハッキリ言える。柳良。お前は俺の――」

「律――――ッ!!　お兄ちゃんが帰って来たったぞ――――ッッ!!」

犀川くんが、わたしに何かを伝えようとしたタイミングで、家の扉が思いっ切り開き、お兄ちゃんがいつもの調子で転がるように現れた。

両手にはパンパンになったビニール袋。長ネギが何本も飛び出している。

「風邪引いてもうたんやろ？　すぐお兄ちゃんがお粥作イヤアアアアアアアアアアアアアアアアアアアアアアッ!!　チンポマンがおるぅぅぅぅぅぅぅぅうううううううううう!?　誰か男の人呼んでえええええええええ――――――ッッ!!」

うるさいなぁ……。お兄ちゃんは長ネギを引き抜いて、犀川くんに思い切り叩き付けた。

片腕でそれを止めた犀川くんは、ビニール袋から他の長ネギを抜き取って、今度はお兄ちゃんへと斬りかかる。時代劇みたいに、二人は長ネギで鍔迫り合いを始めた。

「おうコラ負け犬……!!　フラれたカスが何惚れた女の家に上がり込んどんじゃボケェ……!!　警察呼んだろか……!!　あと霊柩車もなァ……!!」

「黙れ無能親族……！　テメェがフラついてるから俺が代わりに看病したんだよ……!!」

「そらご迷惑をお掛けしましたなあ……!!　お礼に死んでけやシコ猿……!!」

「やってみろよ……!!　もう怖いモンなんざねえんだこっちは……!!」

仲が悪いのは仕方がないことだし、諦めるしかないとしても。

やっちゃいけないことの分別ぐらいは、もう大人なんだからつけなさいっての。

「こらぁ!!　食材で遊ぶ……げほっ、げほっ！」

「あわわわわ……大丈夫か律？　無理せんでエエて、ほら水飲み？　軟水やで？」

「悪い、騒がしかったな。そろそろ帰るよ。このバカキンも戻って来たし」

「待てやオイ　何らかのチューバーっぽくボクを呼ぶな」

犀川くんは、そそくさと帰り支度を始めている。自分の役目は終わった、みたいな感じだったけれど——でも、まだわたしは彼に伝えたいことがあった。

「犀川くん」

「どうした？　もう寝た方がいいぞ」

「——おかゆ、おいしかった。今度また、お礼するから……一緒に、遊んでくれる？」

わたしは、わがままだ。それでも『次』が欲しい。彼と一緒に居るための『次』が。

犀川くんは少しだけ驚いて、そのあと……とても柔らかに微笑んでくれた。

「ああ。きちんと治った後でな。じゃあまたな、柳良。それと《土塊》」

「何やねん。オドレからの挨拶なんぞ要らんからはよ消えろや」

「バーカ死ね!!」

バタン。言い逃げて、犀川くんは去っていった。最後になんでそんな……もうっ。

「クルァァァァ————ッ!!　アカン律お兄ちゃんアイツ殺して来るわ!!」

「だめ。お兄ちゃん、りつか、りんご食べたいなぁ……？」

「っしゃ剝き倒したるでえ!!　待っとれ!!」

お兄ちゃんが剝いてくれたうさぎ型のりんごは、とても甘くておいしかった。

今晩はもう、変な夢は見ない。そんな気がする――

「所長。例の資料まとめました」

書類を整理して、芳乃は雇い主となる男へ報告をした。

《玄羽探偵事務所》。従業員はバイトの芳乃を入れて僅か三名の、個人探偵事務所である。

探偵、と言ってもフィクションの中に存在するような、難事件を颯爽と解決するものではなく、現実の探偵業法に則った、信用調査や個人情報の収集を主に行っている。

顧客の依頼によって対価を受け取り、そこから調査を開始する以上、探偵事務所に明確な繁忙期や閑散期はない。依頼が重なれば忙しくなり、そうでないなら暇を持て余す。

現在は――複数の依頼が並行して進んでいた。要は、忙しい。

「すみません、ねェ。狐里サンにも学業があるというのに……」

謝罪はするが、表情は半笑いだ。というかいつも、この男は半笑いだった。

事務所の所長である、探偵の《玄羽》……年齢も経歴も不詳である。最も探偵に探らせたい男だと芳乃は思うが、言葉を飲み込む。代わりに別の軽口を叩いておいた。

「いっすよ別に。その分給料多めに出してもらいますし～」

「ハハハ。最近の子は実に現金です、ねェ。嘆かわしい……」

「嘆かわしいんかい。昔の子だってお金もらえたら喜んでますってば」

「一理あります、ねェ。では翻って、アナタもそうなのでしょうか――」

小さい事務所なので、応接室はない。事務所の一角に、パーテーションで区切った、一対のソファとローテーブルを置いた応接間を作っているのみだ。

現在、玄羽はそこに居る。即ち、依頼人が居るということ。本来ならば、このような芳乃の軽口は慎むべきだった。しかし、今に限っては慎む必要がない。

薄ら笑いのまま、玄羽は依頼人へと話し掛ける。

「――鹿山令一サン」

その依頼人――『顧客』の鹿山令一もまた、玄羽に薄い笑みで返した。

「ははっ。僕は違いますよ。金銭よりも重要視するものがあるので」

「へェ……。それは、どのような？」

「そうですね。『絆』とか？　そういうのでしょうかね？」

「よく言うよ……。それ重要視する人は、間違いなくこんな依頼しないから」

机の上に、芳乃はまとめた資料を放り投げるようにして広げる。

散らばる紙の中には、こう記載されている――『犀川狼士についての調査報告書』と。

「犀川さんはアンタの友達でしょ？　何でこんなことを――」

「狐里サン。依頼人の方に、そのような口は利いてはいけません、ねェ……」

「でも、所長！　ヤなニオイするんですよ、この男！」

「体臭の話なら傷付くなぁ。まあ、構わないけれども。理由も教えようか？　僕は犀川のことが気に入っていてね。もうちょっと彼を深い部分まで知りたいだけだよ。だから依頼した」

鹿山は一切悪びれるような素振りを見せない。芳乃の《祝福》は相手の嘘をある程度見抜くことが可能で、だからこそ鹿山が何も取り繕っていないことが分かってしまう。

「深い部分って……。別に、犀川さんはそんな変な人生送ってないっての」

「やめてくれよ。君の方がまるで犀川のことをよく知っているような口ぶりはさ。僕の方が付き合いが長いはずだろう？　ああ、資料を全部読んだからそんなことを言うのかい？　なら随分と口の軽い事務員だなぁ。彼女減給処分にした方が良くないですか、玄羽さん？」

「にゃろう……。ムカつくわぁ……」

《志々馬機関》と《組織》が対立し、抗争していた事実。その中に存在する、異能力《祝福》と、《祝福》を扱う異能力者達の存在。そういう裏社会的な事情は、その全てが秘匿されている。検索しても出て来ないし、伝聞ですら何も流れてこない。当事者達が皆、一様に口を噤んでいるのか。それとも——口外した者から、どうにかされているのか。

真相は不明だが、少なくとも芳乃はその過去を隠し通すつもりだ。それは敵対していた犀川狼士も同様で、彼も今は過去を秘匿して、普通の大学生として生きている。

「狐里サンの処遇は自分に任せて頂くとしてェ……資料、お読みにならなくても？」

「そうでしたね。ああ、狐里さん。僕にこれ以上近付かないでくれる？　今飲んだコーヒーを、僕が口から直接ドリップすることになってしまう」

「アンタのその女性恐怖症の方がよっぽど謎だっての……」

暫し、鹿山は無言で資料に目を通した。やがて全て読み終え、同時に大きな溜め息。

「これ、お金払わないとダメですか？　欲しい情報が一つもない」

「へぇェ……。それは失礼しました、ねェ。再調査につきましては、半額で——」

「結構ですよ。ああ、この事務所も駄目か。優秀な探偵事務所って聞いてたんですけど、期待外れです。これまで他事務所にも何度か依頼しましたが、どこも犀川の上辺だけの個人情報を抜いて来る。出身とか家族構成とか学歴とか、そんなのどうでもいいのに」

——裏社会の情報は、表社会からでは抜き取れない。

故に芳乃は、鹿山がこの報告書では満足しないであろうことが分かっていた。

「では他に調査対象について知りたい部分がある、と？」

「一つ、犀川の体幹の話をしましょうか。彼、どういう状況でもバランスを崩さないんですよ。揺れてる電車だろうと、人混みに押されようと、いきなり僕が抱き着こうと、絶対に。それで犀川はスポーツ未経験？　そんなはずない。鍛えずにあんな体幹が身に着くわけない。他にもまだありますが、まあ総評すると犀川の持つ能力は、一般的に見て凡人が身に着けられるものではない。僕が知りたいのは、ではそれを身に着けるに至った理由……事情ですね」

(そんなもん、『こいつ運動神経抜群だわ〜』って処理しとけよ……)

犀川狼士の持つ超人的な身体能力を、鹿山は見抜いている。

それが生まれつきではなく、一朝一夕で身に着けられるものでもない、ということも。

「だからまあ、これは単なる大学生の妄言として聞き流してほしいのですが——もしかして、僕が知らないような、派手な世界が実は存在するんじゃないですか？　殺し屋とかスパイとか、そういう創作物じみたものが」

「なるほど、ねェ。しかし鹿山サン、殺し屋もスパイも実在していますけれども？」

「おっと、そうでした。ではこれはどうでしょう。『超能力者』で」

(こいつ、実は全部知ってんじゃないの……？　確証がないだけで……)

故に鹿山は今、玄羽と芳乃から情報を引き出そうとしているのではないか。

より一層、芳乃は警戒心を強める。一方で、玄羽は首を傾げていた。

「ンン？　ではこの犀川サンは、体幹が異様に優れているので、超能力者かもしれないと……アナタはそう言いたいのですか、ねェ？　申し訳ない、その理屈がどうも自分には」

「……失礼しました。論理の飛躍というか、論理ですらない妄言ですので」

「そうだそうだー。ここは探偵事務所で、妄想垂れ流す場所じゃねんだわー。帰れ帰れー」

「そうしようかな。もう収穫もありませんし。ありがとうございました」

立ち上がり一礼して、鹿山は事務所から出て行った。資料は持ち帰っても構わないのだが、一枚たりとも持って帰っていない。全て置いていったようだ。

「もったいな！　所長、これどうします？」

「数日間保管後、シュレッダーで」

「うぃーっす」

「それと、狐里サン」

「はい？」

「彼、追えますかねェ？　あまり素行の宜しい方ではないので、ねェ……」

「うへえ……何でぇ？　まあ追加でお給金を出してくれるなら……」

業務上知り得たことは、他言することが出来ない。玄羽はその辺りの嗅覚が鋭く、芳乃がもし誰かに話したらすぐに察知するだろう。狼士と律花に、鹿山が裏で動いていることを伝えたいが、それが出来ないのであれば——自分が見張っておくしかない。

芳乃は指で眼鏡のブリッジを押し上げて、一度大きく深呼吸した——

それこそ、人間の能力って氷みたいなものだと思う。どれだけ高く大きく積み上げても、放っておけばあちこち溶け出して、元の形を保てなくなる。四年前の俺を、戦闘力という意味で全盛期だと呼ぶのならば、今の俺はもう半分くらい溶け掛かっている状態だ。

じゃあどうすればその形を保てるかというと——結局、地道な努力以外にない。

「499……500……」

片腕で逆立ち状態になり、そのまま真っ直ぐ姿勢を保って、腕立て伏せを行う。片腕500回ずつを3セット。武器を使った訓練は行えない以上、基礎体力や筋力を向上させるぐらいしか、今の俺には出来ない。こういう軽い筋トレも、大学に入ってからはサボっていた。

「あー……割と辛いな。昔は大したことなかったのに」

これから毎日、筋トレだけは最低限続けた方が良さそうだ。怪我の予防にもなるだろうし、俺は恐らく脂肪でたるみ切った己の肉体を許せないタイプだと思うから。

「邪魔するぜェ〜。ンだァ？　犀川ァ〜、汗だくじゃねェか〜」

「ゴリさん。ちょっと筋トレしてました」

「『ちょっと』の発汗量じゃねェが……まァいいか。パンケーキ焼いたから、食いなァ〜」

「マジっすか！　ありがてえ、今丁度甘いモン欲しかったんですよ」

机の上に置かれたゴリさん手作りのパンケーキを、俺はすぐに頬張る。

うーん……うまい。何がどううまいのかはよく分からんが、甘くてうまい。

「ゴリさん天才っす。パティシエなれますよ」

「ヒャーッハッハッハァ！　言うねェ〜〜……チュッ♡」

「でも接客はやんない方がいっすね」

「違いねェなァ〜。当局は作る方が好きだからよォ〜」

（そういう意味ではないが……）

俺は頂いたパンケーキを全て平らげ、一息つく。その間、ゴリさんは無言で俺のことをじーっと眺めていたが、何か他の用件でもあるのだろうか。

「犀川（さいがわ）ァ〜。今、柳良（なぎら）とはどうなってんだァ〜？　看病以降の報告がねェがよォ〜」

「そうっすねー。風邪は治ったらしいので、週末にでも呼び出そうかと。後で連絡入れるつもりっすよ。フラれたとはいえ、別に仲悪くなったわけじゃないですし」

「――そうかァ。ヘッ、ンだよォ〜。これ以上爽やかなバカヅラ見せンじゃねェ〜」

「爽やかなツラでいいじゃないですかそれもう……」

どういうツラかはさておき、俺の中である程度『答え』が出たのは事実だ。

吹っ切れて動けているのは、その『答え』があるからに他ならない。

どこか嬉しそうにゴリさんはニヤついている。俺と柳良のことを気に掛けてくれているのがよく分かった。本当にこの人は……優しい人なんだよな。見た目に反して。

「んじゃ次だァ。鹿山を最近見たかァ～？」

「鹿山を？　あー、そういや確かに」

俺が腐っていた時にここに来て以降、鹿山とは会っていない。被っている講義に出ても、あいつは珍しく欠席していたし、俺の家に遊びに来ることもない。別段、俺達は毎日つるんで遊んでいるわけではないので、顔を見ない日ぐらいはザラなんだが。

しかしゴリさんは何かが気掛かりなのか、声のトーンを一段落とす。

「……犀川ァ～。オメェは鹿山について、どこまで知ってンだァ～？」

「どこまでって……例えばどんな？」

「有り体に言やァ、過去だ。当局らが会ったのは大学だろォ～。ンじゃァ、当局ら全員には、大学以前の過去がある。鹿山のそれを、オメェは知ってンのかァ～？」

「なるほど。すんません、全然知らないっす」

大学一年の春に、あいつは孤独に講義を受けている俺の肩を叩いて、隣に着席してきた。物凄いイケメンで、何でこんなヤツが俺に……と最初は思ったが、不思議と嫌な感じはしなかった。で、その場で鹿山は狂ったように貧乏揺すりを始めて、何だコイツ……となった。

出会いはそんなもんで、それから二人で被っている講義は全部隣同士で受けて、どこかに遊びに行くようにもなって、んで二年経って今に至る。

ただ、俺も鹿山も、互いの過去を話したことはない。俺から過去を言うことはないので、それを汲んでくれたのか、単に俺がそこまで他人の過去に興味が無いからなのか。

「――鹿山はよォ、前歴持ちだ。歴の方だがなァ」

「まえ……って、前歴ですか？　鹿山が？」

前科と前歴の違いは、有罪判決を受けたかどうかだ。有罪になれば前科がつく。前歴は、警察の捜査対象になっただけで、有罪には至っていない。前歴だけならばクロではないと言えるだろう……シロでもないことが多いが。少なくとも、鹿山が過去に警察の世話になったことだけは確実だ。ゴリさんの言うことが事実なら、だが。

「証拠はねェよ。鹿山と二人で飲んだ時に、野郎が酔って漏らしただけだからなァ。フカシの可能性は大いにあるぜェ。むしろそうであった方が良いまであるがよォ～」

「俺もフカシだと思いますけど。あいつがそんな……」

「勿論、フカシだけなら当局もこんな話はしねェ。オメェも知ってンだろォ。鹿山は割と色んな連中とツルんでやがる。その中に、良い噂が聞こえねェ連中も居ンだ」

俺達は四六時中一緒に居るわけじゃない。俺が一人の時間を過ごしている間、鹿山は鹿山だけの時間を過ごしている。俺からすると、鹿山とゴリさんは唯一レベルの友人であるが、鹿山からすると俺やゴリさんは、大勢居る中の友人の一人でしかない。

そのこと自体は不思議ではない。元々、鹿山の交友関係が広いってのは分かってたしな。けど、悪い連中と一緒に居る可能性は考慮していなかった。そんなヤツではないと思っていたし、実際鹿山は悪人ではない。ただ……過去に、マジで何かをやらかしているのなら。

俺は、鹿山を全然知らないことになる。友人であっても、理解者ではない。

「安物のドラッグだったり、ナンパした女をマワすだったり、まァ下らねェハシャギをするような連中だ。そいつらと鹿山が一緒に居る場面を、最近当局は偶然見ちまってよォ～」

「……鹿山はそんなことしないです。俺らがあいつを信じなくてどうするんですか」

「悪ィ、言葉足らずだったなァ。鹿山はやってねェさ。ただ……それならよォ、せめて当局らの近くに居てくれってだけだ。長く姿を見せねェと、不安になっちまうってだけだ……」

「ゴリさん……」

多分、俺よりも多くの情報を持っていたからこそ、この人なりに鹿山のことをそれとなく見守っていたのだろう。俺達の近くに居る限り、鹿山は悪いことなんて絶対にしない。

「あいつに連絡入れときますよ。今から遊びに来いって。そしたら来るでしょ」

「だなァ。そンくらいしか出来ねェわなァ。ただな、犀川ァ～」

「はい？」

「当局はよォ。鹿山以上にオメェの過去を知らねェ」

撃ち抜くような目で、ゴリさんが俺を見てくる。俺の過去を知らない……そりゃそうだ。知っているのは柳良と狐里さんぐらいで、それ以外の人間には言っていない。適当に中学、高校を過ごして、大学に入った。その経歴自体は嘘じゃないから、それが俺の全て。

——ということにしているが、それでも何となく……分かる人には分かるのかもな。

「別に、普通ですよ。俺は。前歴も前科も無いですし」

「……悪ィ。話せってワケじゃねェよ。気分を害したのなら謝るぜェ～。隠し事を暴かれるってェのは、愉快なモンではねェからなァ～」

「ですね。って、それもう俺が隠し事してるの確定みたいな言い方じゃないっすか」

冗談めかしてそう言ってみたが、ゴリさんは軽く笑うのみだった。

「用事があるからよォ、そろそろ部屋戻るわァ。なァ……犀川」

「はい？」

「パンケーキの隠し味、何か分かったかァ？」

「あー……練乳、っすかね？」

「不正解だぜェ。正解は——何も入れてねェよ。じゃあなァ～」

背を向けて、片手を挙げて、ゴリさんは去っていく。その背中が、ほんの少しだけ寂しそうに見えるのは……気のせいではないだろう。すみません、と俺は小さく謝罪を漏らした。

週末に至るまで、何もない日が続いた。柳良とは今日、会う約束をしている。それまでは、スマホのメッセージで毎日散発的に会話しただけだ。『野良猫いた』『変なマンホールあった』『面白い落書きあった』って……やっぱ小学生みたいだな、柳良は。

*

まあそこが可愛いところであると、今の俺ならば処理可能なんだけども。

一方で、鹿山から連絡はない。メッセージの既読は付かないし、電話を掛けてみたが、そもそも電源が入っていないのか繋がらない。講義にも出てないし、大学自体に来ていない可能性が高い。これは、いよいよ……何かがあったのかもしれない。俺は焦りを抱いていた。

ただ、ゴリさんは「今日は柳良に集中しろ」と、俺を諌めている。本格的に鹿山のことを考えるのは明日からでいい、と。別に俺達は鹿山の保護者ではないからだ、と。

(ちょっとは恋愛相談させろよ、あの野郎。モテない俺が、一回フラれた女に今日また仕掛けに行くんだぞ。プランの片棒ぐらい担いでみろって話だ)

柳良には、まだ落ち合う場所を伝えていない。時間は夜ということだけ伝えている。なのでこの後、電話でもして直接話そうかと思っている。そうした方が確実だからだ。

そろそろ陽も落ちる。外出の準備をしなくちゃな。

と言っても、俺個人では準備に限界があるが。ひとまず、押し入れを開けて――

「……ん？　うおッ、開かねえ……！　立て付けが……死んどる……!!」

久々に押し入れを開こうとしたら、全く動かなかった。中で何かが引っ掛かっているのか、それとも立て付けが歪んだからか。いずれにせよ想定外である。

「やっべ、どうしよう。壊したら……大家に死ぬほど怒られるよなぁ……」

むしろ、立て付けが悪いのは向こうの責任だと思う。なので俺が自ら壊してしまうと、その責任を問えなくなる。金の問題に直結するから、下手に動けなくなったぞ……。

そうこうしている間に、時間が過ぎていく。押し入れは全然開かない。

そしてトドメとばかりに、俺のスマホに着信が入った。相手は……柳良だ。

「あー、もしもし？　悪い柳良、今ちょっと立て込んで――」

『ごめん、犀川くん。今日行けない』

「…………。へ？」

『時間ないから、もう切るね。けど埋め合わせは絶対するから、それじゃ』

「あ、おい！　…………。はああああああああああああああ!?」

ハイパーウルトラミラクルドタキャンだった。理不尽さに思わず絶叫してしまう。

っていうか、めちゃくちゃ声が冷たかったぞあいつ。普通、ドタキャンする時ってもうちょい申し訳無さそうな声出すだろ。クールな勢いで突っ切ろうと考えたのか？

駄目だ。力全部抜けた。今なら赤ちゃんに手押し相撲で負けられるわ。

「犀川ァ〜。大声出してどうしたァ〜。近所迷惑だぜェ〜？」

俺が床に溶けるようにして寝そべったら、ゴリさんがやって来た。

「ほひはん……。はんれもはいっふ……」

「歯抜けのジジイかよォ〜。何でもないっすとは思えねェけどなァ〜」

何で聞き取れたんだよ。すげえな。

まあ隠す意味も無いので、俺は素直に柳良から今ドタキャンされたことを伝えた。

「元気出しなァ。女にゃ毎月色々あンだ。野郎より神秘的な機能が多いンだよォ〜」

「そうなんすかね……？　まあいいか……。どうせドタキャンには変わんないし……」

埋め合わせはするとも言ってくれたし、マジでゴリさんの言うような事情なのかもしれない。

それならドタキャン理由すら俺に告げない根拠になり得るしな。多分そうだよな。

このままゴリさんと飯でも行くか。俺がそう思った時、また着信が入った。

「──鹿山からだ」

「オイ。これビデオ通話じゃねェか？　出てみろ、犀川ァ」

画面には鹿山令一の文字が。そして、ビデオ通話での着信だった。

すぐに俺は応答のボタンをタップする。

「もしもし。鹿山か？　お前今まで──」

『あ～、もしもし、犀川って人？　今いいか～？』

（誰だコイツ？　いや、それより――）

薄暗い、廃墟みたいな部屋で、画面の中央に誰かが映っている。

声の主は画面外から喋っているようで、じゃあ中央に居るのは――

「鹿山？　おい、鹿山！」

――鹿山がビニール紐で縛られ、壁にもたれかかって項垂れている。

『これ君の友達だよね～？　ちょっとさあ、連帯責任って取れる？　っつーか取らすんだけど、まずこの通話勝手に切ったらコイツ殺すから、分かったら返事してくんね？』

「テ――」

ゴリさんが激昂して、何かを言い掛けたが、俺は片手で制した。

起こっている状況に対して、血が冷えるように頭が冴える。俺が俺に戻っていく。

「分かりました。従います」

『偉っらw　クソ素直で笑けるw』

鹿山の周囲に、ガラの悪そう……というか悪い連中が何人も集まっていく。自分達は集団であると、言外に伝えているようだ。そこまで馬鹿でもないらしい。

（……？　集団の中に、見覚えのある奴が一人居るな）

それが誰かすぐには思い出せない。まあ後で思い出せばいいか。

『とりあえずさー、今から現金で五十万、ここに持って来てくんね？　ついでにお前の通帳とクレカと印鑑も。したら鹿山のこと返すからさー。ＯＫ？』

「分かりました。渡します。その間、鹿山の命は保証してくれるんですね？」

『……なあ？　テメェ俺らのこと馬鹿にしてんのか？』

急にドスの利いた声に変貌する。こちらの対応にミスはないと思うのだが。

『普通もうちょいビビるか警察匂わすだろうがよ!!　まさかテメェ冗談か何かと思ってんじゃねえだろうな!?　おい!!　そのカス起こせ!!』

指示が飛ぶと、複数の男が鹿山に無造作に蹴りを叩き込んだ。気絶していた鹿山は、その衝撃で呻き、ゆっくりと首をこちらにもたげる。顔にも痣が幾つかあった。

『鹿山ぁ!!　テメェ死ぬぞ!!　この犀川とかいうガキのせいでよ!!』

『……犀川か。ごめん、やらかしたよ。僕のことは気にしないでいいから』

ボグッ……。嫌な音がスマホ越しに響く。無防備な鹿山の腹に、誰かがサッカーボールキックを叩き込んだのだ。激痛で鹿山は悶絶し、口から涎を垂れ流している。

「馬鹿にしてないです。混乱して、頭が真っ白なだけで……頼むから、鹿山に酷いことはしないで下さい。お金ならありますから払いますし、警察にも言いません。お願いします」

『最初からそう言えカス！　あー、じゃあ今から場所を言う。一回しか言わねえし、メモらず覚えろや。覚え切れなかったら鹿山が死ぬだけだからな』

「はい」

あくまで物理的な証拠は残さないようだ。不意打ちみたいに連絡を入れているから、録音する暇もメモを用意する暇もないと見ているのだろう。メッセージか何かで場所を記載すると、それが証拠になりかねない。多少の悪知恵が回るってわけか。

俺は伝えられた住所を完璧に記憶する。電話先の男は『よし』と言った。

『制限時間は一時間だ。過ぎたらどうなるか分かるだろ？　じゃあな』

一方的に通話が切られた。俺は無言でスマホを机の上に置き、立ち上がる。

「さて、準備しなくちゃな。柳良からドタキャンされて良かった」

「待て……犀川。オメェ、まさか本気で連中の言う通りにすンのか……？」

「まさか。そんなわけないじゃないすか。金無いですし」

「……なら、スマホは置かねェだろ……」

「え？」

「警察にすぐ言うべきだろォがよ、なァ⁉　オメェどこ行こうとしてンだ⁉」

ゴリさんが俺の両肩を掴んで揺らした。今まで見たことのない、悲壮感のある表情で。

俺を掴んだその手も、声も、震えていることがよく分かる。

「オメェが何考えてっか分かンねェよ‼　こンな状況、普通じゃねェ‼　こちとら怖くて、意味分かンなくて仕方ねェのに——何でオメェはずっと落ち着いてやがる⁉」

「…………」

俺が指定の場所に単独で乗り込んで、連中を全員再起不能にして、鹿山を助け出す。

その為に、冷静に相手の言うことには従い、抜くべき情報を抜いたら、もう充分だ。

それは、俺にとって欠伸が出るほどに簡単なことで――ゴリさんからすれば、有り得ない、いうことに、俺はようやく気付いた。気付いた上で……謝るしか、なかった。

「すんません、ゴリさん。時間……そんなに無いっす」

「……ッ！　ああ、クソッタレ!!　薄々分かってたンだよ!!　オメェも、鹿山も、柳良も、多分全員普通じゃねェってことぐらいは!!　だが全員、可愛い後輩だろォが!!」

「ゴリさん――」

とても鋭い……いや、『人を良く見る人』なんだ、この人は。慈愛とか、寛容とか、そういう言葉が似合う人だからこそ、俺や鹿山、柳良のことすら薄々勘付いていた。

ゴリさんは両手で頭を抱え、肩を震わせて……やがて。

「――犀川ァ。気付いてたか？　オメェが当局の銃を扱う手付きはよォ、明らかに素人のそれじゃねェ。試し撃ちは、わざと的を外して撃ってたろ？　ブローバックがどうのこうの言ってたのだって、バカが通ぶったわけじゃねェ。本物に触れていたからだ。違うか？」

「……俺は、ただの大学生で、あなたの後輩です。それは、絶対に嘘ではないです」

「そうかィ。一番嬉しい返答だ――寂しくはあるがなァ。オウ、犀川ァ」

「はい」

「……銃、選んでけやァ。全部貸してやる——明日返しゃそれでいいからよォ」

それが、この人が今出来る最大限の譲歩なのだろう。一般人でしかないゴリさんは、俺が今から何をやろうとしているか、予想は出来ても理解が出来ない。警察を呼んで、後は事態を見守ること以外に、そもそも取れる選択などないのだ。普通の人間だったなら。

本当は、俺を送り出したくなんてないはずだ。だから俺は、心からの感謝を述べた。

「ありがとうございます、ゴリさん。今から着替えるんで、部屋で待ってて下さい」

「了解。そうだ——犀川ァ。あと一つ、鹿山について言ってねェことがあンだ」

「何でしょう?」

「オメエが、気になる女が居るっつッて、柳良のことを初めて当局らに教えた時だ。まだオメエは柳良の情報なんざ何も言ってねェのに、鹿山は『その後輩の子でシコれ』って言ってたンだよ。多分だが鹿山は……オメェが柳良に惚れたことをハナから察してやがった」

そんなことまで見ていたのか、この人は。俺は全く気付かなかったのだが。

確かに、鹿山は合コンで柳良を知っているので、察すること自体は可能だろう。

しかし、それが一体——

「あンま言いたくねェが——鹿山を助け出すのなら、鹿山そのものにも気ィ配れ。当局が薄々気付いたのと同じで、鹿山も何か……オメェらの事情に気付いてンだ」

「分かりました。忠告ありがとうございます」

「終わったら連絡入れろやァ。三時間経って連絡が無かったら、警察に通報すっからよォ」

「それで大丈夫です。まあ――余裕っすよ、多分」

この人を不安にさせないよう、俺は努めて明るく笑顔を見せた。

「はァ……。隠し味だらけだなァ、当局以外は……」

が、こういう状況で笑うヤツはイカれているのだろう。ゴリさんは呆れ返っていた。

＊

指定場所は湾岸地帯にある、使われていない雑居ビルだ。ほぼ廃ビル同然で、周囲一帯は開発中止になったのか、空き地だけが広がっている。

俺はゴリさんから借りた大型バイクを飛ばして、ビルの近くに停めた。

「さて……どうするか。割と人数居そうだな」

ビルの近くには、改造車が何台も停まっている。バカの集会場として、こういう場所はうってつけなのかもな。警察もわざわざこんな場所まで見回りに来ないだろうし。

正面切って突っ込んでもいいが、騒いでいる間に鹿山に危害が及ぶのは避けたい。

壁伝いにビルを登って、二階か三階から侵入すればいいか？

——とんっ。上空から銀色の何かが降り注いだので、俺はすぐに銃を引き抜く。

が、すぐに構えを解くこととなった。降ってきたその白銀は——

「は……？　な、柳良……!?」

「え、えええええ!?　犀川くん!?」

——柳良だった。腰にあの刀（《雲雀》だっけ）を佩き、そして身に纏っているのは。

「お前、その格好、《組織》の……」

「あ、ちょっ、見ないで！　かなりきつきつなんだからね!?　ほんとだから!!」

《組織》の隊服を、柳良は着用していた。どう見てもフィットしており、めちゃくちゃ動きやすそうである。にしても懐かしいな。今着てもやっぱり……似合っている。

「っていうか、犀川くんも昔のやつ着てるじゃん！」

「ああ、まあな。戦闘を想定してるから、念の為に」

俺も《志々馬機関》の戦闘服を着ている。かなりキツイが、しかしこの服は特殊繊維で編まれており、防弾性と防刃性、耐火性や撥水性に優れる。荒事を行うなら、まず着ていて間違いないだろう。あまり人に見せたくないデザインだけど。何かこう、コスプレみたいだし。

って、服装の品評会をしている場合じゃない。他に訊ねることがあるだろうに。

「柳良。どうしてここに？」

「そうだ。芳乃からSOSの連絡があって、それでここに居るって。だからすぐに助けようと思って、犀川くんの予定を蹴って、ここまで空を跳んできたの。あなたは？」

「狐里さんが……。俺は鹿山が変な連中に捕まったって連絡があったから来た」

「鹿山先輩も……？　ってことは、二人ともこの変な人達ビルにいるの？」

「そうなるな……（変な人達ビルて）」

しかしどういうことだ？　鹿山と狐里さんの接点は、合コンで顔合わせしたぐらいのはずで、以降の繋がりなんて見えないが。だが偶然の一致にしては——出来過ぎている。

（接点……。いや、まさか——）

「芳乃はビルのどこかに隠れてるみたい。すぐ探さなくっちゃ」

「そうしてやってくれ。俺は鹿山を探す」

「じゃあ別行動だね」

「いや——まどろっこしいか。柳良、手を貸せ」

俺の武器は色々仕込んできたが、しかし一番の得物である籠手（名前忘れた）は、押し入れが開かないので持って来ていない。なので隠密行動を考えたが、事情が変わった。

柳良と利害が一致するならば、二人で真正面から迅速に突破した方が確実に早い。

「えーっ……」

「何で嫌がるんだよ」

が、柳良はじっとりとした目で俺を見ている。一体何が不服なのか。

「わたしが手を『貸す』んでしょ？　犀川くんからすれば『借り』だよ、それって？」

「ああ、なるほど。細かいな……。あー、柳良。俺と手を組むぞ」

「いいよ！　一緒に行こ！」

俺達の現在の関係性を鑑みるに、貸し借りするよりかは適切な表現だろう。故に言い直すと、柳良はにっこりと笑った。クソッ、可愛いな……。戦意が……。

あまり柳良の顔を見ないようにして、俺はビルの入り口に向き直る。

「細かい策は要るか？」

「ぜーんぜん。正面からで。ちゃんとついてきてよね！」

「こっちのセリフだ。じゃあ——行くぞ」

柳良との共闘は、実は過去に何度か、それこそ成り行きでやったことがある。しかし今回のような、最初から双方合意の上で共に戦うというのは初めてだ。

——柳良は、俺が世界で最も信頼出来る味方だ。実力的にも、心情的にも。

「俺は左を叩く」

「はーい」

ビルの入り口には、見張りと思しき男が二人座り込んでいた。スマホを眺めていたのだろう、俺達の接近にこいつらはまるで気付かず、そして気付いた時にはもう遅い。

共に一撃で見張りを昏倒させ、俺はビルのガラス戸を蹴り破る。

「な──」

「対象７。左３」

「はいはーい。じゃあ右４！」

これは散歩か、或いは準備運動にも満たない。だだっ広いエントランスには、雑に置いたソファやら椅子があって、そこに連中の一味が寛いでいた。蹴り破った音で俺達の侵入に気付くものの、あえて言うが百手は遅い。俺達は相手の人数を即座に把握する。

柳良の周囲から拳大の飛礫が現れ、一度に四つ射出される。それらは狙い過たず、男共の額に直撃し、一斉に地面へ沈める。俺はゴリさんから借りたガスガンを引き抜いて、瞬時に三回トリガーを引く。これはＢＢ弾ではなく、強化ゴム弾を撃てるのだが、当たり所によっては激痛で悶絶、或いは気絶する。要は、男三人を同時に気絶させるなど容易いってわけだ。

一階は殲滅した。柳良は跳んで、階段の吹き抜けを一瞬で駆け抜ける。

俺も地面を蹴って、最下段から踊り場へと一足で跳び、すぐ二階に辿り着く。

──ジリリリリリリリ！

「警報器──誰かが騒ぎを聞き付けたか」

「思ったより早いね」

「何だフッ」

前方に居た、口を開きかけた男を銃で黙らせ、二階の状況を確認する。

一階に比べると閑散としている。ただ、更に上の階からぞろぞろと連中が駆け下りてくるのが見えた。『巣』はもうちょっと上の階か。そこに鹿山（かやま）は居るだろう。

「犀川（さいがわ）くん。その靴って昔の？」

「ああ。やっていいぞ」

「りょーかい！」

柳良（なぎら）が地面を一度踏み鳴らすと、フロア一面が瞬時にスケートリンクのような氷張りに変貌した。連中は次々とバランスを崩して転倒する一方で、柳良（なぎら）はアイススケーターのように、氷上を滑らかに舞う。柳良（なぎら）にとって、銀世界は己のフィールドだ。

地形を凍らせるのは柳良（なぎら）の得意技だったので、俺は靴底を氷上で活動出来るように改造していた。滑る柳良（なぎら）とは対照的に、俺は真（ま）っ直（す）ぐ走り抜け、柳良（なぎら）が相手にしなかった奴（やつ）らを撃ち抜き、片付ける。本当に欠伸（あくび）が出るくらいに余裕だ。相手にもならない。

「そろそろかな？」

「ああ」

三階に到達する。フロアに侵入した瞬間——

「死ねや‼」

待ち伏せで釘（くぎ）バットを顔面へと振るわれる。軽く避けて、俺はそいつの足を払って転倒させ、顔面を踏んで黙らせた。柳良（なぎら）への不意打ちも同様で、柳良（なぎら）は刀の鞘（さや）で鉄パイプを受け流し、鞘（さや）

で相手の側頭部を叩いて気絶させる。カランカランと、二つの転がる金属音。

「な……なんなんだ、テメェら……⁉」

「その声……電話の主か。鹿山は無事だな？」

俺に電話して来たであろう男が、驚愕の表情で俺達を見ていた。

三階が『巣』のようで、縛られた鹿山と、数名の男達が居た。狐里さんの姿は見えないが、ここより上の階に居るのだろうか。柳良は首を傾げながら、『掃除』に取り掛かる。

鹿山はボロボロだったが、殺されてはいない。流石に殺人を行う度胸は無いか。

「ゴッ、五十ま「黙れ」ヴ」

こいつと喋るつもりはない。俺はさっさと撃って、主犯格と思しき男を地に沈めた。

柳良も残りの『掃除』を終えたらしい。俺の隣へとやって来る。

いつの間にか警報器も鳴り止んでおり、一気にフロアが静かになった。

「おい、鹿山。しっかりしろ。無事か？」

「ぐ……ぅ……」

「ひどい……。いっぱい叩かれたみたい……」

鹿山を縛るビニール紐を引き千切り、俺は意識を確認する。かなり痛め付けられたものの、今すぐ救急車って程ではないだろう。薬も持参したから、応急手当をしてやるか。

俺は鹿山のシャツのボタンを幾つか外し、外傷の有無を見ていく。

「鹿山（かやま）を手当する。柳良（なぎら）は狐里（くり）さんを探してこい。もう敵も大して居ないはずだ」

「うん。芳乃（よしの）、上に居たらいいんだけど……」

「犀川（さいがわ）……それに、柳良（なぎら）ちゃん……。な、柳良（なぎら）ちゃん………？　ホォォウ!!」

目を覚ました鹿山（かやま）は、俺と柳良（なぎら）の姿を確認すると同時に、柳良（なぎら）を見ていつもの異常行動を取っていた。電流を流されたみたいに、ビクンとその場で跳ねる。応急手当いらねーな。

「ねえ、鹿山（かやま）先輩。元気そうだから、一つ訊（き）きたいんですけど――」

上階に行こうとした柳良（なぎら）だが、鹿山（かやま）が起きたので質問をしている。「何かな？」と、鹿山（かやま）は割と涼しげだ。やっぱそこまでダメージが残っては……。


「――どうして自分の危機に《祝福（ブレス）》を使わないんですか？」


「……え？」

「…………」

柳良（なぎら）の疑問が、俺には理解出来なかった。さも当然のように、柳良（なぎら）は続ける。

「戦闘用じゃないから？　ならしょうがないですけど……」

「ま、待て。柳良（なぎら）、お前何を」

「なにって、なにが？　だって、鹿山（かやま）先輩って《祝福者（アクター）》でしょ？　わたしは見覚えないから、

「この人って元《志々馬機関》の人なのか、犀川くんに訊こうと思ってたんだけど……」

——んー、そうじゃなくて。あの人ってさ……——

そう言えば柳良は、鹿山について俺に何か訊ねようとしていたことがあった。

結局柳良が質問を飲み込んだので、よく分からずじまいだったが——

「……柳良。根拠が無い。鹿山が《痣持ち》である根拠が」

「《祝福者》同士って、何となく分かるけど……それ以前に、鎖骨の下に痣が、あ、あ、あるよ？」

「違う!! 俺には痣なんて見えない、い、い、い!!」

決定的な差が出た。これまで鹿山と接してきたら、服装によっては鎖骨付近ぐらい目に入るだろう。だから鹿山と出会った当初、どこかのタイミングで柳良は鹿山の痣を見た。

それに今だって、俺は鹿山のシャツのボタンを外している。《痣持ち》である証明、羽根形の痣があるなら、どれだけ俺がバカでも絶対に気付くはずだ。

「やっぱり、この痣は何か特別で——超能力は《祝福》とか《祝福者》？　そう呼ぶの？　で、君達のその奇妙な格好……コスプレの類じゃなさそうだ。すごいな、制服みたいなものかい？　持っている銃や刀は本物？　レプリカ？　おいおいおいおい、テンション上がるなあ」

「鹿山……!!」

複数の情報が連結して、結論に辿り着こうとしている。

鹿山は《痣持ち》で、俺や柳良の過去に勘付いていて、そして——

「リッカ！　犀川さん！　そいつッ、《祝福者》で！」

「芳乃⁉」

上の階から、狐里さんが息を切らせて走って来る。同時に、叫んだ。

「人を操る《祝福》を持ってる‼」

——狐里さんと鹿山を唯一結ぶものがあるとすれば、それは。

「探偵事務所に俺を探らせた『顧客』は……お前なのか？」

「ははっ。流石犀川、分かるんだ。まあアレは無駄骨だったけどね」

指を鳴らす鹿山。その途端、叩き伏せた連中が、意識も無いのに立ち上がる。

「人を操る超能力っていっても、幾つか種類があってさ。その中の一つをお見せしよう」

「やめろ、鹿山‼　意味が分からねえ‼　何故そんなことをする⁉」

「意味が分からないからさ。なあ、犀川。君は……君達は何なんだ？」

逆に質問をする鹿山。男の一人が大きく腕を振り上げ、俺に叩き付ける。俺は片腕で受け止めたが、さながら鉄槌でも振り下ろされたかのような衝撃が身体に走った。

「ぐッ……！　な、んだ、この怪力……⁉」

「これは『自動操縦』。目の前の相手を襲え、みたいな簡単な命令しか出せない代わりに、大勢を同時に操れるし、意識の有無は関係ないし、僕が離れていてもずっと一つの命令を実行させられる。それに、『自動操縦』中は脳のリミッターが外れるみたいで、操作対象は力も強くなれば足も速くなるのさ。ま、操作終了後は彼らの身体がボロボロになるだろうけど……って、ああ、こういう自分の超能力の中身は、あまりペラペラ言わない方がいいのかな？　ごめんごめん、忘れてくれよ。誰かにこうして、自分の力を説明するのは初めてだからさ、つい」

人間を操るという、鹿山の《祝福》。

説明が全て真実なら、この連中は現在、目の前の敵――俺や柳良をとにかく襲うようにオートで動いているというわけか。ご丁寧に脳のリミッターを外され、全力で。

俺は一旦攻撃を受け流し、全力で男の脇腹を蹴り飛ばしてもう一度昏倒させた。が、男はまたも起き上がる。元より無意識なのに操られているから、何度倒したとて無駄か。もっと物理的な拘束――こいつらを縛り付けるなり何なりしないと、止めることは出来ないようだ。

俺がどうすべきか思索していると、残りの男達は柳良と狐里さんに向かう。

不味い。こいつらは、起きていた時よりも遥かに厄介だ。

「うひゃあああああ!!　ちょっ、こっち来たあ!!」

「大丈夫だよ、芳乃」

フロアの温度が急激に低下する。瞬きした後には、もう男達全員は首から下が凍り付いており、冷凍マグロみたいに雑に地面に転がっていた。

これではもう身体を動かすことなど出来ないだろう。柳良が本気を出したのだ。

「へえ……すごいなぁ、柳良ちゃん。君、本当に人間なの？」

不自然なまでに身体を揺らしながら、鹿山は半笑いで言う。

「……そうですけど」

「こいつ、悪そうな連中に取り入って、仲間になって、で、自分から捕まったの。アタシはずっとそれ追ってたんだけど、下手打って逆に捕まっちゃって。まあ逃げげんの得意だから、こうやってすぐ逃げたんだけど……ともかく、こいつ何か企んでっから！　クズだから!!」

「最近僕をずっと追っ掛けてたのは、やっぱり玄羽所長の指示かい？」

「そう！　ウチのボスはアンタが前歴持ってること知ってんだ！　で、顧客が犯罪に走ったら自分に累が及ぶかもだから、バイトに追跡させる真のドクズだっつの!!」

よく分からないが、狐里さんのバイト先の探偵も、顧客である鹿山のことを逆に疑っていたようだ。どうやら保身から来る疑いのようだったが……。

「鹿山。事情を話してくれ。お前は何がしたいんだ？」

「うーん……したいというか、知りたいというか。まず、僕はこの超能力について、大した知識がない。子供の頃に突然使えるようになっただけで。ただ、結構不安定な力でね——割と悲劇が続いたかなぁ。僕のせいで両親がいきなり喧嘩したり、クラスの全員で殴り合いになったりね。で、騒動の渦中にいつも僕が居るから、最終的に警察の世話になったよ。ま、超能力の存在なんて証明不可能だから、前歴で済んだんだけど。ここまではいいかい？」

「《祝福》を知らない……。つまり、偶発的な《痣持ち》なのか、お前は」

どういう手段なのかは知らないが、《志々馬機関》も《組織》も、異能力者となった者を察知し、その回収を行っていた。要は自組織へのスカウトだ。

無論、この二つ以外の組織も小規模だが複数存在していたし、そこにも《痣持ち》は居る。

なので、99%の異能力者は、何らかの形で裏社会的な部分に関わっていくのだが。

「えと、たまにいるんだっけ？　『こういうの』をなんにも知らないままの人……」

「いわゆる『取り零し』かね。レアケースだけど、確かにあるっちゃある」

「続けるよ？　まあそれで、僕は自分の力の使い方こそ分かれど、その正体をよく知らずに育ったわけだ。でも、僕は確実に他の人間とは違う。やろうと思えば、この力は何だって可能にする。虚しくなるから、大学入るまでにはやめちゃったけどね。あ、女性恐怖症になったのは、昔この力で手痛いしっぺ返しを喰らったからだよ。女の子って操るものじゃないね」

「サラッと言ってっけどさ。アンタ、これまでどんだけの人間を……」

侮蔑した目で鹿山を見る狐里さんだったが、鹿山は素知らぬ顔で続けた。

「結局、この力って未知なるもので、僕だけのオリジナルかと思っていた。けど、大学に入って……居たんだよね。明らかに常人とは違う感じのする男がさ」

「それが……俺か」

何故、俺みたいなぼっちにこいつが話し掛けてきたのか。その理由が分かった。

知識は無くとも《痣持ち》だから、感覚的に俺の持つ力量に気付いたのだ。

……ああ、畜生。だったらこれ以上、鹿山に語らせるのはまずい。分かってきた。

「最初、犀川は普通に接してくれたけど──僕の痣をチラッと見た瞬間、竦み上がるほどの殺気を放ったんだよね。そこで僕は気付いた。この痣って何か特別なもので、それは僕の超能力に由来していて、そして彼はそのことについて一定以上知っていると」

「だから、俺に──」

「そう。超能力を使った」

やはりか。俺は既に、鹿山に《祝福》を行使されている。俺が全く知らない間に。

「けど、僕の力はあくまで人の肉体操作がメインで、精神操作は出来ない。声を強引に出させることまでは可能だが、何を喋らせるかまでは指定不可能。だから犀川自身の意思で話してくれない限り、僕は知りたいことを何も知れないんだよ。じゃあ君と仲良くなるしかないが──この痣って、君の警戒心を最大まで引き上げるんだろう？」

「……ああ。故に、俺に痣を知覚出来ないようにした」

「正解。視覚は肉体に依るから、そういう応用は出来るんだよね」

一瞬だけ見えた痣に、俺は本能的に殺気を放った。が、すぐに鹿山は能力で俺の視覚を操作し、痣を見えなくした。もう痣が見えない以上、俺のそれは『見間違い』でしかない。

だから鹿山を単なる一般人だと誤認したまま、普通に仲良くなっていった。

ただし鹿山の誤算としては、どれだけ仲良くなろうと、俺は何も吐かなかったことか。

「二年経っても何もないし、もう諦めてもよかったんだけど――やっぱり犀川と一緒に居ると、収穫があるんだ。柳良ちゃんと、あと狐里ちゃんもかな？　明らかに常人ではない子が、あの合コンに来た。まさか超能力を使う女の子が居て、それが犀川とも知り合いなんて」

「これリッカが合コンで氷投げたやつじゃん……」

「だ、だってぇ……」

「柳良の投げた氷の量が明らかにおかしいと、お前は分かったんだな。同じ能力者だから」

「だね。ま、あの合コンの目的は、駒でも増やそうかと思っただけなんだけどさ」

「駒、か」

俺は氷漬けで倒れている一人の男を見る。最初にビデオ通話が来た時に、俺はそいつに見覚えがあった。それが誰なのか、今なら思い出せる。

「あいつ、合コンの主催者だろ。男側の」

俺と鹿山にキレて帰らせたヤツだ。名前は知らないが、金を払ってくれたので覚えている。

「よく覚えてたね。ま、人脈作りの一環だよ。結果的に、こうやってガラの悪い彼らを使って一芝居打てば、犀川は僕を助けに来てくれる。恐らくは持ち得る超人的な技能を使ってね。そうすればもう何も隠し立ては出来ない――その時に僕も、自分の持っている超能力を君に見せようと思っていたんだ。ま、ここに僕と同じ超能力者である柳良ちゃんや、杜撰な追跡で笑わせてくれた狐里ちゃんも来るとは思わなかったけど。ただ君達が居れば尚のこと、もう何も隠し通せないよね。ははっ、来てくれてどうもありがとう！」

「うっせバーカ!!」

「……たったそれだけの為に、わざわざ演技でボコボコにされたってのか？」

「変態だよぉ……」

ただ俺を呼ぶだけでは足りない。俺が戦闘力を発揮するようなシチュエーションを作って、そして呼び出した。鹿山は……俺の友達だ。そりゃ助けに行くに決まっている。

その狙いは間違っていないし、見事に目論見通りってわけだ。

本来、俺は鹿山を助けたら、起こったことに対して、適当に理由を付けて誤魔化すつもりだった。犀川狼士は喧嘩がクソ強いんだぜ、すげえだろ……ぐらいのノリで。

実際は——そうもいかなかっただろうな。

鹿山は本気で、こちらの事情に首を突っ込もうとしているから。

「それだけの為って、悲しいなあ。僕にとっては重要なことなんだが。それに、半分くらいは演技じゃなく流れだよ。犀川は金持ちって嘘を教えているからね。だから僕を使って脅せば金を引き出せるって言ったら、彼らは超能力なんて必要なく勝手に動いてくれるクズだし」

「人を自由に操れるアンタもクズだっての！」

「ははっ。操れる以上はどうしようもないじゃないか。なあ、犀川。僕のこの力は一体何なんだ？　僕は本当に同じ人間なのかい？　君達が居た世界は、僕にその答えをくれるのか？」

「知るかよ。でも、教える。お前が知りたいこと全部な。勿論、他言無用だが……」

全部知って鹿山の気が済むなら、それに越したことはない。知りたいが故に、こんなクソ面倒な事態を引き起こしたのは腹が立つが、ここで終わるならもうそれでいい。

俺のその提案を──鹿山は、薄ら笑いで応えた。

「ありがたいなあ。けど、それは駄目だよ犀川。つ、ま、ら、な、い」

「つまらないって……おい、もういいだろ。これ以上何を望むんだ」

「僕は君を利用しているだけのクズだぞ？　友達の皮を被った上でね。そんな奴に優しくするのはさ、やっぱりおかしいじゃないか。もうちょっと暴れないと、君達が僕を成敗する理由に欠けてしまう。い、な、あ、な、あ、で終わらせないでくれ。僕は──面白いことが好きなんでね」

案の定だ。こいつ……暴れたがっている。この前、どこぞのバカキンが言っていた。

《痣持ち》は獣で、俺みたいな無能力者は兎だと。獣はずっと窮屈にしているのだと。

だから鹿山がそういう気分にならないように気を付けたが、駄目だった。

「柳良!!」

「え？」

《痣持ち》と相対する時は、まず所持する《祝福》の情報を引き出す必要がある。能力内容、範囲、持続時間、発動条件、『代償』など。知れば知るだけ、対策が立てられる。

もう俺の中で、八割ほど鹿山の《祝福》について分析は終わっていた。

能力内容は、人間を操る……というより、他者の肉体を操る。五感の一部だけ精確に操作するようなことも出来れば、気絶した人間の全身を無理矢理に動かして人形のように操ることも可能。意外に応用が利く、使い手によってはかなり厄介な《祝福》だろう。

範囲は最低でもビルのワンフロア全体。口ぶりからすると、ビル一棟分ぐらいは効果範囲内にありそうだ。使い方にもよるのだろうが。

持続時間は不明だが、かなり長いと思われる。俺は結局、二年間鹿山の痣に気付かなかった。そのくらいに継続的、持続的に能力が続いているわけだ。無論、幾度も掛け直しはあったが。

そして――能力の発動条件は恐らく、操作対象に鹿山が直接触れること。

「構えろッ‼」

俺は叫びながら反転し、柳良に胴回し回転蹴りを叩き込んでいた。

「ちょっ……！　いきなりなんなの、犀川くん‼　手、組んだのに！　うそつき！」

瞬間的に柳良は刀の鞘で俺の蹴りを受け止め、後方に跳んで衝撃を逃している。

「分かるだろ！　俺の意思じゃない！　俺はもう鹿山の支配下にある‼」

「え、そうなの⁉」

驚くことじゃない。元より俺は、鹿山に視覚を操作されていた。そこから肉体自体の操作に切り替えられるというのは、何も不思議ではない。とはいえ、これで確定した。鹿山はやはり、直接触れないと能力を発動出来ない。もし鹿山が見るだけ、近寄るだけで操作可能ならば、柳良や狐里さんも操られるはず。だがその気配はない――鹿山は女性に触れられないから。

「ははは っ！　操れるって分かってたの？　すごいな、犀川は」

「『自動操縦』があるなら……『手動操縦』もあると考えるのは自然だ。今俺に使っているのは、果たしてどちらかまでは分からないが」

「そうだね。あえて伏せてたんだが、無駄だったようだ。その通り、僕は『手動』で意のままに対象を操ることが出来る。ただ、『自動』は対象が見えなくても使えるけど、『手動』は目視範囲内に相手が居ないといけない。こっちはラジコンのコントローラーを僕が持つイメージかな？　その分、何だってやらせることが可能だけどね。こんな風にさ」

俺は銃を抜き放ち、柳良へ発砲した。だが、柳良は氷の飛礫で自動迎撃する。

「おいおい。本物じゃないとはいえ、これってゴリ先輩の銃だろう？　それを事も無げに防ぐって、やっぱり柳良ちゃんは人間じゃないのかな？」

「う、うるさい！　です！」

「ちょ、待って！　犀川さん操られてるなら、もしかしてアタシらも――」

「大丈夫だ、狐里さん。発動条件を鹿山は満たしていない。二人は操れないさ」

「ははっ！　言ってないのにそれも気付いてるの？　どこまでなんだよ、犀川！　君は！」

操作のタイミングは、鹿山が触った瞬間ではない。鹿山自身が操作したいと思った時に、過去身体に触れていれば操作出来る。俺はここ最近、鹿山に一切触られていない。だが鹿山がこれまで、何度も俺に触っているから、能力の発動条件はずっと生きたままなのだろう。

あいつは事あるごとに、よく俺にボディタッチしてきた。

それで発動条件を満たし、同時に能力を俺に掛け直していた。痣を俺に見せない為か。

「だ、『代償』は⁉　きっついのなら、そんな使い続けられないかも……！」

俺の拳を上手く躱しながら、柳良が言う。《祝福》には必ず『代償』がある。

「いや——そう大きな『代償』じゃない。鹿山の身体を見れば分かるさ」

攻撃の合間を縫い、柳良が鹿山に視線を這わせる。俺も目は動くので、そちらを見る。

ガタガタガタ。鹿山は壁にもたれたまま、右手を滅茶苦茶に動かしていた。

不随意運動。それが鹿山の『代償』だ。

こいつはよく奇行に走るが、それは女性恐怖症から来るハチャメチャな動きと——自分ではどうしようもない、『代償』による肉体の勝手な動きの二つがあったのだ。

「『代償』って？　よく分からないが、この力を使うと絶対にこうなるんだよね。ま、勝手に身体のどこかが動いてしまうだけで、どうってことはないけど」

出会った時もそうだ。鹿山はまず俺の肩を叩き、その後に物凄い貧乏揺すりをしていた。

あれは鹿山の悪癖じゃなく、俺に《祝福》を使った『代償』だったんだ。

「お前や《土塊》と違って、長時間の使用があまり苦にならないタイプの《祝福》だ。時間経過で操作が解除される、とは考えない方がいい。やれやれ……鹿山が素人で良かったな」

「なんかクールに分析してるけど！　攻撃やめてよ、犀川くん！」

「無理だ。自由が効かない」

俺は果敢に、柳良に対して格闘戦を仕掛けていた。思考と動作があまりにも不一致で、夢でも見ているような気分になってくる。柳良は上手く攻撃を避けているが、反撃するかどうかを躊躇っていた。無論、俺自身には柳良を攻撃する気はまだ無い。

「今まで結構な人を直接操ってきたけどさ。犀川はモノが違うね。柳良ちゃんには申し訳ないけど、もうちょっと争ってくれないか？　こんなの滅多に見られるものじゃないからさ！」

「犀川くん！　このままだとわたし、本気で――」

不安の中に戦意の滾りを見せる柳良。一方で俺は、大体必要な答え合わせも終わったと判断したので、すぐに指示を出すことにした。

「狐里さん！　香水を鹿山の顔に吹き掛けてくれ！」

「へ⁉　何でそれを――」

「いいから！」

「りょ、了解！　汚物は消臭じゃボケェ‼」

ダッシュで狐里さんは鹿山に近寄り、懐から取り出した香水を顔面に吹き掛けた。

「うっ、ごほっ、えほっ！　何を――……」

「柳良！」

「うん！」

ごりっ……。柳良は鹿山の額を抉るようにして、刀の鞘を突き付ける。

「……⁉　操作が……」

「お前は知らないだろうが、極端に集中力が乱された時に、《祝福》によってはその能力を維持出来ないことがある。何かを操作するタイプの《祝福》は、特にその傾向が強い」

例を出すなら、《土塊》の粘土操作は、本人が攻撃されるとその操作精度が落ちる。

鹿山は香水で咳き込み、その間俺の操作が一時的に中断され、詰みの状態になった。

「あ、もう犀川くん操作しちゃダメです。これで叩きますよ？」

「……参ったな。こんな一瞬で負けるのか」

「鹿山。悪いが俺達は場数が違う。まず、お前の能力は前線向きじゃない。お前自身に戦闘力が付与されるわけじゃないのに、使用者であるお前さえ倒せばどうにかなるからな。だからそれは、事前に適切な運用を考えた上で、後方からの支援で使えば輝くタイプの《祝福》だ。あと、仮に相手の肉体を直接操作しても、すぐ対象の声を奪わなくてどうする。今みたいに、敵が複数周囲に居たら、こうして指示を出されるんだ。想定が何もかも甘過ぎるんだよ」

「ははっ、プロだなぁ、まるで。いや、プロなのか——犀川達は、何かしらのさ。僕みたいな素人は、端から相手にならないってことか」

「ったりめえよ。アタシはゴキブリ素手でぶっ叩けるプロの猛者ぞ」

「芳乃のそれ頼りになるけど、素手は汚いからやめてほしい……」

諦めたのか、鹿山は大袈裟なまでにホールドアップのポーズを取った。既に俺への肉体操作は解除されており、柳良も狐里さんもようやくホッと一息つく。

「さあ、僕をどうする？　煮るなり焼くなり好きにしてくれ」

「はあ？　だから何もしないって。ゴリさんが心配してるから、今からスマホでメッセージの一つでも送れ。あと今度お詫びに何か俺に奢れよな。それで解決だ」

俺は床に落ちていた鹿山のスマホを拾い上げ、本人に投げ返す。不服そうなツラだ。

「言っただろう。なあなあで終わらせないでくれって。僕は二年間、君を――」

「それでもお前は俺の友達だよ。お前が否定しても、俺はそう信じてる」

「犀川くん……」

他に目的があったとして、じゃあ鹿山は義務的に俺と会っていたのか？

答えはNOだ。そんなもん、とっくに分かってる。だから怒る気にもならない。

鹿山の《祝福》では意識まで操れないしな。『強制的に仲良くなれ』みたいなことは不可能で、だからこそこの二年間、俺達の付き合いに嘘なんか一つもない。

「そもそも、俺から情報を引き出したくて、仲良くなったんだよな？　じゃあお前のその目論見は成功してるよ。現に仲良いし、俺ら。だからもう何でも話してやるって」

「……やめてくれよ。途端に惨めになってきた。僕だけずっと空回りしてるじゃないか」

「最初からそうだろ。言っとくけど、俺の経験上、お前の能力ランクは雑魚(ざこ)以下だぞ」

「マジかよ。どんな世界なんだよ。知りたいけど——もう知ったところで、あまり意味は無さそうだ。なあ……犀川(さいがわ)。僕みたいな超能力者は、一体何なんだ？　こんな力、普通じゃない。人間が持っていていい力じゃない。なら僕は、人間ではないのか？」

結局それが、鹿山(かやま)が抱いていた根本的な疑問なのかもしれない。

《祝福(ブレス)》。超常的な異能力。おおよその人間には持ち得ない、奇跡を起こす力。

そんな力を持つ者は、果たして同じ人間と呼べるのか。

俺の答えは——もう決まっていた。

「同じ人間に決まってる。《祝福(ブレス)》はただの道具だ。お前ら《痣持ち(ブルーズ)》——異能力者は、他の人間よりも一つ多く、便利な道具を持って生きているだけに過ぎない。たったそれだけのことなのに、良(い)い道具ってのは随分と人を惑わせるんだよ。なあ、そうだろ——」

ゆっくりと、俺は銃口を向ける。俺にとっての『道具』は、銃(こいつ)だから。

「——《白魔(ハクマ)》」

乾いた音がフロアに響き——俺は、本来の目的に立ち返る。

＊

「な……っ！」

いきなり犀川くんがわたしに発砲した。あれは本物の銃じゃないし、そもそも撃たれたところでわたしの《祝福》は銃弾を迎撃してくれる。だから問題はない、けど。

きっ！　と、わたしは鹿山先輩を睨む。まだこの人は……！

「ち、違う！　僕は何もしていない！　犀川の意思だ！」

「犀川くんの意思って、そんなことする意味が――」

「リッカ!!　『敵意』がある!!　《雲雀》構えて!!」

芳乃がいち早く、犀川くんの豹変を察知した。わたしは《雲雀》を鞘ごと構えて、彼の蹴りをどうにか受け流す。一撃が重い……これは、冗談や演技で放ったわけじゃない。

「犀川くん……！　どういうつもり……!?」

「『どういうつもり』？　寝ぼけたことをほざくなよ、《白魔》」

彼が数回引き金を引く。呼応するように、氷弾が弾丸を撃ち落とす。

一歩、二歩、大きく犀川くんは後退して、銃口をわたしに向け続ける。

「鹿山。悪いがお前は前座だ。手間が省けたよ――元々こうするつもりだったからな」

「ちょっと！　さっき手を組んだでしょ⁉」

「鹿山と狐里さんは助けた。もう俺達が組む意味は無い」

「それでも意味わかんないってば！　どうして急に仕掛けてくるの！」

「決着がついていない」

きっぱりと断言する。決着、という言葉に、わたしは……ようやく思い至る。

いつの間にか、うやむやになっていたそれ。本来わたしと彼が会う意味。

柳良律花と犀川狼士。そのどちらが『上』なのか。勝負して決めるという目的。

「まだそんなこと――」

「《白魔》。言い忘れていた。俺にとってお前は――宿敵だ。生涯ただ一人の」

「宿、敵……」

今なら答えられる。お前が俺にとって何なのか、ハッキリ言える。柳良。お前は俺の――

最後まで聞けなかった、あの言葉の続き。それは、わたしと彼にある元々の関係性。

「よ、芳乃が言ってたでしょ！　バトルごっこの時代はもう終わったって！」

「『ごっこ』はな」

大きく足を振り上げた犀川くんは、凍って転がっていた男の人を蹴り飛ばしてきた。

まるでボールでもパスするみたいに、弧を描いて人間が飛んでくる。ふざけたキック力だけど、彼なら可能な芸当だ。これは質量的に撃ち落とせない――回避するしかない。

わたしは大きく横に跳ぶ。途端、大きな影がわたしを覆う。犀川くんが仕掛けてくる……！

「――っ、違う！　また男の人……!?」

鞘に入った《雲雀》を横に薙いで弾き飛ばしたのは、他の気絶している人。

じゃあ犀川くんは一体どこに――

「リッカ!!　後ろ!!」

「え――……」

芳乃の声がしたが、一手遅かった。わたしの背中に、固い何かが叩き込まれる。

《祝福》での防御を貫通するぐらいの威力……犀川くんの肘打ちだ。続けざまに、彼はわたしを靴底で蹴っ飛ばす。そのままわたしは吹き飛んで、強く壁に打ち付けられた。

「……痛っ……。こ、の……！」

隊服で良かった。普段着ならこれでもう、骨が何本か折れてる。

「理解しろよ。これは『ごっこ』じゃない。戦闘だ」

乾いた音が四つ。怯んでいるわたしに、容赦なく犀川くんが発砲する。

全て氷弾が迎え撃つ。わたしに銃は効かない。そんなこと……彼は承知だろう。

《祝福》を使えば使うほど、わたしは『代償』で体温を失う。どんどん身体が冷えて、最終的には低体温症になって戦闘不能になる。彼はわたしを、じわじわと削っているんだ。

「なん、で……。こんなの、おかしいよ……。もう、わたし達が戦う必要なんて……」

「俺は《羽根狩り》——《痣持ち(ブルーズ)》を狩る者だ」

戦う理由を、犀川(さいがわ)くんは……《羽根狩り》は、そう定めた。

『目』を見れば、明らかだ。彼が冗談でこんなことをしないってことくらい。

本気で、全力で、『宿敵』のわたしを倒そうとしている。決着をつけるために。

それにわたしは、応えなくちゃならない。本気で——全力で？

（やっぱり、そんなこと——）

「…………」

向けられている銃口が動く。ゆっくりと真横に——芳乃の方に。

その瞬間、わたしは地面が壊れるくらいに蹴って、跳んで、《羽根狩り》の顔面に《雲雀(ひばり)》を鞘(さや)ごと叩(たた)き付(つ)けていた。感触が硬い——銃で受け止められている。着地し、わたしは円を描くようにして、彼の脇腹を思いっ切り蹴り抜く。吹っ飛ぶ彼に、わたしは叫んだ。

「今ッ！　なにしようとした⁉」

「奴(やつ)がお前に利するならば排除する」

彼は分かっている。わたしを本気で怒らせる方法を。そんなことをすれば、わたしはもう、全力でやるしかなくなる。それこそが彼の望みだから。本当に……翻弄するのが上手(うま)い人。

芳乃(よしの)が標的に入るなら、すぐに終わらせるしかない。わたしは《雲雀(ひばり)》に手を掛けて、刃を抜こうとしたが——その瞬間、フロアに白い煙が充満していった。

「……!? 発煙筒……!!」

「――狐里芳乃。探知系の《祝福》を持つ」

視界が煙で埋まる。《羽根狩り》の声がする。芳乃が狙われる――守らなきゃ。

だけど、こんな煙があったら……!

「リッカ違う!! アタシじゃない!! 右後方から来るよ!!」

「――、くっ!」

芳乃は煙の中でも探知出来る。その指示通り、今度は《羽根狩り》の不意打ちをしゃがんで回避出来た。芳乃を狙うと見せ掛けて、実際の狙いはわたし。

この煙で、あまりにも精確な攻撃だ。多分、ゴーグルか何かを持ってる。

「回り込んでる! リッカ、次は――」

パンッ。パリンッ。

「――うひょああ!!」

銃声と、ガラスが割れるような音。そして芳乃の声。

撃たれた。芳乃が。狙いはどちらかではなく、両方。ガラス、ガラス――……。

「邪魔だあ!!」

フロアにあるガラス全部に向けて、わたしは氷弾を連射する。全てのガラスを粉々に割って、発煙筒の煙を外へと逃がす。同時に、発煙筒そのものを凍結させた。

視界が晴れていく。その先に――香水にまみれた芳乃と、隣に立つ《羽根狩り》。

『異常嗅覚』が彼女の《祝福》だ。あの香水で俺をマーキングしていたな」

「ごめん、リッカ……！　能力全部バレてる……！　これ以上探知出来ない……!!」

そうか。芳乃はあの合コン帰りの公園で、わたしと《羽根狩り》に香水を吹き掛けてた。これは芳乃のオリジナルブレンドの香水で、その香りを芳乃は遠くに離れていても辿れる。

だから、彼が普段どこに居るかが分かる――住所だって分かるんだ。

それを《羽根狩り》は見抜いて、それでわたしの補助をする芳乃を真っ先に潰した。

鹿山先輩に吹き掛けたその香水の瓶を、銃で割って……芳乃自体に強い匂いをつけて、嗅覚がもう機能しないように潰した。

(信じられない……！　芳乃に鹿山先輩へ香水を使わせたのは、このためだ……!!　香水を今も持っているかどうか、確認したかったから……!!)

「安心しろ。もう彼女は狙わない。使い物にならないからな」

「むぐぅ……。無念……」

芳乃が両手を挙げている。これ以上何も出来ません、みたいな感じで。

あくまで彼の狙いはわたしだ。でも芳乃が邪魔をしたから、潰した。一切芳乃に怪我させずに、けれど完璧に。負傷させていいのは、わたしだけだから――笑えるぐらい、律儀。

少ない手掛かりから相手の《祝福》の詳細を見抜き、組み立てた策で仕留める。

何の《祝福(ブレス)》も持たないのに。身体能力と装備と作戦だけで、相対する《祝福者(アクター)》を必ず打倒する。一度や二度勝てても、三度目から彼に勝てる《祝福者(アクター)》は誰も居なかった。

《羽根狩り》とは、そういう存在。《志々馬(しじま)機関》が有する、最強の戦士。

唯一、幾度となくそれに対抗出来たのは——《白魔(ハクマ)》と呼ばれた、このわたしのみ。

「——本気でやるから。もう、謝っても許してあげない」

《雲雀(ひばり)》を鞘(さや)から抜いて、構える。《羽根狩り》もまた、銃口を向けた。

「最初からそうしろ、間抜け」

「……っ！　格下相手に情けを掛けてあげていたことに気付かないの？」

「あまりの温情に涙が出そうだ。《痣持ち(ブルーズ)》様は随分と傲慢らしい」

「その呼び方……好きじゃない！　わたし達は《祝福者(アクター)》！　あなた達とは違う！」

どこか既視感のある会話だった。いつか、どこかで、彼とこうやって罵り合ったっけ。

ああ、そうだ。格下なんだ、《羽根狩り》は。《祝福(ブレス)》があって、《雲雀(ひばり)》があって、そんなわたしは絶対に彼よりも強い。『上』はわたしだ。わたしだけなんだ。

そのことをわからせてあげる。そんな『目』が、二度と出来ないように。

「なあ、狐里(くり)ちゃん。これ死人出るんじゃない？　目がマジ過ぎるよ二人共」

「かもね～」

「かもね、って……。おいおい。目の前で女(オナ)が死ぬ場面なんて見たくないぞ僕は」

「いや死ぬのは犀……え待って女の子のこと今アンタ女っつった？　先に死ねよマジで」

遠くで二人の話し声が聴こえる。わたしは、《羽根狩り》との距離を詰めようと迫る。

けれど、《羽根狩り》は退いて、銃弾を撃ち込んでくる。その度に迎撃して、柱の陰に隠れた彼に向けて氷弾を放つ。ボロボロになった柱から飛び出て来たから、そこを――また逃げる。

「このっ……！　掛かってきなさい！」

「断る」

《羽根狩り》が逃げる先は……上り階段だ。フロアを変えるつもりらしい。

「待――」

追おうとしたわたしの足元に、何かが転がっている。アボカドみたいな形をした――

「手榴弾――……!?」

意識を集中させる。《祝福》の出力を上げて、守りに徹する。

膨らんだ袋が割れるような音がして、無数のBB弾が散らばる。私に当たりそうな弾は全て、氷のつぶてが撃ち落とす。けど、これは当たっても大して痛くない、サバゲーとかいうので使うおもちゃみたいなやつ――能力を使って防ぐ必要なんてないやつだ。

だけどもう遅い。丁寧に全部撃ち落として……わたしは、身体の震えを自覚した。

（消耗が……激しい。最近戦ってなんかないから、戦闘可能時間が短くなってる……）

戦闘で温まるはずの身体は、『代償』で逆にどんどん冷えていく。わたしが多分、人生で一番強かったのは、四年前だ。今のわたしは、あの頃に比べるとかなり弱くなっている。

(――でも、まだまだ強いんだから。《羽根狩り》よりも……ぜったいに)

階段を駆け上がる。次のフロアにも、その次のフロアにも《羽根狩り》は居ない。

そうして最後に辿り着いたのは――屋上に続く扉。

(屋上の方がいい。思いっきり《祝福》を使える)

扉を《雲雀》で斬り裂いて、一足で屋上に飛び込む。どうせ、先に屋上行ったってことは、何か仕掛けてくるんでしょ。ある意味分かりやすいってば。

「……!　いない――」

でも、《羽根狩り》の姿は屋上になかった。え？　まさかまだ下のフロアに――

――がぁあん。金属と金属がぶつかり合う音が鳴り響いた。

「上から……!　それに、その武器……!」

《羽根狩り》は扉よりも上にいた。屋上に来たわたしに、手に持っている釘バットを思いっきり振り下ろしている。わたしはどうにかそれに気付き、《雲雀》で受け止めたのだ。

あのバットは、ここにいた変な人達の一人が持っていた武器。いつの間にか拾っていたみたいだ。本当に、《羽根狩り》は、勝つためにあらゆるものを利用する……!

「でも!　武器を使った近接戦闘なら!」

釘バットなんて、《雲雀》を持つわたしからすれば木の枝と同じだ。素早く刃を払うと、《羽根狩り》の持つそれは簡単に真っ二つになった。

後退しながら、彼は使い物にならなくなったバットをこちらに投げる。

それすら《雲雀(ひばり)》で裂き、わたしは《羽根狩り》の懐(ふところ)へ接近する。

(いける……！　斬獲(と)った……!!)

わたしの斬撃の方が絶対に速い。《羽根狩り》の運動能力ではこれは避けられない。

勝利を確信したわたしの目の前から――彼の姿が消えた。

「!?　……か、は……っ」

拳が、わたしのお腹(なか)にめり込んでいる。ありえない。向こうの方が速い？

そんなはずない。だけど《祝福(ブレス)》を貫くこの腕力。今までで一番強い。なぜ？

「……!!　か、やま……せんぱい、の……っ!?」

――これは『自動操縦』。目の前の相手を襲え、みたいな簡単な命令しか出せない代わりに、大勢を同時に操れるし、意識の有無は関係ないし、僕が離れていてもずっと一つの命令を実行させられる。それに、『自動操縦』中は脳のリミッターが外れるみたいで、操作対象は力も強くなれば足も速くなるのさ――

鹿山(かやま)先輩はそう説明していた。そして《羽根狩り》は、鹿山(かやま)先輩から操られる条件を満たしている。だから、《羽根狩り》はあえて今、鹿山先輩に自分を操作させた。

わたしの想定を超えた一撃を、わたしに叩(たた)き込むために。

「能力解除だ、鹿山（かやま）」

『はいはい。信じられないなあ、これじゃ僕が女（オナ）キラーだ』

周囲を氷結させ、わたしは地面から彼目掛けて氷柱を突出させる。

その反撃を読んでいた《羽根狩り》は、追撃せずに下がり、指示を出す。

彼の身体（からだ）のどこかにスマホがあって、それが鹿山（かやま）先輩に繋（つな）がっていて。

わたしから逃げて屋上に向かったのは、釘（くぎ）バットの不意打ち目的じゃない。

――お前自身に戦闘力が付与されるわけじゃないのに、使用者であるお前さえ倒せばどうにかなるからな。だからそれは、事前に適切な運用を考えた上で、後方からの支援で使えば輝くタイプの《祝福（ブレス）》だ――

わたしと鹿山（かやま）先輩を引き離した上で、この作戦をこっちにバレないようにするためだ……！

（戦闘中に、即興でどこまで考えてるの……⁉）

かたかたと歯が震える。息が白くなる。体温は下がり続けている。だけど、きっとそれだけじゃない。わたしは純粋に、《羽根狩り》という男に恐怖と期待を抱いた。

「すごい、人……」

「鹿山（かやま）。次の指示まで待機しろ」

『声音がガチだって……分かったよ』

あの『目』が――わたしを捉えている。獣のように睨（にら）み付（つ）けている。

『お前には負けない』。『おれの方が上だ』。『いい加減理解しろ』。

そんな『目』でわたしを見る人なんて、この世界であなただけ。

あなただけが、きっとわたしを正しく否定してくる。どんな手を使ってでも。

「——吐息が白いな。そろそろ限界か、《白魔(ハクマ)》」

「うる、さい。勝手に……ひとの限界を、決めないで……！」

屋上の地面全てを一面の氷張りに変える。《羽根狩り》の靴は滑らないから、妨害の意味はない。ただ、氷の上の方がわたしは動ける。それに……！

「！　氷壁か」

すぐに距離を取られるのなら、取らせなかったらいい。《羽根狩り》の背後と両側に氷の壁を作り出し、わたしは真正面から滑り寄る。発砲されても、全部つぶてが無効化する。

「これで——」

刀の射程圏内に捉える直前で、しかし《羽根狩り》はまた何かを投擲(とうてき)していた。

小型の爆弾？　なら凍結させれば——そう思った瞬間、彼はその爆弾を銃で撃ち抜く。

パァァァァン!!

「————〜〜〜ッ!?」

爆弾というよりも、爆竹のような、大きな音を出す道具だった。その爆音が直撃し、わたしは目眩(めまい)と吐き気に襲われる。ぐらりと平衡感覚を失う。

一方の《羽根狩り》は平然としていた。多分、耳栓入れてる。そのまま逆にわたしへと駆け出し、蹴りを一発。腕で防いだけど、わたしは大きく弾き飛ばされた。

銃口がこちらを剝いている。音は聴こえないけど、恐らく発砲された。《祝福》が銃弾を撃ち落としている。彼は容赦なく削る。わたしの戦闘可能時間を。

音や光は、わたしの《祝福》では防げない。それらによる攻撃が効果的というのを、彼はしっかりと理解していて、ここぞという時に使ってくる。

「〜〜〜ぅぅう！」

耳はまだ聴こえない。気分が悪い。けど目は見えてるから、上空に何本も氷柱を作り出して、彼目掛けて落とす。

《羽根狩り》は回避に専念する。同時に、氷弾をマシンガンみたいに連射した。

屋上はわたしの氷柱や氷壁で、地形そのものがデコボコに変わっている。攻撃を避け続け、《羽根狩り》は、また発砲する——全く見当違いの方向に。

「なんで——……あうっ!!」

肩甲骨の辺りに、点のような衝撃が走る。撃たれた。跳弾だ。

意識外からの一撃に、わたしの《祝福》は反応しきれなかった。

氷が増えれば増えるほど、わたしの方が有利なのに。障害物が増えたことによって、彼はそれすら即利用し、跳弾でわたしを狙った。それが可能な超人的技量と、判断力。

ほんとのほんとのほんとに……強い。こんな無能力者、ありえない。

「《白魔(ハクマ)》。お前はその程度なのか？」

「………」

「ならばこれ以上の戦闘は無意味だ。お前は俺に勝てない。大怪我(けが)する前に降伏しろ」

「なに……それ。誰に……言ってるか、わかってる……？」

「まだやるのなら、全力で来い。それすら叩(たた)き潰してやる」

「……やってみなさい」

誘ってるんだよね。バレバレなんだから。《祝福者(アクター)》には奥の手があるって、知っているからこそ、まだそれを引き出せていない。引き出した上で……潰したいんでしょ。

生意気だよ。強いのはわたしだ。ぜったいに。そうじゃないとおかしい。

もう後悔しても知らないから。かちかちに凍って、百年後に発見されちゃえばいいよ。

「──鹿山(かやま)」

『なんだい？　超能力使ったらいい？』

「お前達能力者は、必ず己の能力に対して名を持つ」

『ああ、そうだね。何故(なぜ)だかその名前を出すのに抵抗があるんだけどさ。それが？』

「その名を呼んで、俺を『自動操縦』しろ。十秒だ」

『よく分からないけど、了解』

意識を集中させる。自分の中にある、真っ白くて真っ黒いものに、触れていく。

息を吸う。ゆっくり吐く。パラパラと、吐いた息の中に小さな氷が交じっている。

……お望み通り、全てぶつけてあげる。


「――《霏霏氷分（ミクマリ）》」

『――《水魚勅淀（デアデビル）》』


《祝福（ブレス）》の名を呼ぶ、能力の全力解放。もう後戻りは不可能。体温は一気に奪われ、恐らく十秒も保たない。それ以上戦うのならば、支払えない『代償』を、『強制徴収』される。

わたしの『強制徴収』は心――強い気持ちや感情を、持っていかれる。やればやるほど、多分わたしは人形みたいになっていくのだろう。考えたくもないけれど。

（それまでに決着をつける――）

《羽根狩り》の片目が真っ赤に充血している。鹿山（かやま）先輩に、《祝福（ブレス）》を全力解放させて自分を操らせた、彼にとっての奥の手だ。肉体への反動なんてまるで無視した戦法。だけれど、わたしに勝つために、何のためらいもなくそれを使う。そこまでの覚悟が彼にはある。

「――ッ、あああああああああああああッッ!!」

眼前から《羽根狩り》が消える。そう思えるくらいの速度で、わたしに接近して、絶叫しながら拳を突き出す。怪物じみたその攻撃を、しかしわたしの氷壁が受け止め、砕ける。

そして瞬時に、彼の腕を凍結させ、再起不能に――いや、すぐに手を引いた。

「空なら……！」

氷張りの地面が、ガタガタと揺れる。いや、わたしが揺らしている。

わたしと《羽根狩り》ごと巻き込むように、氷の柱が勢いよく地面から突き出て、まるでカタパルトみたいにわたし達を空高くへと打ち上げる。空中戦だ。

「《羽根狩り》ッ!!」

「《白魔(ハクマ)》ぁッ!!」

姿勢制御し、空中に薄く氷を張って、踏む。わたしは自在に空を舞える。

でもあなたはそうはいかない。身体能力が上がっても、空中でやれることなんてない。

だから、もうこの一刀で全部片をつける……!!

「終わり、だあっ!!」

ガギン……。鈍い音が空に響く。《羽根狩り》は銃を投げ、《雲雀(ひばり)》はそれをも斬り裂きながら、そのまま彼の胴に到達し――硬いものに阻(はば)まれて、浅い一太刀しか浴びせられなかった。

「鉄パ、イプ……!?」

ビルで使われた武器だ。バット以外に、こっちも拾って隠し持っていたの？

先に銃を斬らせ、更に鉄パイプと隊服の繊維で斬撃の威力を減衰させた。

──彼はわたしの渾身の一撃に対して、元々備えていたのだ。

「捕らえたぞ……‼」

更に《羽根狩り》は《雲雀》の刃を手で摑んだ。手の肉が切れても全く気にしない。元々痛みに強いのか、それとも鹿山先輩の《祝福》の効果なのかはわからない。

「離しなさい……‼」

このままではお互いに落下する。わたしは突き放すため、氷の塊を彼の顔面に放った。見事直撃し、氷が砕ける……違う。頭突きで砕かれた。なんなのそれ。野蛮すぎ。

彼を引き剝がせない。《雲雀》を手放しも出来ない。わたしは幾重にも重ねた薄い氷を、自分の落下地点に発生させる。瓦割りみたいに、それはわたし達の身体を受け止め、少しずつ落下の衝撃を殺していき、氷張りの屋上にわたしと《羽根狩り》は舞い戻る。

まだ《雲雀》は握られたままだ。手が血まみれになっても、全然離さない。

「こ、のぉ‼」

氷で作り上げた拳を、《羽根狩り》の横っ面に叩き込む。これは流石に効いたみたいで、手を離し吹っ飛んだ《羽根狩り》が、氷壁に叩き付けられる。追撃だ。わたしは滑走する。

「いい加減に──……！」

「倒れろよ……‼」

追撃の寸前。赤い何かが視界を埋める。血だ。手から流れる血を、彼は遠慮なくわたしにぶち撒けて——そして自動的にその血をわたしは氷結させ、砕いてしまう。

既に《羽根狩り》の姿はない。察知する間もなく、わたしの手に衝撃が走る。

「《雲雀》が……！」

柄を握った手を蹴り飛ばされた。屋上の片隅に、《雲雀》は滑っていく。地面を凍結させているから、一度滑ると遠く離れていってしまう。もうあの子を回収する暇はない。

何をしても、対応してくる。その上でこちらの状況を悪くする。自分が傷付くことすら構わずに、ひたすら向かってくる。彼は獣だ。死を恐れない獣。持たざる獣。孤高のけだもの。

もう時間がない。『強制徴収』が来る。次で決めるしかない。

「凍れえええええええええッ!!」

「ぐ、う……ッ!!　ああああああッッ!!」

彼に腕を突き出す。直接的な冷気を放つ。それを一気に《羽根狩り》へと浴びせる。

凍ってしまえば、もう何も出来ない。氷像になっちゃえばいい。服も靴も髪の毛も肌も、全部全部氷結させてやる。どんな生き物も、絶対零度では生きられない。

なのに——一歩、また一歩と、彼は距離を詰めてくる。

「なん、でッ！　まだ……!!　あなたは!!」

身体はもう動かせないはず。いや……動くんだ。強制的に。そういう《祝福》だから。

もう間に合わない。わたしの時間切れだ。だけど、『強制徴収』前提なら、まだ使える。

何でもわたしから好きな心を奪っていけばいい。何でも……！

『犀川ッ！　十秒経ったから解除したけど！　本当に良かったのか⁉　なあ⁉　普通じゃないだろう、そんな絶叫――』

鹿山先輩の声が途切れる。急激な冷却で、スマホが恐らくダウンしたのだろう。

もう《祝福》による強制力はないのに。それでも――彼は止まらない。

「おおおおおおおおおおおおッッ‼」

一歩。身体が崩れる。一歩。血が吹き出て、凍る。一歩。彼は止められない。

《祝福》ではなく、もう言葉には出来ない何かで、動かないはずの身体を動かしている。

目眩がする。体温を失いすぎた。だけど《祝福》は止めない。『強制徴収』に切り替わる。

それでいい。負けられない。負けたくない。この人にだけは。《羽根狩り》にだけは。

『――その迷わない行動力に、敬意と感謝を表するよ。ありがとう、全部お前のおかげだ』

……あ。

『その、またみんなで……遊ばないか？　俺も、楽しかったから』

『なら、俺はお前の直感に乗る。下手な予想より信用出来るからな』

『つまり俺にとっては慣れたものなんだよ、お前の《祝福》への対処は。だから、何やられても迷惑なんかじゃない』

『見守るだけじゃなかったみたいだな、こいつも』

『……可愛いんじゃないか？　それ。よく似合ってる……けど』

――今から持っていかれる心が、わかった。

《羽根狩り》じゃなくて、犀川くんとの。

優しくて、面白くて、かっこよくて、勇敢な、わたしの『宿敵』との……思い出。

『俺は柳良が、か、か、か、好きだ!!　誰に何言われようが!!』

それが、なくなる。冷え切って、どうでもよくなっちゃう。

「……やだ……」

だけど、もう自分では力を止められない。

使うと決めてしまったから、《祝福》はそのルールに従って、『強制徴収』する。

彼に勝つために。ただそれだけのために。大切な心を引き換えに。

「柳良ああああ――――ッ!! 俺はッ!! お前がッ!!」

ボロボロのままで、彼が叫ぶ。もうわたしの目の前にまで迫っていた。

あと一息で終わる。わたしが勝つ。わたしの方が強くて、上で、だからわたしは……。

「好きだああああああああああああああああああ――――ッ!!」

「……え……?」

その叫びで、頭の中が真っ白になった。とてもきれいな、汚れのない白。

時が停まった。そう思ったのは、もうわたしは何も出来なかったから。

《羽根狩り》は……犀川くんは、わたしをぎゅっと、腕の中に抱き締めた。

そのまま二人で氷上に倒れ込む。彼が下で、わたしが上。

とくん、とくん、とくん。優しくて、だけど激しい音が流れ込む。

どうしてだろう。彼の心音を、聴いた覚えなんてないのに――とても、懐かしい。

背中に何かが触れる。硬いもの……銃口だ。彼は、まだ銃を隠し持っていた。

「俺の……勝ちだ。柳良……」

何一つとして抵抗出来ない。もう、したくもない。

わたしはただ、無言で頷いた——

＊

俺は勝つ為ならば、何でも利用する。戦闘とはそういうものだ。最終的に勝利条件を達成出来ればいいので、その過程において重要視されるのは個人のプライドや美意識ではない。

とはいえ賭けだった。限界を超えて《祝福》を使う柳良を止めるには、極端に集中力を乱すには、もう真正面から俺の気持ちをぶつけるしかないと思い……って、違うか。

「勝とうが負けようが……最後にお前へ、直接伝えたかった。俺の気持ちを」

「…………」

俺の胸の上で、柳良は震えている。俺も震えている。お互い体温が下がりまくっていた。

「……どうして、こんなことをしたの？　勝ち負けのためだけに、ボロボロになって……」

「——柳良。俺、《祝福》なんて道具だと言っただろ？　で、俺はその道具を持たない」

「そう……言っていたけど」

「だが、こうやってお前に勝てる。それがどういう意味か分かるか？」

訊ねるが、柳良は上手く返答出来ない。ああ、それでいい。

「お前は——大したことなんてないんだ」

断言する。柳良は俺の胸の中でもぞもぞと動き、顔を覗き込んでくる。

柳良の長い髪の毛が、暗幕みたいに俺を包む。

世界で今、俺と彼女しかいない。そんな気さえする。まあ表情は怒り気味だが。

「勝ったからって――……」

「俺にとって、お前は……髪の色が綺麗で、よく笑って、明るくて、優しくて、そんな素敵な、ただの女の子だ。《祝福》を持っている『だけ』の」

「そんなことない！　だって、わたしはみんなと……！」

「かもな。けど、仮にそうだとしても。俺は――俺だけは否定してやる。《祝福》なんて無くても、お前を追い込んで追い詰めて……最後は負けさせるような力を持った無能力者なんて、この世界でたった一人だけだろ？　それが俺で……だから、柳良」

――己の隣に並ぶ存在が、オスでもメスでもこの檻の中に一匹もおらへんのなら、それはこの子の心に穴を空ける永遠の孤独やろ――

《土塊》はそう言っていた。だから柳良は、『区別』している。『溝』がある。

だったら、もう俺がやることなんて最初から決まっていた。《土塊》はヒントというか、答えをくれていた。格別に捻くれているのか、それに気付かないバカなのかは知らんが。

俺は柳良の頬に両手をそっと添える。目を見て、そしてはっきりと言ってやる。

「お前はひとりぼっちじゃない。隣に俺が居る。大したことないって、そういうことだよ」

《祝福(ブレス)》の無い俺が、それでも彼女の隣に並んでしまえる事実。

故に俺だけが、柳良の価値を貶められる。《白魔(ハクマ)》を、ただの女の子に変えてしまえる。

この戦いは、その証明だ。だから俺は、どれだけ傷付いたって平気だった。

柳良(なぎら)の『溝』を埋める為(ため)なら、命だってギリギリまで削っていい。

勝ち負けすら、本当はどうだってよかった。まあ、勝たなきゃ説得力に欠けるけどさ。

「それを……言いたかったの？　わたしに……。わたし、なんかに……」

「ああ。これが言いたかった。お前に——お前だけに」

ぽつ、ぽつと。温かい雨が、俺の頬を打つ。俺を見下ろす柳良(なぎら)の、静かな涙。

「意外とよく泣くよな、お前って」

「やだ……っ。見ないで……！」

「やだよ。泣き顔も可愛(かわい)いから」

茶化したわけではなく、本心だったのだが、柳良(なぎら)は俺の胸に顔をうずめて、そのままわんわんと泣き出してしまった。嬉(うれ)し涙(なみだ)……と、信じておこう。

俺はなるべく優しく、柳良(なぎら)を抱き締めて、背中をぽんぽんと叩(たた)いてやった。好きな子にやるというよりかは、子供をあやす感じだったが、柳良(なぎら)はもっともっと泣いてしまう。

あたたかい。お互い身体が冷え切っているのに。触れ合うことって、ぬくもりを伝え合うことで、結局それが一番、俺達の孤独を打ち消してくれるのかもしれない。

「リッカ！　犀川さん！」

屋上に狐里さんが現れる。かなり心配そうな表情で、俺達を見ていた。

「大丈夫なの⁉　もう屋上が氷河期になってっけど⁉」

「怪我はお互い大したことない……と、思う」

「ならいいけど……。リッカ、泣くと長いから、よろしくね」

「ああ。任せてくれ」

「犀川ああああああああああ‼」

今度は鹿山の声がする。見ると――屋上の入り口で、釣り上げられた鯉みたいに、ビッタンバッタンと地面をアホみたいにのたうち回る変態が居た。

「なんなんだこれはあああああああ⁉　いつもより反動がやばいんだがあああ⁉」

「悪い。名前呼んで能力使うと、反動も物凄いんだ。しばらくビチビチやっててくれ」

「先に言えよおおおおおお‼　うわああああああああああ‼」

「ムードぶち壊すじゃんこのクズ……。おいコラ変態！　あっち行くぞ！」

「女は僕の傍に近寄るなあああ――――ッ‼」

ビッタンビッタンしながら、鹿山と狐里さんが屋上から出て行く。空気を読んでくれた、というわけだろうか。鹿山は階段を転げ落ちたのか、絶叫が聞こえてくるが……。

一気にまた屋上が静かになった。ごうごうと夜風が吹く。ここだけ銀世界だから冷たい。

やがて腕の中の柳良は、ようやく泣き止んだのか、すすり泣く声は止まっていた。

「……ありがと、犀川くん。ああ言ってくれて、嬉しい……」

ぽつりぽつりと、柳良は俺の胸の中で語り始める。

「わたしね。《祝福》を使えるようになってから、髪の色がこうなったの。それで、学校ではいつもからかわれたり、いじめられたりして……友達も、ぜんぜんできなかった」

「……そうなのか」

異端なものに対して、いつの世も人は厳しい。柳良はそれに、幼少期から晒されていた。

「芳乃はいつも守ってくれて、お兄ちゃんも……まあ、色々暴れてくれて……。けど、わたし、いつでも誰かを傷付けられた。この力で。だけどそれは許されないことだから……考え方を変えたの。わたしは強いから、みんなを傷付けないであげてるだけ、って。それからは、なにされても平気だった。他人を見下すことで、自分を安心させてた。ずっと……多分、今も」

「………」

「最低、だよね。こんなの……。わたし、ぜったいに……まともじゃない」

「まともじゃないってのは、そんなに駄目なことか？」

「え……？」

「俺は銃で人を撃てる。やろうと思えば、他人を簡単に殺せる。それはまともじゃないことだ。けど、別にそれしか出来ないわけじゃない。その時々で、俺は基本まともな選択肢を選んで、場合によってはまともじゃない選択肢も選ぶ。俺達は人より選べる択が、多いだけだよ」

　まともじゃないことしか出来ないのなら、それは確かにやばいと思う。

　でも、俺も柳良も、どちらでも選べる立場にある。それだけの話だ。

「選べる択が、多いだけ……」

「そうだ。なあ、柳良。俺からもいいか？」

　これ以上柳良に己を卑下させたくない。俺は、すっぱりと話を切り替えた。

「なに？」

「——返事を聞かせてくれ」

　何の、とは言わない。それはもう無粋だ。柳良だってきっと分かってる。

　俺から少し距離を取って、柳良は目を見開く。顔が一瞬で真っ赤になった。

　俺だって身体が強張っている。柳良の返答次第で、俺達の一分先の関係性が変わってしまう。それがいい方向に変わるか、悪い方向に変わるか。ぶっちゃけ俺には分からない。

　やれることは全部やった。バカヅラ引っ提げて。後は野となれ山となれだ。

「……犀川くん。恥ずかしいから、目、閉じてくれる？」

「え？　ああ……分かった」

何が恥ずかしいのか。顔を見られたくない？　まあいいか。俺は目を閉じる。

——とても柔らかくて、あたたかいものが、俺の唇に触れた。

「　　」

言葉が出ない。今何が起こったのか、理解が遅れに遅れる。

目を開く。そこには……もっともっと真っ赤になって、目を逸らす柳良がいた。

「お、お兄ちゃんが……言ってたでしょ」

「何か……言ってたっけ……？」

「応えてあげるんだったら……えと、ハグなりキスなりすればいい、って。もう、ハグはずっとしちゃってるから、だから……キス、するしかないじゃん」

唇を指でそっと隠しながら、柳良は絞り出すように俺にそう言う。

俺は恋愛経験がない。柳良も恋愛経験がない。

どれだけ戦闘力があっても、こと恋愛方面において俺達は、恐らく雑魚中の雑魚だ。

故に、告白に返答する時、どうすればいいか？　柳良は……あの兄貴の教えに従った。

偶然だとは思うが——結果的に、巡り巡って、あのバカキンのあれこれが、滅茶苦茶俺と柳良を繋ぐ役に立っている気がするぞ。釈然としないが……今度礼でも述べとこう。

「柳良——……」

「ねえ……お願いがあるの。もっかい、好きって言ってくれる？　今度は、名前で……」

お兄ちゃんも、柳良だから。柳良はそう付け加える。はは、確かにそうだ。

俺は一度頷いて、小さく息を吸った。

何度でも、いくらでも。言ってやるし呼んでやる。この先、願わくば永遠に。

俺は、柳良の瞳を覗く。柳良も、俺の瞳を覗く。心が重なり合う。

確かめ合うように。二度と離さないように。想いの全てを込めるように。

「──好きだ、律花」

「わたしも、あなたが好き。狼士くん」

もう一度、今度はお互い歩み寄って、俺達はキスをした。

柳良は──律花は、とても強くて、だけど弱くて、だから素敵な女の子だ。

絶対にもう、俺はこの子を孤独にさせない。それが出来るのは、この広い広い世界の中で、たった一人、俺だけだから。それは、俺にとって生涯の誇りだ。

二人で手を繋ぐ。銀世界の屋上で、夜空をぼんやりと見上げる。

「狼士くん。わたし、まだあなたに言ってないことがあった」

「え？　あったっけ。あ、もしかして──靴のサイズか？」

「違うってば……。それは、また今度教えてあげるし……。ねえ──……」

律花から強めに手を握られる。が、大したことのない握力だ。

一歩、律花は俺との距離を詰める。間にはもう、誰一人として入り込めない。

「わたしにとっても、あなたは……生涯、ただ一人の――」

昨日も今日も明日からも、世界中のあちこちでカップルってものが誕生している。

俺と律花も、その中のありふれた一組だ。別に、全然それで構わない。

ただ……一つだけ絶対に、世界で唯一俺達にしか存在しない間柄がある。


「――大好きな、『宿敵』だよ」


その宿敵こそが、互いの運命の人だったと気付いたのなら。

この物語は――俺達の恋話なんてものは、もうここで終わっていい。

では、これからも続く二人の物語に名前を付けるなら、果たしてどう呼ぶべきか。

そんなのは、決まりきっている。人類の歴史を見ても明らかだろう。


――恋が終わって、その次に始まるのは、愛しかない。

——犀川狼士と柳良律花は、晴れて付き合うことになった。

もっとも、それで一気に何かが変わったというわけではない。

精々、柳良虎地が吐血、血涙、鼻血、血便などで緊急入院したことぐらいだろう。

関係性が変わったからとて、その在り方が変わってゆくには流れる時が必要になる。

二人で笑って、泣いて、驚いて、怒って、また笑って。互いに顔を見たくない程に喧嘩をしたこともあれば、顔しか見たくない程に強烈に互いを求めたこともある。

様々な場所に行って、思い出をたくさん積み上げて、目まぐるしく過ぎてゆく日々。

狼士の就活が始まり、会える時間が少しだけ減った。割とお祈りされまくった狼士だが、それでもやがて玩具メーカーの内定を得る。狼士と玩具に繋がりが見えない律花だが、狼士自身もそこまで深い理由は無いようだ。ただ、何となく良さそうだった、という直感である。

普段は理屈っぽいのに、時折そういう感覚的なものを見せる。自分に似たのかなと律花は思い、律花に似たのかも、と狼士は考える。共に在ると、内面もどんどん変わっていくものだ。

就職すると、もっともっと狼士と会える時間は減った。寂しいと思う一方、一つ大人の階段を登った狼士は、律花から見てますます魅力的に見えた。

やがて律花も、就活が始まる。リクルートスーツを着た律花に、狼士はしばらく言葉を失っていた。大人の色香を感じたという。意味が分からない律花だった。

律花も就職が決まり、大学を卒業し、二人は同棲を始めた。事前に同棲すると決めていたわけではないが、何となく律花は狼士と共に住むと思っていたし、狼士も律花と一緒に暮らすのは当然だと考えていたし、結果的に律花とルームシェアをしていた芳乃だけが呆れ返った。

一緒に暮らすと、相手の嫌な部分がもっと鮮明に見えてくる。許せない部分も現れてくる。それで揉めて、喧嘩して、それでもすぐに、もっともっとお互いのことが好きになった。

多分、自分は死ぬまで彼女と共に在るだろうと、狼士は付き合い始めた頃から漠然と考えていたが——ある日、それをはっきりと形にすべきだと思い立った。本来は同棲してすぐにでもやるべきだったが、お互い忙しかったこともあって先延ばしにしていたものだ。

そう、求婚である。その為には……まあ、狼士には超えるべき粘土製の巨大な壁があったのだが、どうにかこうにかそれも必死に乗り越え、やがて愛する者へと指輪を贈る。

——犀川狼士と犀川律花は、そうして夫婦となった。

《エピローグ》

「えーでは、久々の再会を祝しまして、私こと犀川狼士から一言……」

「かんぱーい！」

「ヒャッハハハァ〜!!　乾杯だァ〜!!」

「ははっ。乾杯」

「聞けよ!!」

ジョッキとジョッキがぶつかり合う、高くも重たい音。

俺は出鼻を嫁から挫かれつつも、後追いで乾杯して回る。

——久し振りに皆で飲まねェか？

そんな連絡が、俺の携帯にこの前入った。相手は勿論、杜野吾吏さん……ゴリさんから。

社会人になると、気軽に集まって騒ぐなんてこと、年に一回やれるかどうかだ。全員別々の道を進んでいて、何なら住んでいる場所も離れているから、日程調整すら難しい。

今は十二月で、ちょっと早い忘年会ってことにして、どうにか俺達はこの飲み会の開催に漕ぎ着けた。開始は夜からなので、それまでは律花と半日デート、というわけだ。

「元気にしてたかァ〜？　犀川も柳良もよォ〜」

「ええ。そりゃもう」

「トリさん！　もう柳良じゃない！　です！」

「ヒャッハハハ！　うるせェ～。当局からすりゃア、オメェら一生犀川で柳良なンだよ。他の呼び方はしねェから、いい加減諦めろって話だぜェ～」

ゴリさんは俺と柳良が付き合った年に、大学を無事卒業した。

結局、公務員試験には受からなかったのだが——では現在何をしているかというと。

「お店、また行きますです！」

「そうっすね。めっちゃ割引して下さいね」

「しねェよォ～。表示価格で買えやァ～」

「最近は原価の値上がりも激しいからね。随分ケーキも高くなったものだよ」

ゴリさんは、当時から付き合っていた彼女——現在は奥さん——と一緒に、洋菓子店を営んでいる。俺達が住むところからだいぶ離れているので、気軽に行けないのがネックだが。

更に、兼業でモデルガンやエアガンをオンライン販売しているという二足のわらじだ。

最終的に、この人は趣味を仕事にしたわけである。すげえ羨ましい。

因みに、俺達が彼女の存在を知ったのは、マジでゴリさんの卒業前だった。何年も付き合っていたと言うが、そんな気配微塵もなかったのに。ただ考えてみれば、ゴリさんが妙に恋愛方面で鋭いアドバイスをくれたのも、彼女が居たからと考えれば不思議ではない。

「そうだ先輩。今度、お子さんがまた産まれるそうですね？　三人目でしたっけ？」

鹿山がゴリさんに訊く。子供が居るってのは知っていたが、もう三人目とは。

「そうだなァ～。来年春くらいか？　予定日はよォ～」

「産まれたら連絡下さいね。犀川夫妻がご祝儀渡しますから」

「お前も渡せよ……」

「トリさんがトリさんをやめたのって、やっぱりパパになったからです？」

律花はじっとゴリさんの頭を見ていた。トレードマークだった赤いモヒカンは、今やすっかり黒くなって、モヒカンですらない普通のショートヘアだ。

人相の悪さは変わらないが、どこにでも居そうなパパって感じである。

「嫁がうるせェからなァ～。戻してェんだがよォ～」

「いや別にそのままでよくないっすか。ケーキ屋の店長が赤モヒとかイヤですよ俺」

「自営業だからこそ見た目なんざ自由なのによォ～。まァ、チビ共に泣かれたら困るから、当局も無茶も出来ねェが……。大学時代が懐かしいってモンだぜェ～」

遠くを見つめるゴリさん。因みに当局という一人称も、子供が産まれてから奥さんに矯正されたようで、普段は『俺』らしい。俺達の前だと、わざわざ戻してくれているのだ。

「鹿山は最近どうなんだ？　先に来てるけど」

「どう、とは？　別に、特筆すべきことはないかな。相変わらずコキ使われているよ」

黒い長髪を後ろで一つ結びにした鹿山は、相変わらずモデルと見紛うぐらいのイケメンである。女性恐怖症は『ある方法』でどうにか抑え、今は普通に社会人をしている。

……いや、普通、ではなかったか。律花がスマホを確認した。

「鹿山先輩の先輩、もうすぐ来るって言ってます！」

「あー……そうかい。職場で毎日会うのに、飲みでも会うのは憂鬱だよ」

「大学時代からずっと部下だもんな、お前。狐里さんの」

「鹿山が探偵やるとはなァ～。今も信じられねェぜェ～」

俺と律花が付き合ってから、一ヶ月後ぐらいだろうか。鹿山は狐里さんがバイトしていた、《玄羽探偵事務所》にバイトとして働き始めた。本人曰く事務員採用らしいのだが、実質的にはバイトと書いて奴隷と読むような待遇だったそうだ。

で、狐里さんより後に入った鹿山は当然狐里さんの後輩で部下、更に更に二人共大学卒業後、そのまま同探偵事務所に就職している。狐里さんは引き続き事務員、鹿山は探偵として。

「僕も信じられないですよ。けど色々と上司もボスもドクズでして。僕の過去を漁って、脅しの材料を大量確保してまして。僕、ここ辞めたら警察行きなんですよね。ははっ」

「笑い事なのか……？」

「ははっ！」

「ははっ」

「「ははっ！」」

律花と鹿山が呼応している。二人は意外とウマが合う。鹿山はセンスタイプの人間だから、同じセンスタイプの律花と波長が一致するらしい。

「超能力コンビは元気だなァ～」

「そっすね。狐里さんもそうですし、今日超能力持ってないの俺達だけっすよ」

「馬鹿言えやァ～。オメェも充分向こう側だろうがよォ～。凡人は当局だけだぜェ～」

ゴリさんに対しても、俺達は《祝福》の存在について教えている。まあ、名称を教えたというよりかは、『こいつら実は超能力者です』って伝え方だが。

疑っても良いものを、ゴリさんはすぐに納得した。人を良く見ているだけあって、鹿山や律花が超能力者であることに、納得こそすれ疑問など抱かないらしい。当然、それ以降もこの人の接し方が変わるようなことはなかった。マジで菩薩みたいな人だ。見た目はともかく。

「僕もこの夫妻に比べたら大ド凡人ですけどね。まあその割に、一番手堅い就職してるのもこの二人だから、人生ってホント分からないものですけど」

「おもちゃの企画考えるの死ぬほど楽しいわ～」

「化粧品のデザインとかロゴ作るの楽しい～」

「犀川はともかく、柳良の方は大企業だもンなァ～……」

俺は三流玩具メーカーで社畜をしている。一方、律花は大手化粧品会社にデザイナーとして採用されており、化粧品のデザインやらロゴやらを作っている。律花が家でも仕事が出来るのは、業務内容がやや特殊だからだ。兄妹揃って、芸術肌である。

「すみません、遅れましたー。ちょい仕事押してましてー」

「芳乃！　こっちこっち！」

個室の居酒屋なので、扉が開くと同時に、スーツ姿の狐里さんが現れる。相変わらず聡明そうなメガネ女子だ。律花が隣の座布団をぽんぽん叩くので、そちらに狐里さんは着席。

「あーはいはい。リッカは今日も可愛いね～」

「えへへ」

「おゥ。久し振りだなァ～、狐里坊」

「お疲れ。元気してた？　あとこの前は助言ありがとう」

「杜野さん、ちょい太りました？　犀川さんは……そろそろ女心を理解してくんね？」

先月、俺は狐里さんに夫婦喧嘩の仲裁、というか和解の助言を頂いている。

「狐里パイセン今日もお疲れ様ス‼　相変わらずお美しいス‼　見目麗しいス‼　あ、お荷物お預かりしまス‼　ジャケットもこちらにどうぞス‼」

「おう」

ドン引きするぐらいの舎弟感で、鹿山が狐里さんにペコペコしていた。

そして狐里さんもドン引きするくらいのボス感である。おうて。

「くるしゅうないぞボケナス。ほらこれ今日の分」

「ほおおおおおおおおお!! フレグランスッッ!! キてる!!」

プシュっと、狐里さんは鹿山の顔面に香水を吹き掛けた。

途端、鹿山は見せてはいけない顔になる。年齢区分がZの顔に。

「見るに堪えねェな……」

「個室居酒屋で良かったっすわ……」

これが鹿山の女性恐怖症に対する一つの回答——狐里さんによる完全調教である。

絶対的な忠誠を狐里さんに誓わせた上で、特殊なブレンドの香水を吹き付けることによって、鹿山の恐怖心をコントロールしている……らしい。詳しいことは別に知りたくない。

「……。芳乃、鹿山先輩と付き合っちゃえばいいのに」

トンデモ上司とトンデモ部下のやり取りを見て、律花はぼそっと呟く。

「はおおあ!? リッカ、もういい加減言って良いことと悪いことの区別あるっしょ!?」

「あるよ?」

「だから言ったってか!? クソッ、ええ嫁や!! なあ犀川さん!?」

「もう酔ってるのか……?」

言って良いこととして、律花は言ったわけである。

鹿山も狐里さんも、現在独身だ。鹿山は『調教』が緩むとまだ女性恐怖症が出るらしいので、現在まで恋人は居ない。狐里さんも独身貴族であることをよくアピールしている。

二人は何だかんだ、大学時代から腐れ縁って関係なので、俺もぶっちゃけお似合いなのではないかと思うのだが……狐里さんがキレるから、これ以上はやめとこう。

「人間はさあ、中身なんよ。こんな外面だけで生きてるゴミ、アタシからすりゃゴキブリに恋するのと変わらないっての。なあゴキブリ？　生中！」

「ヘイ!!　すいません!!　生中一つお願いシャス!!」

「連携は取れてんなァ……」

「うーん、まあ芳乃がそう言うならいいけど～……。あ、じゃあお兄ちゃんは？　また恋人にフラれて、今はフリーだって言ってたけど」

「今や成金のトラ兄？　いや無理無理。トラ兄のこと嫌いじゃないけど、多分これリッカと同じ感情だし。っつーか中身の話した後にトラ兄を出すなって。中身やベーじゃんあの人」

「俺、今仕事であの人と一緒になること多いけど――本当にヤバいぞ」

週明けに社内会議があって、そこで《土塊》……ではなく、お義兄さんからイビられることが確定している。最近、社内では虎地お義兄さんは悪魔の生まれ変わり説が出ているほどだ。

「っつーかさあ、アタシのことはどうでもいいじゃん。アンタら夫婦よ、夫婦！　まさかまだお互い別室で寝てるとかないよね？　最初これ聞いた時、アタシ死ぬほどドン引きしてたかんね？　新婚で夫婦別室って、お前らもう離婚秒読みか！　みたいなさ」

「まァ……熟年ならともかく、新婚で別室はねェわなァ～」

「二人共大学の時からあれだけラブラブなのにね。犀川は清く正しい優良性男児だしさ」

「おいゴミ‼」

「ヘイ‼　すいません‼　たこわさ一つお願いシャス‼」

『おいゴミ』だけで何注文すればいいか分かることってある？

俺と律花では絶対出来ない、負の連携を見せつけてくるな、この二人は……。

それはさておき、俺と律花は二人で顔を見合わせる。俺達、というか律花が奥手の中の奥手なのは、もう皆の知るところだ。が、現在はちょっとだけ違うんだよな、これが。

「ふふん。実はね……今はなんと、毎日ろうくんと同じベッドで寝ています！」

どうだ！　と言わんばかりに、律花が胸を張って主張した。可愛いぜ。

「お、マジか。進んだねー、リッカ。偉い偉い」

「じゃァ毎日お盛んってワケかァ～？　若ェなァ～」

「おさかん？　……おさかな？」

「僕ら四人をヘドロとするなら、柳良ちゃんだけは今も天然水だなぁ」

汚れていないと言いたいのか、それとも天然ボケと言いたいのか。

ま、夫である俺からすればどっちも該当すると言えるが。律花はあくまで、俺と一緒のベッドで眠っているというラブラブアピールをしただけで、夫婦性活の隠喩で言ったつもりなど全くない。だからこそ目をパチクリとさせているのだ。可愛いぜ。

なお、俺達の夜事情について、三人は言わずとも完全に察してくれたようだった。

「犀川ァ～……。オメェはマジでイイ男だなァ～……」

「ホント心の底から、リッカと結婚したの犀川さんで良かったって思うわぁ……」

「ある意味犀川の方が化け物だよね。鋼鉄の精神力というか……ははっ」

「笑うな」

まだまだこれからなんだよ俺達は。伸び代しかない夫婦なんだっつーの。

「柳良ァ～。ならせめて毎日、犀川にアレやってやれよォ？　当局直伝の～……チュッ♡」

「やった！　本家だ！　切れ味が違う！　わたしはまだまだだなぁ……ちゅっ♡」

二人して俺に投げキッスしてくる。ゴリさんのは何年経ってもいらねえや。

「そういえばこの前、スマホのアルバムを見返していたら、面白いものが見付かってさ」

「おう、言え」

「ヘイ‼」

狐里さんに促され、鹿山がスマホを俺達に向ける。すると――

『……分かりました。俺――そいつでシコって寝ます』

「テメエエエ――――ッ‼　何でまだ持ってんだぁぁ――――ッ‼」

いつかどこかで俺が宣言した、クッソ恥ずかしい音声が流された。

何してくれてんだこの野郎。事実上のリベンジポルノだろこんなもん。

「イーッヒッヒッヒ!!」

「ヒャーッハッハッハァ!!」

「なにこれ？　昔のろうくんの声？　ねえねえ教えて！」

「うわー、バカ男子大学生感すっげえなぁ……」

あの頃の俺達がどれだけバカだったか、未だに律花は知らない。

……っていうか知られたくないし、わざわざ掘り返すんじゃねえよ鹿山こいつマジで。

あー、もういいや。今日は思いっきり飲んでやる。やけ酒だ。

「律花!!　俺酔い潰れるまで飲むから!!　おんぶして帰ってくれ!!」

「えー、やだ。でもだっこならいいよ♡」

「っしゃあ!!」

「何だこの夫妻……」

飲み会はまだ始まったばかり。俺達が忘れている思い出、知らなかった出来事、これからのこと。全部全部、吐き出して共有して、そして笑い飛ばしていけばいい。

みんなと、そして律花と、今もまだ騒げることに、感謝しながら。

再会して、仲良くなって、告白して、付き合って、やがて結婚して。

言ってしまえば、ただそれだけのプロセスを、これ以上大袈裟にする必要なんてない。
犀川狼士も、柳良律花も、大したことのない存在だ。
だからこそ俺達の間には、こんなにもありふれていて、傍にあるものが育まれていく。
何も特別じゃないからこそ、特別だと信じられる——愛って、そういうものだ。

《了》

《あとがき》

初めまして。有象利路と申します。この度は拙著を手に取って頂き、まことにありがとうございます。ここまで読んだ方には感謝を、ここから読む方には楽しんで頂ければと思います。

本作は私の中で通算十一冊目となる作品です。一巻はページ数の都合であとがきを入れられなかったので、こうしてあとがきを書くのは約二年ぶりになります。懐かしいですね。

さて、本作はジャンル的にラブコメに分類されますが、個人的にはジャンル不定のごった煮のような作品だと思っています。露骨なギャグ回があったり、異能バトルしたり、サブキャラに男ばかり出てくるのはそのせいです。とはいえ今回は王道のラブコメを（もう五年は作家をやっているのに）初めて書きました。ある意味新鮮で楽しかったです。でも書いていて一番楽しかったのは、虎地が暴れている場面や鹿山が悶えている場面でした。特に虎地は二巻を読んだ後に一巻を読み直すと、数年で別人レベルに丸くなったことが分かるようになっています。そういう楽しみ方は、続刊したからこそではないでしょうか。

本編についてはネタバレを避けたいので、あまり語ることがありません。一巻発売後に『狼士と律花の馴れ初めが読みたい』という感想を多く拝見しました。本作は単巻完結予定ではあったものの、元々設定上存在していた二人の再会をこうして一冊通して書けたのは、ひとえに皆様の応援のお陰です。いつもありがとうございます。そういう意味では一巻あっての二巻であり、二巻あっての一巻という形になりました。少しでも楽しんで頂ければ幸いです。

最後は謝辞を。何のかんのまだギリギリ面倒を見て下さる阿南編集長（ありがたいです）、二巻から本格的に本作に携わって下さる担当編集の田端さん（有象は真面目な作家です）、二巻しかない小説なのに既に狼士と律花のデザインを三回も考えて下さった林けゐ先生（男ばかり要求してすみません）へ、この場を借りてお礼申し上げます。

また、本作の下読みに付き合ってくれた友人の日高くんと四人の後輩達、何より最後まで読んで頂いた読者の皆様に、もう一度最大限の感謝とお礼を申し上げます。

ありがたいことに、本作はコミカライズ化が予定されています。私自身、自著のコミカライズは初めてのことなので、一読者として楽しみにしています。細かい情報はまた追って公開されるはずなので、お待ち下さい。とはいえ『じゃあ続刊あるの？』と問われると、それは確実なことが言えないので、やはりいわゆるいつもの『数字次第だよ』です。ごめんなさい……。とりあえず告知含めてX（旧Twitter）をやっていますので、良かったらフォローして下さい。

では、ここまでご一読頂き、本当にありがとうございました。機会があれば、また是非。

有象利路

本書に対するご意見、ご感想をお寄せください。

ファンレターあて先
〒 102-8177　東京都千代田区富士見 2-13-3
電撃文庫編集部
「有象利路先生」係
「林けゐ先生」係

本書は書き下ろしです。

電撃文庫

組織の宿敵と結婚したらめちゃ甘い2

有象利路

2024年5月10日　初版発行

発行者　山下直久
発行　株式会社KADOKAWA
〒102-8177　東京都千代田区富士見2-13-3
0570-002-301（ナビダイヤル）
装丁者　荻窪裕司（META＋MANIERA）
印刷　株式会社暁印刷
製本　株式会社暁印刷

●お問い合わせ
https://www.kadokawa.co.jp/（「お問い合わせ」へお進みください）
※内容によっては、お答えできない場合があります。
※サポートは日本国内のみとさせていただきます。
※ Japanese text only

※定価はカバーに表示してあります。

ISBN978-4-04-915656-0　C0193　Printed in Japan

電撃文庫　https://dengekibunko.jp/

おもしろいこと、あなたから。
電撃大賞